Angelina Atieh & Ina Hörmeyer

All In For Love

Angelina Atieh & Ina Hörmeyer

All In For Love

1. Auflage 2022

Copyright © 2022, Angelina Atieh, Ina Hörmeyer

Angelina Atieh, Saarwellingerstraße 41, 66740 Saarlouis
angelina-91@live.de

Coverdesign und Umschlaggestaltung: Florin Sayer-Gabor
www.100covers4you.com

Herstellung und Verlag: BoD – Books on Demand, Norderstedt

ISBN: 9783756219223

Bibliografische Information der Deutschen Nationalbibliothek:
Die Deutsche Nationalbibliothek verzeichnet diese Publikation in der Deutschen Nationalbibliografie; detaillierte bibliografische Daten sind im Internet über http://dnb.dnb.de abrufbar.

Am Baum des Lebens wachsen viele Momente, Erinnerungen und Augenblicke. Alle davon sind kostbar, denn sie formen uns zu dem Menschen, der wir sind. Du musst es nur zulassen.

Angelina Atieh & Ina Hörmeyer

KAPITEL 1

Olivia: *Du wirst nicht glauben, was mein Dad heute gebracht hat!!!*

Ich schickte einen erbrechenden Emoji hinterher und steckte mein Handy zurück in den Blazer, bevor ich die Kaffeeküche unserer Firma betrat und laut ausatmete. Schwungvoll kickte ich mit dem Fuß die Tür hinter mir zu und zuckte durch den folgenden Knall zusammen. Mein Pokerface hatte genau vom Konferenzraum bis hierher gereicht, doch jetzt, wo ich allein war, konnte ich meinem Frust freien Lauf lassen. Ich nahm eine Tasse aus dem Schrank und donnerte sie auf die Arbeitsplatte. Den Knopf des Kaffeeautomaten drückte ich mit so viel Wucht, dass er fast im Inneren der Maschine verschwand. Wie konnte mein Dad es nur wagen, mich vor dem gesamten Team so dermaßen bloßzustellen? Nicht, dass er ansonsten sonderlich zuvorkommend mir gegenüber gewesen wäre, doch sein Benehmen heute ging eine Spur zu weit. Zumindest vor den anderen Angestellten bewahrte er normalerweise Haltung.

Als mein Handy klingelte, zog ich es erleichtert aus der Tasche. Auf Melody war einfach immer Verlass.

»Was hat er gemacht?«, ertönte ihre aufgeregte Stimme am anderen Ende der Leitung. Sie kannte das Verhältnis zwischen mir und meinem Dad und wusste, wie sehr mich sein Verhalten verletzte. Zum Glück war es nicht immer so gewesen, sonst müsste sie ihn für ein Monster halten. Obwohl – ich glaube, sie hielt ihn trotzdem für eins.

»Keine Ahnung, ob ich überreagiere ...« Müde sank ich in einen Stuhl und umklammerte meine Kaffeetasse, auf der groß das Logo unserer Firma prangte. Lancaster Unternehmensberatung. Schnell drehte ich die Tasse, bis mich das Zeichen nicht mehr anstarrte.

»Du und überreagieren? Der war gut, Liv. Also sag schon, was los war.« Den sarkastischen Ton in ihrer Stimme ignorierte ich. Schließlich war sie schon von Kindertagen an meine beste Freundin und wusste, dass ich mich seit dem Unfall vor vier Jahren nur schwer gegen meinen Dad durchsetzen konnte.

»Dad hat mich beim Teammeeting eiskalt gegen Mason eingetauscht. Er hat mich wochenlang auf den Termin hinarbeiten lassen, mich ein Konzept entwickeln lassen, das die Klienten vom Hocker reißen soll.« Schnell schluckte ich meine Wut hinunter und rief mir ins Gedächtnis, dass ich nur ein paar Türen von Dads Büro entfernt saß.

»Und jetzt darf er mit zum Termin? Obwohl du seine Assistentin bist?«, fragte sie entsetzt.

»Ja. Angeblich will er Mason näher ans Geschehen führen, ihm zeigen, wie der Hase im Geschäft läuft.«

Melody lachte trocken auf. »Mason hätte ablehnen müssen. Er weiß doch, wie sehr du dich die letzten Wochen ins Zeug gelegt hast.«

Fast hätte ich einen Lachanfall bekommen. Mason wusste am besten, wie sehr ich mich für diesen Auftrag abgerackert hatte. Wir waren schließlich ein Paar. Da bekam man solche Dinge schon voneinander mit. Und es war einer der größten Aufträge, den unser Unternehmen seit langer Zeit bekommen hatte. Es handelte sich also um eine ernste, enorm wichtige Angelegenheit.

Ich hatte meinem Dad beweisen wollen, dass er auf mich zählen konnte. Und ein bisschen hatte ich auch darauf gehofft, ihn endlich wieder dazu zu bringen mich wahrzunehmen. Doch daraus würde jetzt nichts mehr werden.

»Keine Ahnung, was er sich dabei denkt, Melody. Aber wahrscheinlich wieder rein gar nichts. Wie so oft.« Heute war ich zu erschöpft, um mir Ausreden für Mason einfallen zu lassen. Melody mochte ihn sowieso nicht und noch weniger sah sie einen Sinn in unserer »verkorksten Beziehung«, wie sie es formulierte. Ganz unrecht hatte sie nicht. Aber ich hatte meine Gründe, weshalb ich diese Beziehung eingegangen war, auch wenn nur ich sie verstand.

»Denken gehört nicht zu seinen Stärken, das habe ich dir schon immer gesagt. Aber viel mehr interessiert mich, was dein Dad wieder im Schilde führt.« Melody traf den Nagel auf den Kopf. Genau das fragte ich mich auch nach der niederschmetternden Ansage im Teamraum. Seine Worte hatten mich völlig unvorbereitet getroffen. Ohne meinen Kollegen ins Gesicht zu sehen, hatte ich den Raum verlassen – sicherlich hatten sie ebenfalls bemerkt, wie schockiert ich gewesen war.

»Ich hab keine Ahnung«, sagte ich seufzend.

»Ach Liv, es tut mir wirklich leid für dich. Wir können heute Abend einen Film schauen und uns mit Eis vollstopfen. Morgen ist keine Uni und wir können ausschlafen.«

Das Lächeln, das sich bei ihren Worten in mein Gesicht geschlichen hatte, erstarb, als die Tür aufging und Masons Duft in meine Nase drang. »Hört sich nach einem guten Plan an. Aber ich muss morgen in die Firma. Lass uns später schreiben.«

Ohne ihre Antwort abzuwarten, beendete ich das Gespräch, heftete meinen Blick auf die Kaffeetasse und wünschte mir nichts sehnlicher, als mich in Luft aufzulösen. Wie sehr hatte ich gehofft, ihm heute nicht mehr über den Weg laufen zu müssen. Seine Schritte näherten sich. Bitte, warum ausgerechnet jetzt? Sollte er sich doch in seinem neugewonnenen Ruhm sonnen und mir nicht auf die Nerven gehen. Dachte er wirklich, ich würde glücklich mit ihm anstoßen?

»Darling, was tust du hier? Ich hab schon in deinem Büro nach dir geschaut.« Sein Atem schlug mir heiß gegen den Nacken. Bevor er seine Arme um mich legen konnte, stand ich auf und ging zur Spüle hinüber.

»Was ist los, Olivia? Sag nicht, dass du sauer bist.«

Ich schüttete den restlichen Kaffee in den Abfluss und stelle meine Tasse in den Geschirrspüler. Irgendwie musste ich mich ablenken, damit ich ihm nicht meinen Frust an den Kopf warf.

»Es ist alles bestens. Die letzten Wochen haben mich geschlaucht und ich bin einfach nur müde.« Um meine Lüge nicht auffliegen zu lassen, drehte ich mich zu ihm um und zwang mich zu einem halbherzigen Lächeln, das ihn hoffentlich dazu bewog, nicht weiter auf mich einzureden. Es würde mir absolut nichts bringen, ihm meine wahren Gedanken mitzuteilen. Er würde weder einlenken und bei meinem Vater ein gutes Wort einlegen, noch würde er verstehen, warum ich sauer war. Dafür war er ganz einfach zu ichbezogen. Ich würde also nur einen unnötigen Streit vom Zaun brechen. Und obwohl ich Mason in diesem Moment am liebsten die Hölle heiß gemacht hätte, war meine Beziehung zu ihm wichtig für mich.

Abwägend sah er mich durch seine Brille an und legte den Kopf schief. »PMS, Süße?«, fragte er.

Wie bitte? Das war jetzt nicht sein Ernst. Ich starrte ihn an, doch er schaute unschuldig durch seine Brillengläser zurück.

Doch anstatt ihm etwas zu entgegnen, nickte ich nur knapp. »Viel Erfolg bei dem Termin«, sagte ich heiser und verließ die Kaffeeküche, um in mein Büro zu gehen.

PMS! Also echt! Mein Dad hatte mich gerade vor dem gesamten Team abserviert und mich durch ihn ersetzt und ihm fiel nichts Besseres ein als PMS. Wieso führte er meine Niedergeschlagenheit auf meine Periode zurück, wenn es auf der Hand lag, dass er das Problem darstellte. War er wirklich so karrieregeil, dass er das einfach ausblendete? Nun ja – offensichtlich.

Meine Grübelei wurde unterbrochen, als ich die Stimme meines Vaters vom anderen Ende des Flures hörte.

»Olivia?«

Ich schloss für einen Moment die Augen und zählte bis drei, bevor ich mich zu ihm umdrehte. »Was kann ich für dich tun?«, fragte ich betont neutral, blickte dabei jedoch auf meine Füße. Auch wenn es unhöflich schien, so konnte ich ihm nicht in die Augen schauen.

»Ich hoffe, meine Entscheidung hat kein Problem zwischen dir und Mason verursacht.«

Sein Ton war wie immer unterkühlt. Eine Eigenschaft, an die ich mich nie gewöhnen würde. Als Cathryn noch gelebt hatte, hatte er nie so kalt mit mir gesprochen. Aber da war unsere Welt noch in Ordnung gewesen. Mein Dad war noch mein Dad gewesen und nicht diese Maschine, die nur für ihre Arbeit zu leben schien. Die nur aussah wie mein Vater.

»Nein, keine Sorge«, hörte ich mich sagen und ging ohne ein weiteres Wort in mein Büro. Tränen der Wut und der Hilflosigkeit verschleierten meine Sicht und ich ertappte mich dabei, wie ich meine Hände immer wieder zu Fäusten ballte. Wieso machte er sich ausgerechnet jetzt Gedanken um meine Beziehung zu Mason? Als mein Vater sollte er sich Gedanken darüber machen, was es mit der Beziehung zwischen ihm und mir machte, wenn er mich jedes Mal abwies, wenn es darauf ankam.

Ich war daran gewöhnt, nur seine kalte Seite mit all ihren Facetten abzubekommen. Nur kam ich nicht damit klar, dass er Mason bevorzugte und sich im Nachhinein Gedanken machte, ob es unserer Beziehung schadete. Ich schluckte und fuhr mir über die Augen. Wenn ich ehrlich zu mir war, existierte meine Beziehung zu Mason doch sowieso nur wegen meines Vaters. Bevor wir ein Paar geworden waren, war er schon einer der besten Mitarbeiter der Firma gewesen. Tief in meinem Inneren hatte ich mir erhofft, dass mein Vater ein besseres Bild von mir bekommen würde, wenn ich ihm jemanden wie Mason präsentierte. Dass er mir wieder näherkommen würde.

Bis jetzt hatte sich dieser Wunsch jedoch nicht erfüllt. Trotzdem wusste ich, dass mein Vater ihn mochte – offensichtlich sogar mehr als mich – und das verschaffte mir so etwas wie eine innere Befriedigung. Und meinen Vater zufriedenzustellen, war wichtiger, als die große Liebe zu finden. Die gab es sowieso nicht. Zumindest nicht für einen Menschen wie mich. Ein Mensch wie ich hatte keine große Liebe verdient.

Den Rest des Nachmittags stürzte ich mich in Arbeit, um mich abzulenken. Diese Strategie ging auch einigermaßen auf – vor allem, weil ich weder Mason noch meinem Vater begegnete – so dass ich am Abend völlig erschöpft die Firma verließ und nach Hause fuhr. Da ich immer noch bei meinen Eltern wohnte, musste ich auch hier aufpassen, meinem Vater nicht über den Weg zu laufen. Doch offensichtlich war dieser noch in der Firma geblieben, so dass ich unbehelligt in mein Zimmer schleichen konnte.

Müde saß ich an meinem Schreibtisch, als mein Handy vor mir aufleuchtete und eine Nachricht von Mason anzeigte. Seufzend griff ich nach dem Smartphone.

Mason: *Der Termin lief besser als erwartet. Wir konnten den Klienten von unserem Konzept überzeugen. Darauf müssen wir anstoßen, Darling.*

Ich las die Nachricht noch einmal. Einerseits freute ich mich, dass der Kunde mein Konzept gut fand, andererseits konnte ich nicht verhindern, dass sich ein Knoten in meinem Magen bildete. Unser Konzept ... Mason wusste selbst, dass es mein Konzept war, das Lancaster den Auftrag verschafft hatte. Meins, nicht unseres. Ich allein hatte es erarbeitet. Mason hatte lediglich ein paar Korrekturen vorgenommen. Und es dann als unser Konzept verkauft. Doch ich war mir sicher, dass dies nicht lange so bleiben würde. Eine Zeitlang wäre es noch unseres. Und irgendwann wäre es dann seins.

Kurzerhand entschloss ich mich, ihm nicht zu antworten. Sollte er doch denken, was er wollte, um mich machte sich auch niemand Gedanken. Aufgewühlt widmete ich mich dem Stapel Zeitungen, die ich mir extra auf dem Heimweg besorgt hatte. Die Tatsache, dass ich dringend einen Nebenjob brauchte, machte mich nervös, denn mir lief im wahrsten Sinne des Wortes die Zeit davon. Die Gründung der Stiftung, die meine Schwester in jahrelanger Arbeit vorbereitet hatte, lag seit ihrem Tod mehr oder weniger still, da ich das nötige Geld nicht zusammenbekam. Als Unternehmensberaterin sollte man meinen, dass ich genug verdiente, aber mein Vater zahlte mir im Grunde nicht viel mehr als ein Taschengeld. Doch da ich mir geschworen hatte, ihren Lebenstraum zu verwirklichen, würde ich alles tun, was nötig war – und wenn es hieß, dass ich mir die Nächte als Kellnerin um die Ohren schlug. Unsere Eltern konnte ich nicht darum bitten, mir das Geld zu leihen. Immerhin wusste ich, wie sehr sie Cathryn verurteilt hatten, als sie mit der Idee von ihrer Stiftung nach Hause gekommen war. Sie hatten sie damals für völlig verrückt erklärt.

»Muss es unbedingt Indien sein? Hier in der Nähe wird sich ein Waisenhaus auch gut machen«, hatten sie damals vorgeschlagen, damit sie die Füße stillhielt. Nur war meine Schwester keine Frau gewesen, die sich gerne Vorschriften machen ließ. Es war ihr Herzensprojekt gewesen und somit jetzt auch meins. Es fühlte sich an, als würde ich einen Teil von ihr weiterleben lassen. Die Frage war nur, wie ich diese verdammten fünfundzwanzigtausend Dollar zusammenbekam, die notwendig waren, um die Gründung der Stiftung zumindest erst einmal in trockenen Tüchern zu haben. Damit Cathryns Arbeit nicht völlig umsonst gewesen war.

Nachdem sie eine Doku über Straßenkinder in Delhi gesehen hatte, hatte meine Schwester schon mit acht Jahren die große Vision gehabt, obdachlosen Kindern aus Indien ein Zuhause zu schenken. Damals hatte sie gedacht, dass wir die Kinder bei uns aufnehmen könnten. Schmunzelnd griff ich zur nächsten Zeitung und genoss die Wärme, die der Gedanke an meine Schwester in meinem Inneren auslöste. Cathryn hatte immer Visionen und Träume gehabt. Daran hatte sich auch nichts geändert, nachdem sie älter geworden war. Und irgendwann setzte sie sich dann ganz konkret für die Kinder ein, die zur Kinderarbeit gezwungen wurden. Ja, ihre Vision, die Welt ein bisschen besser zu machen, war groß gewesen und nichts und niemand hatte sie davon abbringen können, ihren Traum zu verwirklichen.

Niemand, bis auf der Tod.

»Warum bin nicht ich an ihrer Stelle gestorben? Warum?«, schrie ich gedanklich nicht zum ersten Mal und drückte den Kugelschreiber so fest in den Zeitungsstapel, dass die Seite zerriss. Mein Handy vibrierte und augenblicklich landete ich wieder im Hier und Jetzt.

Melody: *Hey Süße, wo steckst du? Ich habe so viel Zucker besorgt, dass du morgen high auf der Arbeit erscheinst!*

Verdammt, ich hatte komplett vergessen, dass ich mit Melody verabredet war. Sofort bekam ich ein schlechtes Gewissen, doch ich konnte mich nicht aufraffen, sie zu besuchen. Draußen dämmerte es bereits und ich sehnte mich einfach nach meinem Bett, damit das Gedankenkarussell in meinem Kopf wenigstens für ein Paar Stunden aufhörte sich zu drehen. Außerdem war ich absolut keine gute Gesellschaft heute, das musste sich Melody nicht antun.

Olivia: *Du bist ein Schatz! Liege schon im Bett und bin heute nicht gesellschaftsfähig. :/ Morgen Abend?*

Zögernd kreiste mein Daumen über dem Absendepfeil. Doch erst als ich die Schreibtischlampe ausschaltete und in mein Bett schlüpfte, überwand ich mich endlich, die Nachricht abzusenden. Melody anzulügen war das Letzte, was ich tun wollte.

Melody: *Schade! Aber ich verstehe dich natürlich. Bis morgen und schlaf schön.*

Ich wünschte ihr ebenfalls eine gute Nacht und schickte ihr einen Kussemoji. Keine Ahnung, womit ich so eine tolle Freundin verdient hatte. Bevor ich mein Handy an die Ladestation hing, öffnete ich den Chat mit Mason. Seit unserer letzten Nachricht war er nicht mehr online gewesen. Warum auch? Wahrscheinlich feierte er gerade seinen Erfolg und bekam nicht mal mit, dass ich ihm nicht antwortete. Und wenn, hätte er mir vermutlich seinen Standort geschickt und mich in irgendeine Bar bestellt, wo schon unzählige seiner Kollegen und Freunde vor mir da sein würden und ich nur das fünfte Rad am Wagen wäre. Eine kleine Stimme tief in meinem Inneren flüsterte, dass ich ihn einfach in den Wind schießen sollte. Doch diese Stimme hatte nichts zu melden.

Völlig überladen von Emotionen und Gedanken schloss ich die Augen. Eigentlich war ich kein Mensch, der sich in Selbstmitleid suhlte, aber immer dann, wenn ich dachte, ich würde kleine Fortschritte erzielen, bewies mir das Leben, dass ich mich keinen Millimeter von der Stelle bewegte. Nicht, wenn ich mich wie ein Hamster im Rad drehte, in der Hoffnung, endlich irgendwo anzukommen. Verdammt, was zur Hölle machte ich nur falsch? War es denn zu viel verlangt, meinen alten Dad wieder zurückzubekommen? Meine Schwester hatte eine Lücke hinterlassen, die niemand auf dieser Welt jemals schließen konnte, doch wir als Familie konnten uns Halt schenken, uns trösten. Genau das war seit Jahren mein Ziel. Und ich Hamster glaubte fest daran, irgendwann dieses Ziel zu erreichen.

KAPITEL 2

Der Körper der Kleinen unter mir bebte noch immer von dem Orgasmus, den ich ihr beschert hatte, als ich mich von ihr herunterrollte und das Badezimmer ansteuerte. Ich musste mir den Sex von der Haut waschen und meinen Verstand wieder zusammenkratzen, der sich die letzten Stunden ausschließlich in meinem Intimbereich befunden hatte. So sehr ich mich weiterhin mit der Kleinen vergnügen wollte, wusste ich, dass es an der Zeit war zu gehen. So war es bei jeder Frau, die ich mit ins Hotel nahm. Für mich war es nur Sex – daraus machte ich kein Geheimnis und trotzdem konnte ich immer wieder aufs Neue beobachten, dass sie sich insgeheim mehr erhofften. Auch dieses Mal war keine Ausnahme.

»Hast du Lust auf eine Wiederholung? Mir würden da noch ein paar Dinge einfallen, die ich noch mit dir anstellen will.«

Als ich aus dem Bad trat, kam sie mir entgegen, umfasste meinen Gürtel, den ich gerade zuziehen wollte, und zog mich an ihren nackten Körper. Ihre prallen Brüste klebten unangenehm an mir, wie eine zweite Haut. Mir war bewusst, dass sie noch einiges zu bieten hatte, doch ich brach nie meine Prinzipien, auch nicht für die kleine Schwarzhaarige, deren Namen ich schon vergessen hatte, bevor wir das Hotelzimmer erreicht hatten. Sie fing an zu klammern und das war mein Zeichen.

Sachte schob ich sie von mir weg und griff nach meinem Handy. Gott, wie sehr ich es hasste, diese Nummer abzuziehen. Schnell schlüpfte ich in mein Hemd, damit ich nicht doch schwach wurde. Mit schnellen Schritten bewegte ich mich an die Fensterfront und genoss die Aussicht über Santa Barbara, während ich vortäuschte, einen Anruf in der Leitung zu haben.

»Ernsthaft? Und du bist dir sicher?«, fragte ich empört. Immer wieder gab ich ein »hm« oder »ahh« von mir. Bis ich schließlich sagte: »Ich werde mich darum kümmern, ich bin in fünfzehn Minuten da.« Mein Handy verstaute ich in der Hosentasche, drehte mich um und blickte in ihr schmollendes Gesicht. Um die Verabschiedung nicht unnötig in die Länge zu ziehen, ging ich einen Schritt auf sie zu und berührte sie sanft an der Wange. Ich stieß einen lauten Seufzer aus, so als ob es mir leidtun würde, dass ich jetzt gehen musste. Ich war ein Arsch mit einem klitzekleinen Funken Empathie. Glaubte ich zumindest.

»Ich muss los.«

»Schade. Soll ich auf dich warten? Wir könnten da weitermachen, wo wir aufgehört haben.« Sie zog ihre Lippe ein und kaute darauf herum. Was durchaus sexy war. Nur änderte es nichts an meiner Entscheidung.

»Es ist etwas schief gelaufen bei der Planung für das morgige Event. Wenn ich das nicht selbst erledige, kann ich alles abblasen. Dafür werde ich wohl die ganze Nacht im Büro verbringen müssen.«

Sie machte einen übermäßigen Schmollmund und reckte sich an meinen Hals, wie eine rollige Katze.

Oh Mann, so was konnte ich jetzt absolut nicht gebrauchen.

So geschmeidig wie möglich, schob ich sie von mir weg und versuchte, dabei ebenfalls etwas geknickt zu wirken. Hatte sie gerade geschnurrt? Fuck.

»War wirklich nett mit dir. Bis bald.« Beim Rausgehen winkte ich ihr halbherzig zu. Heilige Scheiße. Sie hatte geschnurrt ... Vielleicht machte das einige Typen da draußen an, doch bei mir bewirkte es das Gegenteil. Wie gut, dass ich meinen Prinzipien treu geblieben war. Eine Nacht, nicht mehr. Egal wie scharf ich eine Frau fand. Und gerade feierte ich meine eigenen Regeln mehr denn je.

Schon bevor mein Wecker klingelte, wurde ich wach. So kam ich in den Genuss, bei Sonnenaufgang eine Runde am Strand zu joggen. Es war herrlich, in aller Frühe nur das Meeresrauschen in den Ohren zu haben. Es beruhigte mich und fegte meinen Kopf leer, der viel zu vollgestopft mit Müll war. Warum tat ich das nicht regelmäßiger? Sport zu treiben, gehörte zwar zu meinem Alltag, doch das Joggen passte nur bedingt in meinen Tagesplan. Meist war ich bis tief in die Nacht in meinem Club, weil ich meine Kontrollsucht nur schwer abstellen konnte. Eigentlich hatte ich äußerst fähige Mitarbeiter, die den Laden für mich am Laufen hielten. Doch der Club war mein ganzer Stolz und nur durch ihn stand ich heute dort, wo ich war. Ich hatte ihm so einiges zu verdanken und damit meinte ich nicht das Geld, das er mir einbrachte, mit dem ich mir die Villa am Meer gönnte, oder die Yacht, die am Hafen von Santa Barbara anlag. Nein, der Club hatte mir aus dem Loch geholfen, das einst meine Erzeugerin und mein Vater hinterlassen hatten. Deshalb machte ich mir gerne selbst ein Bild davon, wie es dort lief – und wenn es nur über die Monitore in meinem Büro war.

Meine Schritte verlangsamten sich und einen Augenblick später hockte ich mich im Schneidersitz in den Sand. Mein Blick verlor sich in der Sonne, die als leuchtende rote Kugel die Meeresdecke zum Leben erweckte. Solche Momente des Ausatmens und Loslassens erlaubte ich mir viel zu selten. Einfach nur dazusitzen und die Wärme der Sonnenstrahlen in mich aufzusaugen, tat verdammt gut. Schon bescheuert, wenn man direkt am Meer wohnte und nie die Zeit fand, diesen Luxus zu genießen. Aber meine Muster hatten mich im Griff und ich tippte die Nummer vom R&B auf meinem Handy.

»Boss, wer hat Sie denn aus den Federn geschmissen?«, tönte die Stimme von Sandy am anderen Ende der Leitung.

»Läuft alles wie geplant?«, fragte ich und überging ihren Kommentar. Bewegte ich mich wirklich in so festen Bahnen, dass sogar meine Mitarbeiter wussten, dass ich normalerweise nie vor Mittag aus den Federn kam?

»Alles in Ordnung, Boss! Sie können sich entspannen. Der Poker ...«

»Nicht am Telefon«, schnitt ich ihren Satz ab und konnte ein Schnauben nicht unterdrücken.

»Tut mir leid, kommt nicht wieder vor«, kam es gedämpft von ihr. Jeder meiner Angestellten wusste, dass über die illegalen Pokerabende nicht öffentlich gesprochen wurde. Schon gar nicht am Telefon. »Sonst noch was, Boss?«, fragte Sandy nach einigen Sekunden der Stille.

»Nein, das war's schon«, sagte ich knapp und legte auf. Wann hatte ich verlernt, wie es war, entspannt zu sein? Manchmal vermisste ich es. Aber wie so vieles im Leben forderte auch meine Arbeit ihren Tribut. Mir durfte kein Fehler, kein Ausrutscher passieren. In diesem Fall wäre meine Freiheit nur der geringste Preis, den ich zahlen müsste.

Mit zusammengezogenen Augenbrauen blickte ich auf mein vibrierendes Handy. Mist – Doktor Harrison. Hektisch drückte ich auf *annehmen*.

»Reece, störe ich?«

Ich schüttelte den Kopf, bis ich mich daran erinnerte, dass er mich nicht sehen konnte. »Nein«, sagte ich heiser. In meinem Magen breitete sich ein flaues Gefühl aus. Doktor Harrison war der Arzt meiner Großmutter. Ich hasste es, wenn er mich anrief.

»Ich wollte Sie über den Befund informieren. Passt es heute Mittag bei Ihnen?«

Mein Herz begann zu rasen. Natürlich wusste ich, dass mir das Gespräch mit ihm bevorstand, doch ich hätte es gerne verdrängt, zumindest bis ich den Abend hinter mir hatte und mich wieder auf meine Großmutter konzentrieren konnte. Sie war auch einer der Punkte, die mich davon abhielten entspannter zu sein. Auch wenn sie nichts dafür konnte.

»Natürlich werde ich da sein. Danke für den Anruf.« Laut ausatmend legte ich auf und drückte mein Handy fest gegen die Stirn, bis es weh tat. Fuck, ich hatte Angst, verdammte Angst. Ich musste kein Arzt sein, um zu erkennen, dass der Zustand meiner Großmutter zunehmend schlechter wurde. Deshalb hatte ich Lissy eingestellt, die sie seither rund um die Uhr betreute. Sie war ein Engel und kein Geld der Welt konnte ihre Arbeit begleichen. Sie war Balsam für die Seele meiner Großmutter und dafür war ich ihr unendlich dankbar. Am liebsten hätte ich meine Großmutter selbst zu mir genommen, doch mein verkorkster Tag-Nachtrhythmus würde sie auf Dauer noch kränker machen. Sie war die liebenswerteste Person, die ich kannte, und ich verdankte es nur ihr, nicht in der Gosse gelandet zu sein.

Schwerfällig stand ich auf und streifte den Sand von meinen Beinen, die sich schwer wie Blei anfühlten. Bis zu dem Treffen waren es noch einige Stunden. Um nicht irre zu werden, beschloss ich, eine weitere Runde zu laufen. Zügig beschleunigte ich meine Schritte. Bis ich ein gutes Tempo drauf hatte und der Sand unter meinen Füßen keine Chance hatte, nachzugeben. Meine Lunge brannte, doch das war okay. Der Schmerz lenkte mich ab. Er zwang mich, nicht zu sehr an das bevorstehende Gespräch mit dem Arzt zu denken, dessen Inhalt ich noch nicht kannte und das ich ohnehin nicht beeinflussen konnte. Ich hasste es wie die Pest, nicht selbst die Kontrolle zu haben. Ich wollte nicht hören, was er mir zu sagen hatte. Wie es um meine Großmutter stand. Ich wollte einfach, dass alles so blieb, wie es war. Denn das war meine Welt. So hatte ich sie mir erschaffen.

Als mein Körper anfing zu protestieren, verlangsamte ich mein Tempo und wagte einen Blick auf die Uhr. Ich hatte lange durchgehalten und meine Kondition schien doch nicht so schlecht zu sein, wie angenommen. Aber die Uhr sagte mir ebenfalls, dass ich mich auf den Heimweg machen sollte, um zu duschen, wenn ich nicht völlig verschwitzt und zerzaust den Doc treffen wollte.

Mit einem flauen Gefühl im Magen betrat ich das Strandhaus meiner Großmutter und fand sie auf der hinteren Veranda. Anstatt mich sofort bemerkbar zu machen, blieb ich in der Küche stehen und beobachtete sie durch das Fenster dabei, wie sie mit Lissy ein Gespräch führte, das sehr amüsant zu sein schien. Sie gestikulierte vor sich her, so wie sie es immer tat. Leider verstand ich kein Wort von dem, was sie sagte, doch es brachte Lissy zum Lachen. Sofort fiel mir auf, dass ihre Bewegungen müde wirkten, ihre Haut wieder eine Spur blasser geworden war und ihre Lippen sich langsamer bewegten als sonst. Schon jetzt wusste ich, dass Doktor Harrison keine guten Nachrichten im Gepäck hatte.

Ich genoss die wenigen Sekunden der Wärme, die mich ausfüllte, wenn ich in ihrer Nähe war, und lehnte mich gegen die Kochinsel. Diese Frau hatte so viel für mich geopfert und jetzt konnte ich nichts machen außer zuzusehen, wie es ihr von Tag zu Tag schlechter ging. Das Leben war wirklich beschissen. Es fühlte sich elend an, ihr nicht helfen zu können, ihr die Schmerzen zu nehmen, die ihr alter Körper ihr verursachte. Beistand zu leisten und es ihr so erträglich wie möglich zu machen, war alles, was ich tun konnte, und es zerriss mich.

Augenblicklich wurde ich aus meinen Gedanken geholt, als es an der Tür klingelte.

»Reece«, begrüßte mich der Arzt und wartete, bis ich ihn hineinbat. Schweigend gingen wir zur Veranda. Lissy entdeckte uns zuerst und stand sofort auf, um uns allein zu lassen, aber nicht ohne uns vorher zu fragen, was wir gerne trinken wollten. Sie war eine Bereicherung für meine Großmutter, aber auch für mich, denn durch sie konnte ich mein schlechtes Gewissen ein wenig beruhigen. Egoistisch, aber dafür zahlte ich ihr das Doppelte wie vereinbart und das war wirklich das Mindeste.

»Mein Junge, schön dich zu sehen.« Großmutter tätschelte meine Hand und zog mich in eine innige Umarmung. Sie hatte wieder abgenommen, schoss es mir durch den Kopf. Alles in mir verkrampfte sich, als ich ihren dünnen, knochigen Körper durch das Blumenkleid spürte.

»Und Sie, Herr Doktor, hatte ich Ihnen nicht gesagt, dass Sie mich in Frieden lassen sollen?« Ihr tadelnder Blick galt dem Arzt, der sich über die Zeit ein dickes Fell aufgebaut hatte. Ja, sie konnte widerspenstig sein. Zum Glück belächelte er ihren erhobenen Zeigefinger und breitete seine Unterlagen auf dem Holztisch aus.

»Ich bin hier, um Reece zu informieren. Ich hatte mir schon gedacht, dass Sie das nicht tun würden.« Jetzt war er es, der sie mahnend ansah.

»Kann mir einer sagen, was hier los ist?« Angespannt lehnte ich mich in dem Gartenstuhl zurück, in dem ich Platz genommen hatte. Es waren nur vier Tage vergangen, seit ich das letzte Mal hier gewesen war, doch es fühlte sich an, als hätte ich einiges verpasst. Mit gerunzelter Stirn blickte ich Großmutter an.

»Halb so wild, mein Junge.«

»Mrs Bryce, wir reden hier von Ihrem Leben«, sagte Doktor Harrison und linste empört über den schwarzen Rand seiner Brille.

»Genau, und wie Sie sagten: Es ist mein Leben.« Sie war schon immer eine selbstbestimmte Frau gewesen, die sich ungern Vorschriften machen ließ. Eine der Eigenschaften, die ich wirklich an ihr mochte. Inzwischen war mir klar, warum der Doc unbedingt direkt mit mir hatte sprechen wollen. Es war jedes Mal das Gleiche: Immer wenn meine

Großmutter neue Medikamente brauchte oder eine wichtige Untersuchung anstand, sträubte sie sich. Noch schlimmer war es, wenn sie dafür ins Krankenhaus musste. Es kostete mich immer meine ganze Überzeugungskraft, gegen sie anzukommen, doch letztendlich gewann ich jedes Mal. Meinem Charme konnte selbst sie nicht widerstehen. Meine Großmutter hegte wohlgepflegte Vorurteile gegen sämtliche Ärzte und würde am liebsten ganz auf sie verzichten. Ich dagegen vertraute Doktor Harrison blind. Seit ihre rechte Niere nicht mehr arbeitete, musste sie einiges durchmachen. Mit Doktor Harrison hatten wir einen zuverlässigen Arzt an unserer Seite, der Tag und Nacht abrufbereit stand. Wahrscheinlich ging es auch jetzt wieder darum, sie zur Vernunft zu bringen.

»Wie wäre es, Granny, wenn du einen kleinen Spaziergang mit Lissy machst?«, fragte ich unschuldig. Genau in dem Augenblick betrat Lissy die Terrasse und stellte uns zwei Gläser Wasser hin. Sie verstand sofort und stellte sich hinter den Rollstuhl meiner Großmutter.

»Das finde ich eine fantastische Idee.« Langsam schob sie den Rollstuhl vom Tisch und ging mit ihr davon.

»Hey, wer sagt denn, dass ich das auch will?«, protestierte meine Großmutter grummelnd, doch nicht allzu laut. Sie wusste, dass es nichts ändern würde, wenn sie dabliebe. Lächelnd sah ich beiden hinterher und blieb an Lissys Hintern hängen. Ein wirklich wohlgeformtes Exemplar, das sofort meine Fantasie anregte …

»Sie ist wirklich die sturste Patientin, die ich je hatte«, sagte Doktor Harrison.

»Ja, da haben Sie wohl recht.« Räuspernd verdrängte ich die schmutzigen Bilder aus meinem Kopf und wandte mich dem Arzt zu.

»Die Niere beginnt zu versagen.«

Und schon landeten meine Gedanken wieder hart in der Realität.

»Wie meinen Sie das?« Ich stellte mich absichtlich begriffsstutzig an. Ich wollte das Unvermeidliche nicht wahrhaben. Nicht jetzt. Ich war noch nicht so weit.

»Es tut mir leid, Reece.« Er griff in seine Ledertasche und schob mir eine Packung Tabletten entgegen. »Ich kann ihr die letzten Wochen nur so angenehm wie möglich machen, doch sie lehnt vehement ein Palliativteam ab.«

»Ein ... was?« Palliativteam? Letzte Wochen? Das war ... ich musste mich verhört haben. Oder der Doc hatte sich versprochen. Nervös wippte ich mit dem Bein und verspürte den seltsamen Drang, meine Faust in irgendetwas donnern zu lassen.

»Die Niere arbeitet nur noch zu zehn Prozent. Ihre Großmutter ist alt, das ist nichts Ungewöhnliches.«

Mein Körper versteifte sich bei seinen Worten. Nichts Ungewöhnliches? Hier ging es um meine Großmutter. Um meine verdammte Familie. Sie war alles, was mir geblieben war.

»Schon gut, ich hab es verstanden. Und Sie sind sich sicher, dass Sie nichts mehr tun können, dass Sie alles in Erwägung gezogen haben? Es muss doch noch eine Möglichkeit geben ...« Verzweifelt fuhr ich mir durchs Haar. Der Schmerz, der sich in mir aufbaute, war unerträglich. Jetzt verstand ich, was Angst bedeutete. Wie würde es sich nur anfühlen, wenn ich sie gehen lassen musste?

Schnell erstickte ich diesen Gedanken, ließ ihn nicht zu, denn es würde bedeuten, dass ich niemanden mehr auf dieser Welt hätte, den ich liebte. Nicht nachdem meine Mutter mich sitzen gelassen hatte und mein Dad eines einsamen Todes gestorben war. Es gab niemanden außer meiner Großmutter und mich auf dieser beschissenen Welt und nun würde auch sie mich allein lassen. »Sie müssen alles machen, damit sie nicht stirbt. Das geht einfach nicht ...« Meine Stimme versagte.

»Glauben Sie mir, wenn es etwas gäbe, was ihre Großmutter am Leben halten würde, dann würde ich jetzt nicht
hier sitzen.«

Ich ertrug sein Mitleid nicht. Nicht diesen Blick, den er
mir schenkte. Verdammt, ich wollte von niemanden Mitleid.

»Die Tabletten sollte sie drei Mal am Tag nehmen. Dem
Palliativteam habe ich die Medikamentenliste geschickt.
Ich werde weiterhin rund um die Uhr erreichbar sein. Aber
Sie müssen Ihre Großmutter davon abbringen, die letzten
Meter allein bestreiten zu wollen, sie wird Schmerzen ha-
ben ...«

Mit verzerrtem Gesicht hob ich die Hand. Diese Informationen reichten mir aus, um sie davon zu überzeugen,
das Team, das der Doc zusammengestellt hatte, zu akzep-
tieren.

Nachdem ich alles mit ihm geklärt hatte, machte ich
mich sofort auf den Weg, um Granny und Lissy zu suchen.
Mir blieb keine Zeit, um das Gespräch aufzuschieben. Ein
paar Wochen. Gott verdammt, was waren schon ein paar
lächerliche Wochen? In der Ferne konnte ich die beiden
ausmachen. Geschützt vor der Mittagssonne, saßen sie im
Garten unter einer dichten Palme, die ihnen Schatten spen-
dete. Langsam näherte ich mich und machte mich durch
ein unsicheres Räuspern bemerkbar.

»Na, mein Junge, hat Doktor Harrison dir wieder seine
Schauergeschichten erzählt?«, fragte meine Großmutter lächelnd, als ihr Blick auf mich fiel.

Mühsam zwang ich mir ein Lächeln auf die Lippen,
doch ich merkte selbst, dass es nicht überzeugend war.
Meine Augen scannten sie von oben bis unten ab, suchten
nach Anzeichen. Anzeichen für ihren baldigen Tod. Nie
wieder würde ich sie unbeschwert anschauen können.

Unauffällig gab ich Lissy ein Zeichen, uns allein zu lassen. Meine Hände umfassten die Griffe des Rollstuhls und
geübt lenkte ich ihn auf dem schmalen Weg entlang, den

ich extra für meine Großmutter hatte anlegen lassen, damit sie so nah wie möglich mit dem Rollstuhl ans Meer fahren konnte. Sie war zwar noch in der Lage zu laufen, doch es kostete sie zu viel Kraft, weitere Strecken zurückzulegen. Kurz bevor das Meer unsere Füße berührte, hielt ich an und setzte mich neben sie auf einen Stein.

»Er hat also schon mit dir gesprochen?«, fragte ich. Seltsam, wie sich das Leben in einem Sekundenbruchteil wenden konnte. Dabei hatte ich gedacht, dass alles immer so bleiben würde, wie es war. Lächerlich naiv, wie ich jetzt feststellte.

»Natürlich. Er will mir ein komisches Team schicken, das mich betreut, bis ich den Löffel abgebe. So weit wird es aber nicht kommen.«

»Er meint es nur gut«, sagte ich. Sie zu überzeugen, würde nicht leicht werden, vor allem nicht ohne Worte, die sich nach Tod anhörten.

»Reece, schau mich mal an.« Widerwillig löste ich meinen Blick von den Wellen. Ihre trüben blauen Augen fixierten mich, mahnten mich, nichts gegen ihre Entscheidung einzuwenden. Aber diesen Gefallen konnte ich ihr nicht tun. Dafür liebte ich sie zu sehr. »Hör mir genau zu«, fuhr sie fort. »Deine Granny ist keine zwanzig mehr, auch wenn ich vielleicht so aussehe. Mein Körper hat einunddachtzig Jahre einen tollen Job gemacht. Viele Menschen werden nicht mal so alt. Mein Verfallsdatum rückt näher und das ist okay. Das ist das Rad des Lebens, der natürliche Kreislauf, den wir alle durchlaufen. Die einen früher, die anderen später.« In ihren Augen lag Zuversicht. Zuversicht, die ich nicht nachempfinden konnte. Sie glaubte an ein Leben nach dem Tod. Glaubte fest daran, ihre Eltern, meinen Großvater und meinen Vater wiederzusehen. Wahrscheinlich fürchtete sie sich nicht einmal.

»Mach dir um mich keine Sorgen.« Zittrig näherte sich ihre Hand meiner Wange.

Mit geschlossenen Augen ließ ich die Berührung zu, auch wenn sie mir in diesem Moment die Luft zum Atmen nahm. Plötzlich fühlte ich mich verloren. So wie der kleine Junge, der ich einst gewesen war. Verlassen und einsam.

»Ich bin so stolz auf dich. Ich werde immer auf dich aufpassen, werde Tag und Nacht über dich wachen.«

Eine Träne rollte meine Wange hinab. Einsam, genau wie ich es sein würde, wenn sie ging. »Das Team von Doktor Harrison wird es dir leichter machen. Was kann ich tun, damit du nicht mehr so stur bist?« Mit verschleiertem Blick nahm ich ihre Hand in meine. Irgendwie musste ich sie umstimmen. Sie durfte nicht leiden. Allein der Gedanke daran brachte mich fast um.

»Du musst aufhören, dir Sorgen zu machen. Ich habe Frieden mit dem Tod geschlossen und keine Angst davor zu sterben. Das Einzige, was ich mir wünsche, ist eine Frau an deiner Seite, die deine harte Schale durchbricht und dich wirklich liebt. Die dir zeigt, wie schön das Leben ist, die Liebe ...« Ihr müder Blick ruhte auf mir und ich schluckte jede nicht vergossene Träne hinunter.

Sie wünschte mir genau die Dinge, die nicht auf meiner Liste standen. Und die niemals dort stehen würden. Denn die Liebe existierte nicht. Es war ein Gesellschaftsding, eine Laune der Natur und damit konnte ich nichts anfangen. Ich war kein Träumer wie mein Dad. Und das war gut so. Um Sex zu haben, musste ich nicht lieben. Denn Liebe war etwas Beschissenes, so hatten es meine Eltern mir vorgelebt. Schaumkronen bildeten sich um meine Füße, Salz fraß sich in meine sündhaft teure Designerhose, die mir in dem Moment so egal war, wie das Geld, das sich auf meinem Konto stapelte. Was hatten diese Sachen noch für eine Bedeutung, wenn ich sie mit niemandem mehr teilen konnte?

Ich hatte keine Ahnung, welcher Teufel mich ritt, als meine nächsten Worte aus mir heraussprudelten. »Wenn es da jemanden gäbe ... Also angenommen, ich hätte eine

Freundin, mit der ich es wirklich ernst meine. Die meine Verlobte wäre ...« Ich machte eine Pause und betrachtete die einst so starke Frau. Glanz war in ihre Augen getreten und ihre Lippen umspielte ein Lächeln, das mich nicht zurückrudern ließ. Verdammt. »Ich wollte dir bald von ihr erzählen. Es ist noch sehr frisch, aber ich habe ihr deinen Ring angelegt und sie gefragt, ob sie meine Frau werden möchte. Ich hätte dir eher von ihr erzählt, aber ich wollte es noch eine Weile nur für mich behalten, bevor ich sie teilen muss.« Ich vergrub meine Füße im Sand, meine Zehen verkrampften sich. Wie bescheuert ich mich anhörte, wurde mir erst beim Aussprechen meiner Worte bewusst.

»Mein Junge, komm her.« Granny zog mich an der Hand und lehnte sich mir entgegen, um mich zu umarmen. »Wer ist die Glückliche? Erzähl mir alles. Du machst deine alte Großmutter verdammt glücklich, weißt du das?« Um ihre Augen bildeten sich tiefe Lachfalten.

»Alles zu seiner Zeit. Ich stelle sie dir bald vor. Doch eine Bedingung hätte ich da: Du hörst auf den Doc und das Team. Sie meinen es nur gut. Du hast mein Wort!«

Ihre Augen verengten sich. »Du willst mich erpressen?«

»Erpressen«, sagte ich empört. »So was nennt man einen Deal aushandeln.« Fast musste ich lachen, denn ihr Gesichtsausdruck war wirklich mordlustig.

»Heißt das, du würdest mir deine Verlobte nur vorstellen, wenn ich zustimme?«

Oh Mann, was hatte ich mir nur dabei gedacht? Ihr Blick durchbohrte mich förmlich.

»So könnte man es sagen. Es sei denn, du stimmst freiwillig zu.« Es kostete mich Kraft, nicht nachzugeben. Manchmal musste man zu solchen unfairen Mitteln greifen. Zumindest redete ich mir das ein, während sie mich weiterhin grimmig ansah.

»Was stimmt nur mit euch jungen Menschen von heute nicht?«

»Wir sind verdorben bis ins Herz.« Grinsend ging ich auf ihre Tirade ein. »Aber in diesem speziellen Fall geht es mir nur um dein Wohl.« Ich lächelte sie weiter an, auch wenn mir nicht danach war. Und es schien zu helfen, denn ihre Gesichtszüge erhellten sich. Zumindest ein kleines bisschen. Aber ich kannte sie zu gut. Sie würde nachgeben.

»Eigentlich hättest du eine Ohrfeige verdient. Deine Erziehung bräuchte mal wieder eine kleine Auffrischung.« Sie legte die Stirn in Falten und wandte sich von mir ab. Vielleicht hatte ich mich doch geirrt und sie würde nicht anbeißen. Eigentlich wäre dies auch gar nicht so schlecht, wenn man bedachte, dass ich keine Verlobte hatte, die ich auf die Schnelle meiner Großmutter vorstellen konnte.

»Deal«, schoss es wie aus der Pistole aus ihrem Mund. Augenblicklich erstarrte ich. »Schau nicht so. Du hast schon richtig gehört. Deine alte Granny muss unbedingt erleben, welche Frau es geschafft hat, dein stählernes Herz zu erobern.« Meine Großmutter war wirklich der Wahnsinn. Und immer wieder für eine Überraschung gut.

Wenn jetzt noch eine Frau vom Himmel fiel, vorzugsweise direkt in mein Bett, könnte ich meinen Teil des Deals sogar einhalten. Aber das würde ich schaffen, auch wenn mir wahrscheinlich keine heiße Braut vom Himmel geschickt wurde. Und wenn es das Letzte war, was ich tat.

KAPITEL 3

Noch nie war ich so froh gewesen, das Büro zu verlassen. Die Menschen, die von sich behaupteten, Privates und Berufliches trennen zu können, verdienten meinen ganzen Respekt. Die herrische Stimme meines Dads wirbelte noch immer durch meinen Kopf und gab mir Befehle, als ich schon lange in meinem Auto saß. Melody hatte sich heute nicht abwimmeln lassen und darauf bestanden, dass ich bei ihr vorbeikam, um mit ihr den Abend zu verbringen – so wie gestern abgemacht. Doch so sehr ich ihre Gegenwart genoss, war mir heute mehr danach, mich zu Hause zu verkriechen.

Wie jeden Tag besorgte ich mir die neuen Zeitungen am Kiosk. Vielleicht war ja heute ein Job dabei, der sich in meinen Uni-Berufsalltag integrieren ließ. Es juckte mir in den Fingern, sofort rechts ranzufahren und die Stellenangebote nachzuschlagen. Die Hoffnung starb bekanntlich zuletzt. Es war schließlich keine Option, die Stiftung in den Sand zu setzen. Es war das Mindeste, was ich tun konnte – Cathryns Traum nach ihrem Tod zu verwirklichen. Und Kindern eine Zukunft zu schenken, erwärmte wenigstens ein wenig mein kaltes Herz. Es musste einfach alles gut werden. Die leise Musik im Hintergrund erhellte meine Stimmung von Schwarz auf Grau. Eine Seltenheit, seit meine Schwester nicht mehr da war. Sie war wie die Sonne gewesen, warm und geborgen. Dieses strahlende Gefühl, das sie versprüht hatte, war aus meinem Leben verschwunden, auch wenn ich immer wieder versucht hatte, es einzufangen. Die böse Stimme in mir flüsterte: Du weißt, warum. Du verdienst es nicht anders.

Mit Schrittgeschwindigkeit lenkte ich meinen Wagen in das Viertel, in dem Melody wohnte. Es war keine der noblen Ecken von Santa Barbara, aber sie war gepflegt und mir gefielen die Bungalows, die alle gleich aussahen. Es wirkte wohnlich, gemütlich und es regte meine Fantasie jedes Mal auf Neue an, mir die Gegend genauer anzuschauen. Mich zu fragen, wer hinter den sandfarbenen Fassaden lebte. Was »normale« Menschen für Sorgen hatten. Die Leute, die ich kannte, versteckten sich hinter ihrem Geld, kauften sich teure Villen, Autos und Yachten, um ihre Sorgen zu überdecken. Sie waren so langweilig wie ein leeres Blatt Papier. Ob diese Leute auch so über mich dachten?

»Hey, da bist du ja endlich.« Noch bevor ich den Motor ausgestellt hatte, riss Melody die Autotür auf und ein breites Grinsen erschien auf ihrem Gesicht. »Schön, dich zu sehen.« Sie zerrte mich aus dem Wagen und nahm mich kurz in den Arm, bevor wir in ihren Bungalow gingen und die immer noch warme Abendsonne hinter uns ließen. »Also, schieß los, ich will alles wissen.« Sie nahm einen tiefen Atemzug. »Was hat dein Alter sich wieder bei der Nummer gedacht? Ich meine, er kann dich doch nicht immer so erniedrigen und demütigen. Und Mason ... wann verpasst du diesem Mistkerl endlich einen gewaltigen Arschtritt?« Sie begann, sich in Rage zu reden.

So war Melody eben, sie sprach nie um den heißen Brei herum. Und vor allem war ihre Zunge immer schneller als ihr Hirn. In knappen Sätzen skizzierte ich ihr den gestrigen Tag. Wie Dad mich vor dem Team gedemütigt hatte, indem er meinen Freund bevorzugte. Der meine Arbeit präsentierte, sich auf ihr ausruhte und Lob dafür kassierte, ohne einen Finger dafür krumm gemacht zu haben. Es tat gut, mir den Frust von der Seele zu reden, indem ich das aussprach, was ich dachte – und nicht das, was man von mir hören wollte. Melody drückte mir ein Glas in die Hand und sofort stieg mir der Duft von Rotwein in die Nase. Normalerweise trank ich keinen Alkohol mehr, doch heute hatte ich es bitternötig. Melody hörte mir zu, redete nicht viel, sondern warf nur hin und wieder einen Kommentar ein, wenn es angebracht war. Sie wusste einfach, wie es funktionierte, eine Freundin zu sein.

»Mason hat mich nicht einmal gefragt, warum ich mich gestern nicht mehr gemeldet habe«, beendete ich meine Leier und leerte den letzten Schluck meines Weins.

Melody betrachtete mich mit einem mitleidigen Blick. »Wann wirst du endlich kapieren, dass der Tag X niemals kommt, Liv? Es interessiert ihn nicht. Nicht gestern, nicht heute und auch nicht morgen. Und wann checkst du endlich, dass du ihn nicht liebst? Deine Gefühle für ihn werden sich nicht ändern, und wenn du es noch so sehr willst. Man kann so etwas eben nicht erzwingen. Siehst du nicht, dass er dich nur benutzt? Dass er versucht, sich ›hochzuschlafen‹?« Sie zeichnete Anführungszeichen in die Luft, weil sie genau wusste, dass zwischen mir und Mason nichts lief – zumindest nichts Intimes. Ich wusste, dass sich diese Eigenheit unserer Beziehung für die meisten Außenstehenden komisch anhörte, doch für uns funktionierte es. Sex war auch eins der Dinge, die nach Cathryns Tod aus meinem Leben verschwunden waren. Und was Mason anging – er stammte aus einem sehr fundamental-christlichen Elternhaus. Ich war immer davon ausgegangen, dass er so etwas wie Sex vor der Ehe generell ablehnte.

Melodys Worte versetzten mir einen Stich, weil sie natürlich recht hatte. Mason und ich führten eine seltsame Beziehung, aus der wir beide unsere Vorteile zogen. Mason sah in mir die Chance, aufzusteigen und einen guten Posten in unserem Unternehmen zu ergattern, und ich … wollte es meinen Eltern recht machen. Ich wollte sie glücklich machen, indem ich mit einem Mann zusammen war, der ihren Vorstellungen entsprach. So ziemlich alles, was ich tat, seit Cathryns Tod, tat ich nur ihretwegen. Stolz und glücklich wollte ich sie machen. Nur gelang es mir nicht.

Gedankenverloren sah ich Melody dabei zu, wie sie mein Glas auffüllte.

»Ich weiß nicht mehr, wo mir der Kopf steht«, hörte ich mich selbst sagen.

Melody stöhnte auf. »Aber ich weiß, dass du endlich von zu Hause raus musst. Und aus der Firma. Du musst anfangen, dein Leben zu leben, Liv, und nicht das deiner Eltern. Du bist dreiundzwanzig, dir stehen alle Türen offen. Dass du ausgerechnet Wirtschaftswissenschaften studieren musst ... Du weißt genau, dass dein Herz für die Musik schlägt. Es war immer dein Traum, Sängerin zu werden. Nimm endlich deine Maske ab – dein wahres Gesicht ist viel zu schön, um es dahinter zu verstecken.«

Verloren schlich sich eine Träne aus meinem Augenwinkel, die verriet, wie sehr mich ihre Worte trafen. Sie hatte einen wunden Punkt erwischt. Einen Punkt, den ich aus meinem Leben gestrichen hatte. Er gehörte der Vergangenheit an. Melody sprach von der alten Liv, in der einst ein Feuer gelodert hatte. Heute trug ich nur die Asche in mir, die das Feuer hinterlassen hatte.

Melody nahm mich in den Arm. Sie fuhr tröstend über meinen Rücken und schenkte mir dabei mehr, als ihr wahrscheinlich bewusst war. Für einen Moment ließ ich meine Gefühle zu, ließ zu, um mein altes Ich zu trauern, obwohl ich es nicht sollte. Es stand mir nicht zu.

»Weißt du, ich hab da zufällig was. Es könnte dich von deinem Kummer ablenken.« Sie löste sich aufgeregt von mir und ging zur Garderobe hinüber, um etwas aus ihrer Handtasche zu kramen. Ihre schwarzen Locken hüpften im Takt, als sie strahlend auf mich zukam und mir etwas unter die Nase hielt.

»Und was ist das?« Meine Stimme klang nasal und ich griff nach den Tüchern, die direkt auf dem kleinen weißen Beistelltisch neben der Couch standen, um mir die Nase zu putzen.

»Zwei Karten für das R&B!« Sie klang, als würde sie eine ganz bestimmte Reaktion von mir erwarten.

Schulterzuckend nahm ich ihr die Karten ab und drehte sie in meiner Hand. »Und was ist das?«

»Mensch Liv! Jeder kennt das R&B und weiß, wie schwer es ist, an Karten zu kommen.« Sie stemmte ihre Hände in die Hüften.

Ertappt hob ich die Augenbrauen. Woher sollte ich so etwas wissen? Ich ging zur Uni, ins Büro und dann nach Hause.

»Jeder redet von dem Club. Dort soll es die besten Cocktails der Stadt geben, gute Musik und eine abgefahrene Location.« Aufgeregt ließ sie sich neben mich fallen und sah mich hoffnungsvoll an.

»Du denkst doch nicht, ich würde ...«

»Und ob ich das denke, Liv. Du gehst mit mir dahin, und wenn ich dich an den Haaren mitzerren muss!«

»Vergiss es. Das ist nicht meine Welt ... nicht mehr.« Unangenehmes Schweigen machte sich breit. »Tut mir leid«, flüsterte ich und malte mit dem Zeigefinger die Muster ihrer samtigen Couch nach. Wieso schaffte ich es immer, eine eisige Stimmung zu verbreiten? Sie hatte es nicht verdient, meinen Frust abzubekommen. Sie meinte es doch nur gut.

»Ist schon okay«, murmelte sie. »Ich versuche nur, dir zu helfen. Vermisst du nicht auch manchmal die alten Zeiten, als wir die Nächte zum Tag gemacht haben?«

Schwach nickte ich, zu mehr Antwort war ich gerade nicht fähig. Mein Handy vibrierte und unterbrach die Melancholie. Es war Mom.

»Olivia, wo steckst du?« Anscheinend war ihr meine Abwesenheit aufgefallen.

»Bei Melody.«

»Du hättest Bescheid sagen können, dann hätten wir mit dem Essen nicht warten müssen.« Im Hintergrund hörte ich Geschirr klappern. Das bedeutete, dass sie schon mit dem Essen fertig waren. Also wollte sie mich nur kontrollieren. Und ich hatte für einen kurzen Moment gedacht, dass sie sich wirklich für mein Wohlbefinden interessierte. Wut stieg in mir hoch. Und im Gegensatz zu sonst, unterdrückte ich sie nicht sofort, sondern ließ sie sich in meinem Körper ausbreiten.

»Tut mir leid, Mom. Melody geht es nicht gut, deshalb bin ich nach der Arbeit direkt zu ihr gefahren.« Sofort biss ich mir auf die Lippen. Ich hatte gerade meine Mutter angelogen. Und obwohl ich erwachsen und meinen Eltern keinerlei Rechenschaft schuldig war, wussten sie in der Regel immer, wo ich mich aufhielt. Nie im Leben würde es mir normalerweise einfallen, sie darüber anzulügen.

»Richte ihr gute Besserung aus. Ist es denn schlimm, braucht sie einen Arzt?« Mom machte sich nicht wirklich Sorgen um Melody, doch sie gab sich im Gegensatz zu meinem Vater immerhin Mühe. Nach Cathryns Tod hatte sie Trost in der christlichen Gemeinde in unserer Nachbarschaft gefunden und seitdem arbeitete sie an sich. Versuchte, ein besserer Mensch zu sein, was ihr aber an manchen Tagen nur bedingt gelang.

Melody riss ihre Rehaugen auf und sah mich mit gespieltem Entsetzen an. Ich gab ihr ein Zeichen, still zu bleiben. Da ich sowieso schon gelogen hatte, konnte ich auch genauso gut weitermachen. »Lieb von dir, Mom. Die richtigen Medikamente sollten ihr auf die Beine helfen.«

Melodys Augen wurden noch größer. Ihre in Falten gelegte Stirn zeigte, wie irritiert sie über meine Lügen war. Zu Recht. Normalerweise würde ich so etwas auch nicht tun. Und warum ich ausgerechnet jetzt damit anfing, war mir ebenfalls nicht klar. Aber nun gab es kein Zurück mehr.

»Ich bleibe die Nacht bei ihr. In diesem Zustand kann ich sie nicht allein lassen.« Seufzend wartete ich ihre Reaktion ab und zupfte dabei am Saum meines Rockes.

»Schon gut. Melde dich bitte, wenn irgendetwas ist. Ich bete für sie.«

Erleichtert atmete ich auf. Sie hatte meine Lüge geschluckt, kein Hinterfragen, keine Zweifel. Sollte ich ein schlechtes Gewissen haben? Ja, das hatte ich definitiv. Doch es fühlte sich seltsamerweise gut an.

»Was war das bitte?« Melody zeigte auf mein Handy, das achtlos auf meinem Schoß lag.

»Ich komme in die Hölle.«

»In die Hölle?« Sie brach in aufgeregtes Gekicher aus. »Ins R&B, meine Hübsche!«

»Das ist dasselbe.« Überrumpelt fiel ich in den Kissenberg hinter mir, als sie sich kreischend auf mich stürzte. Hoffentlich würde ich meinen Entschluss morgen nicht bereuen. Aber selbst wenn – das würde morgen sein und nicht heute. Jetzt genoss ich den Ruf der Freiheit, dem ich mit meiner spontanen Aktion ein kleines Stück näherkam. Nur heute, ermahnte ich mich selbst. Nur ein einziger Abend.

»Tja, wer den Teufel als beste Freundin hat, kommt früher oder später in die Hölle.« Melody lachte herzhaft und ich stimmte mit ein. Mein Herz klopfte wild in meiner Brust. Ein Gefühl, das ich schon ewig nicht mehr verspürt hatte und das ich eigentlich nie mehr hatte spüren wollen. Und doch war es da. Immer noch. Irgendwo tief in meinem Inneren war die alte Olivia verborgen und wartete nur darauf, herausgelassen zu werden.

Steif stand ich vor dem großen Spiegel und betrachtete die Frau, die mich aus kühlen blauen Augen ansah. Ihre langen Beine wurden durch ein schwarzes, enganliegendes Kleid bedeckt, das ihr Dekolleté in Szene setzte. Ihr sonst glattes Haar fiel ihr wellig über die Schultern. Sie trug Make-up, das nicht billig aussah, sondern Eleganz über ihr Gesicht legte. Ihre Lippen wirkten voller als sonst. Ihr Outfit strahlte Stärke aus, Selbstbewusstsein. Aber wenn man sich einen Moment nahm und in ihre Augen sah, entdeckte man dort nur Kälte. Sie bildeten einen krassen Kontrast zu ihrem Outfit. Es war ein wenig beängstigend.

»Du siehst wunderschön aus.« Stolz umrundete Melody mich und bewunderte ihr Kunstwerk aus funkelnden Augen, die sie dezent geschminkt hatte. Das Gold ihres glitzernden Paillettenkleides betonte ihren dunklen Teint und setzte ihre Kurven in Szene. Sie sah aus wie ein Hollywoodstar.

»So kann ich unmöglich auf die Straße. Es ist viel zu knapp und es steht mir irgendwie nicht.« Wie ein Kleinkind begann ich zu nörgeln, dabei gefiel mir mein Outfit. Aber das war nicht ich. Nicht mehr.

»Hör auf, so einen Mist zu reden. Du wirst die heißeste Braut in dem Club sein. Darauf verwette ich meinen Hintern. Das Kleid hat nicht halb so gut an mir ausgesehen.« In gespielter Trauer verzog sie das Gesicht. Mein Blick huschte wieder zu meinem Spiegelbild zurück. Dann drehte ich mich mit zusammengekniffenen Augen um. Sie hatte recht, ich sah gut aus und ich wollte nicht wieder die Stimmung versauen.

»Lass uns gehen«, sagte ich deshalb nur und griff nach meiner Handtasche. Es war nur eine Frage der Zeit, bis ich mich wieder umentscheiden würde, und das wollte ich Melody nicht antun. Vielleicht sollte ich einfach beschließen, diesen Abend zu genießen. Ich kam aus der Nummer sowieso nicht mehr heraus und es würde nichts ändern, wenn ich meine Umwelt mit meiner schlechten Laune verpestete.

Unser Taxi wartete schon, als wir im Dunkeln das Haus verließen. Zum wiederholten Male machte ich mir klar, dass ich immer noch einen Rückzieher machen konnte. Doch der klitzekleine Schimmer an Abenteuerlust in mir war diesmal stärker als meine Schuldgefühle.

Ich stieg auf die Rückbank des Wagens und legte meinen Kopf gegen die kühle Fensterscheibe. Für einen kurzen Moment genoss ich es, dass niemand etwas von mir wollte, während Melody dem Taxifahrer die Adresse gab. Ich mochte es, abends durch Santa Barbara zu fahren, das Meer zu riechen und dieses magische Gefühl in mir aufzusaugen, das entstand, wenn die Stadt in einem Lichtermeer aufging. Alles sah so viel friedlicher aus.

Der Taxifahrer lenkte den Wagen Richtung Promenade und damit näher ans Geschehen heran, das ich doch längst hatte vergessen wollen. Früher war ich fast täglich hier gewesen und hatte nächtelang gefeiert, ohne an morgen zu denken. Ein beklemmendes Gefühl breitete sich in meiner Brust aus. Wieso musste dieser Club so nah an meinem alten Leben dran sein?

Wir hielten vor einem quadratischen Gebäude, dessen schwarze Fassade in ein blaues Neonlicht getaucht wurde und den Schriftzug R&B erleuchten ließ. Da waren wir also. Meine Beine wurden weich. Der Fahrer rollte ein wenig nach vorne, rückte auf, als die Leute im Taxi vor uns ausstiegen. Mit klopfendem Herzen sah ich, wie sie den schwarzen Teppich betraten, sich in die Reihe stellten und ihre Karten parat hielten. Kurz erhaschte ich einen Blick auf die Türsteher, die direkt neben zwei imposanten Säulen standen und den Eingang bewachten.

»Woher hast du die Karten eigentlich?«, fragte ich flüsternd. Wenn es von außen so edel aussah, wie sollte es erst im Inneren aussehen?

»Ein Bekannter hat sie mir besorgt.« Melody drückte dem Fahrer Geld in die Hand. »Warum fragst du?«

Beim Aussteigen versuchte ich mein Möglichstes, damit das Kleid nicht verrutschte. Ich wollte nicht wissen, wie ich dabei aussah. »Sie müssen doch schweineteuer gewesen sein.«

Statt mir zu antworten, schüttelte sie den Kopf, hakte sich bei mir ein und wir stürzten uns ins Getümmel.

Morgen würde ich in meiner persönlichen Hölle wach werden. Das war so sicher wie das Amen in Moms Kirche.

KAPITEL 4

Brummend schob ich die Gästeliste auf meinem Schreibtisch zur Seite und lehnte mich mit geschlossenen Augen in meinem Bürostuhl zurück. In meinem Kopf wirbelten die Gedanken so sehr im Kreis, dass die Buchstaben vor meinen Augen zu wirrem Wortsalat verschwammen – und keinesfalls zu den Namen, die sie eigentlich darstellten. Und das ging nun schon seit Stunden so. Mein Gehirn wollte sich nicht auf die alltäglichen Aufgaben einlassen. Nicht nach der Hiobsbotschaft von Doktor Harrison. Nachdem ich heute Mittag nach Hause gefahren war, hatte ich fest mit einem Zusammenbruch, einem Ausraster oder irgendwas anderem in der Art gerechnet. Stattdessen hatte ich mich nur elend und leer gefühlt. Um mich abzulenken, war ich früh ins R&B gefahren, um die letzten Vorbereitungen für den Abend zu treffen. Doch im Grunde war schon alles seit Tagen erledigt und ich schaffte es einfach nicht, mich zu konzentrieren. Immer wieder schwappten Emotionen über den Rand meines Unterbewusstseins, doch nie lange genug, um sie aufzufangen und einzuordnen.

Mit meiner Faust schlug ich auf den Schreibtisch. Wie sollte ich nur die Veranstaltung überstehen, ohne mein Büro in Kleinteile zu zerlegen? Granny blieben mit viel Glück ein paar verdammte Wochen. Wie sollte ich die uns verbleibende Zeit nur auskosten? Die Umstände machten es mir nicht leichter. Als Erstes musste ich einen Ersatz für mich selbst im R&B organisieren. Irgendjemand musste für mich einspringen und die Stellung hier vor Ort halten. Auch wenn ich es ungern zugab – der Gedanke daran bereitete mir Unbehagen. Die Kontrolle aus der Hand zu geben, fühlte sich wie Verrat an. Doch in diesem Fall blieb mir keine andere Option. Deshalb kam auch niemand anderes außer Alec infrage. Ihm würde ich den Club voll und ganz anvertrauen.

Ich griff nach meinem Telefon und bestellte mir einen Espresso bei Cindy unten an der Bar. Mir war einfach nicht danach, mein Büro zu verlassen. Bis zum Pokerabend blieben mir noch zwei Stunden, um einen klaren Kopf zu bekommen. Und die wollte ich nutzen.

Von meinen Monitoren aus konnte ich sehen, wie sich der Club zunehmend mit Menschen füllte. Ich hatte jeden Winkel im Blick und wusste, wer rein oder rausging. Es war absolut nicht nötig, nach unten zu gehen, wenn ich wissen wollte, was im Laden vor sich ging. In Santa Barbara war Glücksspiel illegal und doch konnte man sich damit ein goldenes Näschen verdienen, wenn man das Risiko einging, mit dem Feuer zu spielen. Deshalb durfte bei der Planung keinesfalls etwas schief gehen. Mein Publikum war speziell ausgesucht und unterschrieb eine Verschwiegenheitsklausel, genau wie mein gesamtes Personal. Mittlerweile wusste ich jedoch, dass auch die Obersten das Glücksspiel liebten, und so war es nichts Ungewöhnliches, Staatsanwälte, Polizisten und Beamte in meiner Bar zu begrüßen. Allerdings war Vorsicht schon immer besser als Nachsicht gewesen.

Die Tür öffnete sich hinter mir – fast hätte ich vergessen, dass ich einen Espresso bestellt hatte. »Danke Cindy, stell ihn einfach ab«, sagte ich, ohne mich umzudrehen.

»Aber natürlich, Mister Bryce.«

Ich verdrehte die Augen und konnte ein Grinsen nicht unterdrücken. Aus dem Augenwinkel sah ich Alec. Der Scherzkeks hatte seine Worte nur gehaucht und beugte sich jetzt mit flatternden Augenlidern zu mir herunter.

»Alter, lass den Scheiß. Du hast keine Chance bei mir.« Alec war einer meiner ersten Mitarbeiter gewesen und inzwischen ein echter Freund geworden. Er nahm mir meine Sprüche nicht übel.

»Hab gehört, du hast schlechte Laune«, säuselte Alec und knallte mir den Espresso auf den vorderen Teil des Schreibtisches, so dass die Hälfte des braunen Getränks auf meine Unterlagen schwappte. Gut, dass Alec nicht im Service arbeitete. »Was kann ich dir denn Gutes tun, mein Lieber?«, fragte er anzüglich und wackelte mit den Augenbrauen, nachdem ich mich zu ihm umgedreht hatte.

Als ich nicht auf seine Späße reagierte, wurden seine Züge ernst. »Was ist los? Cindy meinte, du wärst schon lange nicht mehr so angepisst gewesen.«

Die Sache mit meiner Großmutter ging niemanden etwas an, erst recht nicht meine Mitarbeiter. Alec wollte ich aber nicht verschweigen, was los war. »Grannys Niere arbeitet nicht mehr richtig. Der Doc gibt ihr noch ein paar Wochen.« Mein Blick wanderte von ihm weg zurück zur Gästeliste, die auch ein paar Espressospritzer abbekommen hatte. Ich hatte Angst davor, Mitleid in seinen Augen zu sehen.

Einen Moment lang herrschte Stille.

»Fuck, Reece. Das tut mir leid.« Aus Alecs Stimme war jeglicher Rest von Heiterkeit verschwunden – ein Umstand, der für mich verstörend ungewohnt war.

Unkontrolliert begann ich, mit dem Bein zu wippen. Mir hatte kein Mensch beigebracht, wie man sich in solchen Situationen verhielt. Es zerriss mich förmlich. Es war einfach zu viel für mich. Diese Gefühlsscheiße war nicht mein Ding.

»Kann ich irgendwas für dich tun?« Er hatte sich schnell wieder gesammelt. Er kannte mich und wusste, dass er mich mit seinem Mitleid überforderte.

»Kannst du für ein paar Wochen abends hier die Stellung halten?« Wieder schwieg mein Freund einen Moment lang. Ihm war klar, wie schwer mir diese Bitte fiel, und hatte wahrscheinlich selbst Probleme, die passenden Worte zu finden.

»Mach ich gerne«, sagte er schließlich schlicht. »Gibt es sonst noch irgendetwas?«

Es gelang ihm nicht, die Nervosität komplett aus seiner Stimme zu verbannen. Für einen Augenblick schloss ich die Augen, bevor ich mich mit einem schnell aufgesetzten Grinsen zu ihm umwandte.

»Hast du eine Frau, die sich als meine Verlobte ausgeben kann?«

Alec zog die linke Augenbraue so hoch, dass sie beinahe in seinem Haaransatz verschwand. »Hä?«, machte er eloquent.

Bei seiner verdutzten Miene verzog sich mein Mund automatisch zu einem echten Lächeln. »Ich habe meiner Großmutter erzählt, ich hätte mich verlobt. Der Gedanke daran hat sie so verdammt glücklich gemacht. Aber jetzt muss ich irgendwo eine Frau aus dem Ärmel zaubern, die ich ihr als meine Verlobte präsentieren kann, bis ...« Ich ließ den Satz unvollendet.

Wieder einmal bewies Alec, dass er der beste Freund war, den ich mir vorstellen konnte. Er stellte meine hirnrissige Aktion nicht in Frage und sagte mir nicht, wie verdammt bescheuert und kurzsichtig ich mich verhalten hatte.

»Ich seh mal, wen ich auftreiben kann«, war alles, was er zu der ganzen Geschichte sagte, bevor er sich umdrehte und mein Büro wieder verließ.

KAPITEL 5

Melody hatte wirklich nicht zu viel versprochen – schon beim Betreten des Clubs klappte mir der Mund auf und wollte einfach nicht mehr zugehen. Das R&B war die reinste Reizüberflutung für meine Augen und mein Gehirn. Durch einen kleinen Flur gelangten wir in ein Foyer, in dem uns afrikanische Musik empfing. Trommelbässe vibrierten in meinem Körper und wir tauchten augenblicklich in einen exotischen Dschungel ein. Lianen schlängelten sich an leopardengemusterten Wänden entlang und mein Blick blieb an gläsernen Terrarien hängen. Waren da wirklich lebende Vogelspinnen drin? Waren die Dinger echt so höllisch groß? Und verstieß das R&B damit nicht gegen irgendein Tierschutzgesetz?

»Der Hammer!«, rief Melody. Jedenfalls vermutete ich es aufgrund ihrer Lippenbewegungen – verstehen konnte ich sie bei dem Lärm nicht. Meine Freundin deutete auf die verschiedenen Eingänge, die von dem Foyer abzweigten. Las Vegas, Miami Beach, Blue Aqua und Moulin Rouge – jede Tür zierte eine andere Überschrift.

»Wo sollen wir anfangen?« Ich war davon ausgegangen, dass das Foyer Teil des Clubs war, doch da hatte ich mich geirrt. Der Dschungel war nur der Vorgeschmack. Die Tür zum Themenbereich Miami Beach öffnete sich und ich konnte einen Blick ins Innere erhaschen. Heilige Scheiße ... wem auch immer dieser Laden gehörte, er hatte sich ins Zeug gelegt. Es gab doch tatsächlich einen echten Strand! Nicht dass ich Strände nicht gewöhnt wäre, schließlich war ich am Meer aufgewachsen, aber in einem Club?

»Hat hier jeder Raum ein Motto?« Ich trat ein Stück zur Seite, damit die Gäste hinter uns weiterziehen konnten. Langsam wurde es ganz schön voll hier.

»Jap. Sollen wir von links nach rechts oder von rechts nach links?« Melody sah aus, als könnte sie es kaum abwarten, den Club zu stürmen. Überfordert zuckte ich mit den Schultern. Eigentlich war es egal, wo wir anfingen, denn ich ahnte, dass sie ohnehin erst Ruhe gab, wenn wir alle Räume durchprobiert hatten. Melody nahm mir die Entscheidung kurzerhand ab, zog mich mit sich und wir ließen die Trommelbässe hinter uns. Als Nächstes zogen Burlesque-Tänzerinnen meine Aufmerksamkeit auf sich. Sie bewegten sich rhythmisch, elegant und vor allem sexy zu der Musik der Liveband. Wow, die Goldenen Zwanziger! An der Bar ergatterten wir uns einen der roten, samtigen Hocker.

»Was möchtest du trinken?«, rief meine Freundin über die Musik hinweg und gab dem Barkeeper ein Zeichen.

»Wasser, bitte.«

Ihre Mundwinkel zuckten, als der Kerl hinter der Theke näher kam. Und ich wusste auch warum: Er passte genau in ihr Beuteschema. Groß, muskulös, blaue Augen und ein Zahnpastalächeln. Sexy lehnte sie sich über die Theke, wobei ihr Dekolleté bestimmt nicht zufällig eine Etage höherrutschte. Amüsiert sah ich dem Typen zu, wie er kurz aus dem Konzept geriet. Melody würde sich auch gut als Burlesque-Tänzerin machen. Sie versprühte diese Art von Sexyness, ohne billig zu wirken.

»Bist ja schnell fündig geworden«, sagte ich, nachdem der junge Mann ihre Bestellung aufgenommen hatte. Lächelnd rutschte ich mit meinem Hocker ein Stück näher an sie heran, damit ich nicht zu laut schreien musste.

»Ach, der Abend ist noch jung. Mal schauen, was noch so kommt.« Mit einem verführerischen Lächeln auf den Lippen drehte sie sich auf ihrem Hocker herum, lehnte sich an die Bar und sah sich um.

Nicht, dass ich mich großartig mit den Goldenen Zwanzigern ausgekannt hätte, aber alles wirkte so echt, so authentisch, dass ich mich schnell an den roten Plüsch und die Pfauenfedern in den Haaren der Tänzerinnen gewöhnte. Ich ertappte mich bei dem Gedanken daran, dass es mir hier gefiel, und sofort setzte ich mich aufrechter hin. Das hier durfte mir nicht gefallen. Eigentlich sollte ich überhaupt nicht hier sein, ermahnte ich mich. Wenn meine Eltern wüssten, wo ich steckte, würden sie wahrscheinlich Mason losschicken, um mich hier rauszuholen.

»Prost!«, schallte Melodys Stimme an mein Ohr. Ich hatte gar nicht bemerkt, dass unsere Getränke schon gekommen waren. Stirnrunzelnd betrachtete ich das langstielige Glas mit der durchsichtigen Flüssigkeit, in dem eine Olive schwamm.

»Das ist kein Wasser«, sagte ich.

Melody winkte ab. »Klar ist das Wasser. Sie peppen das hier nur auf. Damit niemand sieht, wie du Wasser trinkst. Das ist schlecht für's Image, weißt du?«

Misstrauisch hob ich das Glas und nippte an dem Getränk. »Das ist kein Wasser«, wiederholte ich und stellte es wieder ab. Ich hob den Blick, um mich nach unserem Kellner umzusehen, doch Melody schob mir mein Glas vor die Augen.

»Ach, jetzt komm schon, Liv. Der Wein hat dich doch auch nicht umgebracht.«

»Du weißt doch, dass ich eigentlich keinen Alkohol mehr trinke. Meine Eltern …«

»Du hast deine Eltern doch sowieso schon angelogen«, sagte Melody. »Ob du jetzt Alkohol trinkst oder nicht, spielt nun wirklich keine Rolle mehr. Aber du würdest dich endlich mal ein bisschen entspannen und abschalten können. Denk doch nur daran, was Mason gemacht hat.«

Da hatte sie den richtigen Schalter gedrückt. Bei der Erwähnung von Mason brodelte sofort Wut in meinem Bauch auf und ich kippte den Martini mit einem Schluck herunter. Melody sah mir mit hochgezogenen Augenbrauen dabei zu.

»Jetzt haben wir gar nicht angestoßen«, maulte sie. Dann jedoch drehte sie sich mit einem strahlenden Lächeln zu unserem Barkeeper um, der gerade in unsere Richtung sah. »Bitte noch einen Martini für meine Freundin«, sagte sie, als er auf unserer Höhe angekommen war und beugte sich zu ihm herüber, so dass sie wie unbeabsichtigt seinen Bizeps streifte.

»Kommt sofort, Ladys.« Strahlend machte er sich daran, Melodys Wunsch zu erfüllen.

Wir hielten uns noch eine Zeitlang im Moulin Rouge auf, bis Melody die Telefonnummer des Barkeepers ergattert hatte. Dann wollte sie weiterziehen. Ich redete mir zwar ein, dass es mir egal war, aber im Grunde genommen interessierte es mich auch, wie die anderen Themenbereiche aussahen.

Als Nächstes betraten wir den Bereich Miami Beach. Nein – eigentlich betraten wir Miami-Beach. Den Echten. Es gab Palmen, es gab einen Strand mit weiß glitzerndem Sand und es gab das Meer: Ein riesiger Pool, von dem aus sanfte Wellen auf den Strand liefen. Mitten im Wasser war eine Bar errichtet, so dass man mit den Beinen im Wasser baumelte, während man seinen Cocktail trank. Zum Glück gab es auch noch eine Strandbar. Ich hatte kein Badezeug dabei und ich hatte definitiv noch nicht genug getrunken, um hemmungslos alle Hüllen fallenzulassen.

»Wie cool ist das denn?«, schrie Melody neben mir und steuerte mit wiegenden Hüften die Strandbar an. »Hier bleiben wir erst mal!«

Wir blieben auf zwei Cocktails, nach deren Genuss mir der Sandstrand wie ein einziger Hindernisparcours vorkam. Auch Melody war deutlich wackeliger auf den Beinen als vorher, was sie jedoch nicht davon abhielt, aufgeregt in die Luft zu springen.

»Fünf Nummern«, rief sie triumphierend und hielt eine Serviette mit der bisherigen Ausbeute des Abends in die Höhe. »Weiter geht's.«

Die nächste Station, Blue Aqua, war einfach nur atemberaubend: Sämtliche Möbel waren in Blau- und Türkistönen gehalten, die Tische wurden durch Aquarien in verschiedenen Größen voneinander getrennt und die Kellnerinnen trugen Fischschwänze und Muschelbikinis. Das Fesselndste war jedoch der gigantische Glaszylinder in der Mitte des Raumes. Er war komplett mit Wasser gefüllt und mittendrin schwammen …

»Ernsthaft?«, fragte Melody mit offenem Mund. »Haie?«

Wir setzten uns an einen der Tische, blieben jedoch nur für ein Getränk – einen indigoblauen Cocktail, in dem jede Menge Früchte schwammen – und zogen weiter. Der Anblick der Haie war ein wenig unheimlich und außerdem gefiel Melody keiner der Angestellten so richtig. Wir betraten den letzten Bereich: Las Vegas. Spielautomaten, Roulette-Tische, Blackjack, Craps, Baccarat – auf den ersten Blick schienen alle Spiele vertreten zu sein, mit denen man auch im echten Las Vegas sein Geld verlieren konnte.

»Jetzt sind wir wirklich in der Hölle angekommen«, sagte ich und fragte mich kurz, was meine Mutter wohl sagen würde, wenn sie mich jetzt sehen könnte. Wahrscheinlich würde sie anfangen zu beten.

»Ach was.« Melody nahm mich am Arm. »Das ist doch alles nur Spielgeld hier. Komm, wir machen auch mit.« Sie zog mich durch die Menschen, die in grölenden Trauben um die Spieltische standen und sich gegenseitig anfeuerten. Melody hatte recht. Da Glücksspiel in Kalifornien nicht erlaubt war, konnten die Gäste ihre Spielchips nicht gegen Bargeld eintauschen. Und trotzdem. Dem ganzen Bereich haftete etwas zutiefst Verbotenes an.

Melody ging zielstrebig zur »Kasse«, wo die Spielchips verteilt wurden, und deckte sich großzügig mit den bunten

Plättchen ein. »Sollen wir zuerst mit Roulette anfangen?«, fragte sie gut gelaunt.

»Du hast doch keine Ahnung, wie das funktioniert«, sagte ich halbherzig und folgte ihr zum Roulettetisch. Ich wusste, dass ich sie nicht von ihrem Ziel abhalten konnte, heute Abend mal so richtig viel zu erleben.

»Na und?« Melody klimperte kokett mit den Wimpern und lächelte einen attraktiven Mittdreißiger an, der sofort einen Schritt zur Seite trat, damit wir zum Tisch gelangten. »Bestimmt gibt es hier einen netten Herrn, der mich aufklärt.«

Ich verdrehte die Augen und fügte mich meinem Schicksal. Schon bald schien Melody mich komplett vergessen zu haben. Umringt von einer Gruppe Bewunderern setzte sie ihre Spielchips meiner Ansicht nach ziemlich wahllos und schien damit auch noch Erfolg zu haben. Zumindest jubelte sie regelmäßig auf und fiel einem der Typen um den Hals.

Da ich nicht wusste, was ich mit mir anfangen sollte, schlenderte ich zur Bar und bestellte mir ein Wasser, das auch prompt in einem gewöhnlichen Wasserglas serviert wurde. Der ganze Alkohol hatte mir den Kopf gründlich vernebelt und ich wollte morgen nicht mit einem Kater aufwachen. Zufrieden, den Spieltischen erst einmal entkommen zu sein, nippte ich an meinem Wasser und beobachtete die übrigen Gäste.

»Liv?« Eine erstaunte Stimme drang an mein Ohr. »Olivia? Bist du das?«

Ich drehte den Kopf zur Seite und sah einen braungelockten jungen Mann in Croupiersuniform auf mich zukommen. Das offene Gesicht mit dem Grübchen am Kinn kam mir bekannt vor, doch ich konnte es zuerst nicht einordnen. War das ein Kommilitone von mir? Oder ein Mitarbeiter aus der Firma? Aber in dem Fall würde er wohl kaum im R&B arbeiten.

Der Mann strahlte mich an. »Ich bin's, Tom. Erkennst du mich nicht?«

Der Groschen fiel und mein unpersönliches Lächeln, das ich mechanisch aufgesetzt hatte, gefror. »Oh, ja … ähm Tom. Klar. Wie geht's?« Hastig rutschte ich vom Barhocker herunter. »War nett, dich mal wiederzusehen, aber ich muss unbedingt meine Freundin suchen.« Ich drehte mich von dem verdutzten Croupier weg und wollte gerade Richtung Spieltische gehen, als Melodys Stimme in meinem Rücken ertönte.

»Mensch, das ist doch Tom Reinolds«, schrie sie begeistert. Sie war definitiv eine Spur zu aufgedreht für meinen Geschmack. »Der Gitarrist.«

Ergeben seufzte ich und drehte mich wieder um. »Ach, Melody.« Ich tat überrascht. »Da bist du ja.«

Melody schien mich gar nicht wahrzunehmen. Mit geröteten Wangen lehnte sie an der Bar und winkte mit einer Hand den Barkeeper heran, während sie Tom aufgeregt anblickte.

»Dich habe ich ja ewig nicht gesehen. Und du arbeitest jetzt im R&B?«

Tom grinste verlegen. »Irgendwie muss ich ja mein Musikstudium finanzieren.« Er wandte sich wieder an mich. »Und was machst du? Stimmt es, dass du in die Firma deines Vaters eingestiegen bist?«

Ich nickte knapp. Tom gehörte zu einer Gruppe von Musikern, mit denen ich früher befreundet gewesen war. Es war eine wilde Zeit gewesen und ich hatte immer angenommen, dass ich später ebenfalls einmal Musik studieren würde. Doch das war früher gewesen. Vor Cathryns Tod.

»Ja genau, und nebenher studiert sie Wirtschaftswissenschaften«, erklärte Melody an meiner Stelle, während sie ihren Cocktail zu sich herüberzog.

»Wirtschaft?« Tom betrachtete mich stirnrunzelnd. »Wirklich? Ich dachte immer, deine Schwester wäre diejenige, die in die Fußstapfen eures Vaters treten wollte. Du warst doch immer so ein Freigeist.«

Betretenes Schweigen breitete sich zwischen uns aus, bevor Melody sich räusperte. »Livs Schwester lebt nicht mehr, Tom. Sie ist bei einem Autounfall ums Leben gekommen.«

»Oh, das tut mir leid.« Tom betrachtete seine Fußspitzen.

»Schon gut«, sagte ich. Ich wollte das Thema nicht weiter vertiefen. Wollte nicht an Cathryns Unfall denken. Oder wie ich darin verwickelt war. Ich wollte das Ganze vergessen. Zumindest für heute Abend.

»Gefällt es euch denn hier?« Tom blickte wieder auf und deutete mit einer ausholenden Armbewegung auf den Raum um uns herum. »Gerade du, Liv, müsstest dich in Las Vegas doch richtig gut amüsieren.«

Melody prustete los. »Liv? Die hat noch kein einziges Mal gespielt, die alte Spaßbremse.«

»Wirklich nicht?« Tom runzelte die Stirn. »Du hast doch immer so gut gespielt. Warst ein richtiges Ass im Pokern.«

Ich zuckte die Achseln. Die Zeiten waren wirklich vorbei. »Hier gibt es aber keine Pokertische«, sagte ich nur, um keine Grundsatzdiskussion anzufangen.

Tom sah kurz über seine Schulter, dann beugte er sich zu uns herüber. »Oh, es gibt hier schon Pokertische. Aber die sind noch einmal in einem anderen Bereich, wenn ihr versteht, was ich meine.«

»Es gibt noch einen Bereich?«, fragte Melody. Anscheinend verstand sie nicht, was Tom meinte. Aber der hatte seinen Blick sowieso gerade auf mich gerichtet.

Unbehaglich verlagerte ich mein Gewicht aufs andere Bein. »Hier wird um Geld gespielt?«, fragte ich. Gegen meinen Willen war ich neugierig geworden. Es stimmte, Pokern konnte ich wie keine Zweite. Ich hatte selten gegen jemanden verloren und wenn meine Eltern mich in meinem Hobby unterstützt hätten, wäre ich bei Meisterschaften bestimmt ganz oben mit dabei gewesen.

Andererseits hatten meine Eltern schon damals nichts vom Spielen gehalten. Und von illegalen Spielen, wie Tom sie uns hier anscheinend gerade schmackhaft machen wollte, schon mal gar nichts.

»Um viel Geld.« Toms Gesicht war meinem noch näher gekommen. »Heute Abend findet ein Turnier statt. Ich könnte mit meinem Boss reden, ob er dich einlässt.« Er trat einen Schritt zurück und musterte mich. »Obwohl du das wahrscheinlich nicht mehr nötig hast.«

Ich verzog den Mund. Damit legte er den Finger ziemlich treffsicher in die Wunde. Zwar arbeitete ich in der Firma meines Vaters, aber er weigerte sich, mir ein Gehalt auszuzahlen. Er begründete dies immer damit, dass er und meine Mutter mir jeden Wunsch erfüllen würden. Doch ich wusste es besser. Er vertraute mir nicht. Er wollte mir kein eigenes Geld in die Hand geben, damit ich nichts Unvernünftiges damit anstellte.

Zum Beispiel in die Stiftung investierte, die meine Schwester gegründet hatte.

»In Ordnung«, sagte ich und spürte fast, wie sich das Tor zur Hölle einen Spalt breit für mich öffnete. So eine Gelegenheit, schnell an Geld zu kommen, würde sich mir bestimmt nicht noch einmal bieten.

Nachdem Tom unsere Ausweise an sich genommen hatte und damit verschwand, wurde mir kurz heiß. Was tat ich hier nur? Mir blieb jedoch keine Zeit, mein Handeln zu überdenken, denn Tom kam lächelnd zurück und wir folgten ihm durch einen Flur, an den Toiletten und der Küche vorbei, bis zu einer schwarzen Metalltür, auf der in goldenen Lettern »privat« prangte. Melody hatten wir nicht groß überreden müssen, sich uns anzuschließen. Sie war so begeistert von der Idee gewesen, etwas Illegales zu machen, dass ich beinahe wieder einen Rückzieher gemacht hätte.

Tom zog einen Schlüssel hervor und öffnete die Tür. Sobald ich meinen Fuß über die Schwelle gesetzt hatte, betrat ich eine andere Welt. Hier war nichts mehr zu spüren von der teuren Fassade, die einem ständig vorgaukelte, an den spektakulärsten Orten der Welt zu sein. Das hier war ein Ort, an dem gespielt wurde. Nicht mehr und nicht weniger.

Die Pokertische waren größtenteils schon besetzt und viele Spiele hatten bereits begonnen. Tom ging zielstrebig zu einer brünetten Schönheit, die hinter einem Laptop saß und offensichtlich für die Spielaufsicht zuständig war. Tom beugte sich zu ihr herunter und deutete dann mit dem Daumen auf mich. Nervös knetete ich meine Hände.

»Die spielen jetzt hier um echtes Geld?« Melody stand mit offenem Mund neben mir, in der rechten Hand immer noch den letzten Cocktail haltend.

»Hm.« Ich nickte abwesend.

»Und das ist alles Poker, was gespielt wird?«

Ich warf einen kurzen Blick auf die Spieltische. »Texas Hold'em«, erwiderte ich, was mir ein Stirnrunzeln von Melody einbrachte.

»Aha.«

»Alles klar.« Tom hatte sich wieder zu mir gewandt. »Du bist dabei.« Er sah zögernd zu Melody. »Ich habe nur Liv angemeldet. Das war doch richtig, oder? Ich meine, hier geht's um viel Geld und du kannst kein richtiges Poker, oder?«

Melody lachte schallend. »Auf keinen Fall«, sagte sie. »Es sei denn, du erklärst mir noch schnell die Spielregeln.«

Tom grinste und wies mir dann einen Platz an einem der Tische zu. Die restlichen Spieler schienen nur noch auf mich gewartet zu haben, denn sobald ich saß, begann der verantwortliche Croupier die Regeln aufzusagen, nach denen hier gespielt wurde, von denen für mich nur eine relevant war: No Limit. Ich atmete tief durch. War ich tatsächlich bereit, das Risiko in Kauf zu nehmen, hier viel Geld zu verlieren? Ich war mir sicher, dass meine Eltern zur Not

einspringen würden und meine Spielschulden für mich begleichen würden. Aber wollte ich mich damit wirklich an
sie wenden? Ihre vorwurfsvollen und enttäuschten Gesichter konnte ich mir schon jetzt bildlich vorstellen. Andererseits hatte ich hier auch die Chance auf den ganz großen Gewinn. Ich könnte das Geld für Cathryns Stiftung
auf einen Schlag bezahlen. Das war die Möglichkeit, einen
Teil meiner Schuld wiedergutzumachen. Für Cathryn. Für
ihren Traum.

Mit grimmiger Miene stürzte ich mich ins Spiel.

KAPITEL 6

Die Zeit an den Spieltischen verging wie im Flug. Die ersten Spiele gewann ich im Handumdrehen. Ich hatte sofort wieder zu meiner alten Form gefunden und die jahrelange Arbeit unter meinem Vater hatte meinem Pokerface sogar noch geholfen. So gut, wie ich meine Emotionen inzwischen unterdrücken konnte, regte sich bei mir keine Miene – egal, was meine Mitspieler unternahmen. Melody war irgendwann in Richtung Bar verschwunden, mit einem der anderen Gäste an ihrer Seite. Tom schien auch anderweitig zu tun zu haben und hatte sich ebenfalls vor geraumer Zeit verabschiedet.

Dafür hatten sich mittlerweile andere Zuschauer um unseren Tisch versammelt, die interessiert die Spielrunden um die immer höher werdenden Einsätze verfolgten. Zu ihnen gehörten die Spieler, die schon ausgeschieden waren, sowie immer mehr Mitarbeiter, die unsere Züge miteinander diskutierten.

Mir war vor allem ein Typ aufgefallen, der erst seit zwei Spielen zu den Zuschauern dazugestoßen war. Er hatte dunkle, kurze Haare, strahlende Augen und einen Drei-Tage-Bart, der ihm etwas Verwegenes verlieh. Seinen sündhaft teuren Anzug trug er mit einer Lässigkeit, die auf unverschämten Erfolg hinwies. Er saß auf einem Barhocker, den ein anderer Mitarbeiter für ihn herangezogen hatte, und ich hatte das unangenehme Gefühl, dass er mich seit seinem Erscheinen nicht einen Moment aus den Augen gelassen hatte. Seine ozeanblauen Augen fixierten mich und bohrten mir förmlich Löcher in die Stirn, wenn ich nach unten auf den Spieltisch blickte.

Er irritierte mich mehr, als ich zugeben wollte, doch ich ließ mir nichts anmerken und konzentrierte mich weiter aufs Spiel. Wenn ich diese Runde gewann, dann hatte ich es geschafft. Wir waren die letzten verbliebenen Spieler und im Pot befanden sich inzwischen um die fünfzehntausend Dollar. Ich musste mich beherrschen, um nicht zu sehr an das Geld, sondern weiter an das Spiel zu denken. Aber mit fünfzehntausend Dollar würde ich mir schon jetzt die nötige Zeit erkaufen können, um die Stiftung zumindest anteilig zu finanzieren. Mit fünfzehntausend Dollar Eigenanteil würde ich einen Kredit beantragen können, ich würde … Stopp. Ich zwang meine Gedanken wieder zum Spiel zurück.

Immer mehr Teilnehmer hatten gepasst und sich aus dem Spiel zurückgezogen. Übrig geblieben waren nur ich und ein schmieriger Kerl um die fünfzig, der zwar gut spielte, aber so langsam sichtlich ins Schwitzen kam.

Dich habe ich in der Tasche, dachte ich beinahe verächtlich, als wir beide unsere Karten ablegten. Doch erst als ich den Flush meines Gegners sah, erlaubte ich mir ein triumphierendes Grinsen. Ich hatte es geschafft! Mein Full House zählte mehr als die Karten meines Gegenübers, der sich verstohlen den Schweiß von der Stirn wischte. Um mich herum jubelten die Zuschauer mir zu und ich sah kurz, wie Melody in die Arme irgendeines Typen fiel, der seine Hände etwas zu tief an ihrem Rücken platziert hatte, um noch anständig zu wirken.

Als ich meinen Blick hob, sah ich wieder in das Gesicht des Fremden, der mich die ganze Zeit über beim Spielen beobachtet hatte. Die Andeutung eines Lächelns lag auf seinen Lippen und er nickte mir kurz zu, bevor er von seinem Barhocker aufstand und verschwand. Endlich. Jetzt konnte ich zumindest meinen Sieg ohne sein Starren genießen.

Ich richtete den Blick wieder auf meinen Gegner, der mir seine breite, schwitzige Hand entgegenstreckte, um mir zum Sieg zu gratulieren. Dann klopften alle möglichen Hände auf meine Schultern, meinen Rücken und schließlich fiel mir Melody um den Hals. Anscheinend hatte sie sich doch noch von ihrer jüngsten Eroberung lösen können, um mit mir zu feiern.

»Herzlichen Glückwunsch, Süße«, schrie sie mir ins Ohr, so dass ich für einen Moment taub wurde. »Fünfzehntausend Dollar. Da kannst du gleich eine Runde schmeißen, was?«

Ich grinste sie an. Natürlich hatte sie recht. Auch wenn ich das Geld für etwas anderes brauchte – diesen Sieg gebührend zu feiern, musste schon drin sein.

»Liv?« Ich wandte meinen Kopf und sah, wie Tom sich einen Weg durch die Leute bahnte, die immer noch dicht um mich herum standen. Er war bestimmt gekommen, um mir auch zu gratulieren.

»Liv?«, wiederholte er atemlos. »Kannst du bitte einmal mitkommen?«

Ich runzelte die Stirn. Keine Gratulation? Musste ich vielleicht noch irgendetwas unterschreiben, bevor ich meinen Gewinn einkassieren durfte? Ich warf Melody einen nervösen Blick zu, die jedoch nur mit den Schultern zuckte.

»Klar«, sagte ich und erhob mich, um Tom zu folgen. Melody wackelte mit ihrem Drink und deutete an, dass sie lieber hierblieb. Na toll. »Was soll das?« Ich wandte mich an Tom. »Das Turnier ist vorbei. Ich habe gewonnen.« Meine Stimme klang eine Spur zu panisch.

»Ähm ... Natürlich hast du das Geld gewonnen. Komm einfach kurz mit.«

Der Alkohol begann plötzlich ein Eigenleben in meinem Magen zu führen, als ich Tom weiter folgte. Was sollte das hier? Das war doch nicht das normale Vorgehen bei einem Pokerspiel. Im Wechsel wurde mir heiß und kalt. Es war ein Fehler gewesen, mich zum Spielen verleiten zu lassen. Poker war illegal und ich hatte mich gerade strafbar gemacht. Hoffentlich musste ich jetzt nicht dafür bezahlen.

Ein kühler Wind schlug mir entgegen, als wir das Treppenhaus erreichten und eine Etage höher gingen. Meine Hand suchte das Treppengeländer, da meine Beine mit jeder Stufe schwerer und mein Gang mit jedem Schritt unsicherer wurde. Auch mit dem Alkohol hatte ich über die Stränge geschlagen und mein Körper revanchierte sich gerade dafür. Tief durchatmend blieb ich hinter Tom stehen, der mir zuzwinkerte, als er an eine gläserne Tür klopfte. Pah, sein Zwinkern brachte mir nun wirklich keine Erleichterung. Ich hatte ihn Jahre nicht mehr gesehen und hatte keine Ahnung, was er in der Zwischenzeit gemacht hatte. Konnte ich ihm überhaupt noch vertrauen? Aber für diese Überlegungen war es ein bisschen zu spät. Jetzt blieb nur zu hoffen, dass ich mein Geld abholen konnte und dann schnellstens hier rauskam.

Tom öffnete die Tür, murmelte etwas und machte mir Platz, damit ich eintreten konnte. Wenige Sekunden später fand ich mich in einem Büro wieder, das nur von einer Reihe von Monitoren beleuchtet wurde. Hilfesuchend sah ich mich nach Tom um, der jedoch gerade wieder aus der Tür trat und aus meinem Blickfeld verschwand. Mit klopfendem Herz scannte ich meine Umgebung ab und erkannte an dem massiven Schreibtisch die Konturen eines Mannes, dessen Gesicht im Dunklen verborgen war.

»Setzen Sie sich, Olivia.« Seine tiefe Stimme jagte mir eine Gänsehaut ein und ich rieb mir über meine nackten Arme.

»Woher kennen Sie meinen Namen?« Ich umklammerte die Lehne des mir angebotenen Besucherstuhls und beugte mich ein wenig nach vorn, bis das Gesicht des Mannes endlich im Licht eines der Monitore lag. Mein Herz stolperte, als ich sah, wer vor mir saß. Es war der Typ, der mich den ganzen Abend beobachtet hatte. Der Kerl mit dem sündhaft teuren Anzug und den ozeanblauen Augen.

Mist! Was, wenn er ein verdeckter Ermittler war und ich geradewegs in seine Arme gelaufen war?

»Von der Gästeliste.« Er hielt einen Stapel Papier in die Höhe, nur um ihn direkt wieder auf den Schreibtisch fallen zu lassen. »Sie haben wirklich gut gespielt. Sehr gut sogar. Wer hat Ihnen das beigebracht?« Seine viel zu blauen Augen musterten mich. Jedoch nicht auf die Art, wie jemand einen anschauen sollte, der gerade fünfzehntausend Dollar beim illegalen Poker gewonnen hatte. Seine Blicke verursachten ein Prickeln auf meinen Armen. Beim Turnier war ich so abgelenkt gewesen, dass mir nicht aufgefallen war, welche Intensität seine Augen hatten. Man verlor sich förmlich in diesem unendlichen Ozean.

»Was wollen Sie von mir?« Den Smalltalk konnte er sich sparen. Glücklicherweise reagierte meine Stimme nicht so verräterisch auf ihn wie der Rest meines Körpers. Dem schien es zu imponieren, dass seine Augen ein wenig länger auf meinem Dekolleté verweilten, als angemessen gewesen wäre. Danke Melody. Bestimmt hatte sie genau das bezwecken wollen, als sie mir ihr Kleid angedreht hatte.

Aber woher konnte mein Körper auch wissen, wie er auf solche Blicke reagieren sollte – er war längst aus der Übung und hatte sowieso keinen Plan. Daran war nur dieser verflixte Martini schuld. Melody würde ich noch im Taxi den Kopf abreißen, weil sie mich unbemerkt abgefüllt hatte.

Seine dichten, wohlgeformten Augenbrauen zogen sich zusammen, doch er antwortete mir nicht.

»Was wollen Sie von mir?«, wiederholte ich. »Sind Sie ein Cop?« Stumm schickte ich ein Gebet zum Himmel. Das wäre mein Ende in jeder Hinsicht. Das Ende der Beziehung zu meinen Eltern. Zu Mason. Und vor allem wäre es das Ende der Stiftung.

Seine Mundwinkel zuckten. »Cop? Wie kommen Sie denn darauf? Mir gehört das R&B.«

Bei seinen Worten atmete ich auf. Gleichzeitig wurde mir bewusst, dass ich gerade vor dem Boss saß. Was zur Hölle lief hier eigentlich? Er sah nicht danach aus, als würde er jeden Moment auf meinen Sieg anstoßen wollen. Keine Ahnung, ob das jetzt was Gutes hieß, aber er würde mich wohl nicht anzeigen, nicht, wenn er sich nicht ebenfalls hinter schwedische Gardinen begeben wollte. Er saß schließlich im selben Boot wie ich.

»Entspannen Sie sich, Olivia. Ich habe Sie spielen sehen und dachte mir, Sie hätten noch Lust auf eine private Runde. Nur Sie und ich.« Seine Stimme, sein Grinsen, alles war so verdammt sexy, dass seine Worte zweideutig klangen. Ich schob es einfach darauf, dass ich schon seit langer Zeit keinem so attraktiven Mann mehr gegenübergesessen hatte. Er stand auf, streifte sein Jackett ab und steuerte einen kleinen Pokertisch in der Ecke des Büros an, den ich beim Eintreten nicht wahrgenommen hatte. Wie auch, wenn ich wie ein hormongesteuerter Teenager einen fremden Typen angeschmachtet hatte.

Du blöde Kuh, geh einfach. Nimm das Geld und such das Weite.

»Kommen Sie.« Nichts lag mir ferner, als diesem Kerl zu folgen, doch ich spürte, dass ich mich langsam nicht mehr auf den Beinen halten konnte und dringend einen Stuhl benötigte, falls ich mich nicht auf den Boden legen wollte. Also stakste ich hinter ihm her, nahm auf dem leeren Stuhl ihm gegenüber Platz und betrachtete den Pokertisch. Wollte er ernsthaft spielen? War das seine Masche, um Frauen in sein Büro zu locken und danach wer weiß was mit ihnen anzustellen? Reiß dich zusammen Liv, ermahnte ich mich selbst. Seit wann war ich so sexistisch?

»Sie meinen es wohl ernst.« Mit dem Kopf deutete ich in Richtung des Geldstapels, der mir kurz den Verstand vernebelte. Dort lag eine Menge Geld, auch wenn ich nicht genau wusste, wie viel. Dachte er wirklich, ich wäre so reich, um mit ihm pokern zu können? Das war alles so absurd.

»Für gewöhnlich mache ich keine Späße.« Lässig lockerte er seine Krawatte und reichte mir ein Glas Champagner.

»Sie wollen mich abfüllen und dann mit mir pokern«, mutmaßte ich und sah ihn mit hochgezogenen Augenbrauen an.

»Sie haben den ganzen Abend lang Martini wie Wasser getrunken – ich nehme an, ein Glas Champagner wird Sie nicht vom Stuhl hauen.«

Nein, das würde es wohl nicht. Allerdings war es ein wenig unheimlich, wie genau er mich heute Abend beobachtet hatte. Diese Tatsache würde mich wahrscheinlich deutlich stärker abschrecken, wenn ich weniger getrunken hätte. Und wenn dieser Typ nicht so ein verdammt heißes Lächeln besitzen würde, das seine kleinen Grübchen preisgab. Hastig kippte ich die prickelnde Flüssigkeit herunter und hoffte auf eine Abkühlung, was ihn nur noch breiter lächeln ließ und seine Grübchen erst recht in Szene setzte. Ich war in der Hölle angekommen. Ich saß dem Teufel höchstpersönlich gegenüber. Denn so gut sah man nicht aus, wenn man nicht irgendwelchen Dreck am Stecken hatte. Das war meine Strafe für diesen Abend. Wie schwer würde es wohl sein, meine Rolle morgen wie gewohnt einzunehmen, ohne an diesen Typen denken zu müssen? Mason hatte mich noch nie so angesehen. Hatte in mir keine Gefühle entfacht, gegen die ich gerade stark ankämpfe. Mein letzter Sex lag Jahre zurück und gehörte größtenteils zu den eher unschönen Erinnerungen. Mit Mason war es einfach. Keine intimen Aktivitäten. Fertig. Unser Arrangement hatte ich nie in Frage gestellt oder bereut. Warum sich gerade jetzt meine Hormone meldeten, blieb mir ein Rätsel. Schließlich kannte ich diesen Typen überhaupt nicht.

»Hör auf mich zu siezen, das klingt absurd«, sagte ich in einem Anflug von Mut. »Erstens bin ich jünger als du, also vermute ich mal ... und zweitens, wie heißt du eigentlich?« Blödsinn, absoluter Blödsinn, den ich von mir gab. Vielleicht sollte ich lieber verschwinden, im Erdboden versinken und nie wieder auftauchen. Ja, bestimmt wäre dies das Beste.

»Reece.« Seine Hand näherte sich langsam meiner. Instinktiv wollte ich ausweichen und am liebsten sofort das Weite suchen. Doch ich riss mich zusammen. Sein fester Händedruck war warm und irgendwie beruhigend.

»Äh ... Olivia.« Viel zu spät verließen die Worte meine Lippen und ein anzügliches Lächeln umspielte seine Mundwinkel.

»Ich weiß.«

Hastig zog ich meine Hand zurück. Verdammt, er sollte bloß nicht merken, was für eine Wirkung er auf mich hatte. »Okay und warum wollen Sie ... willst du mit mir spielen? Warum ich? Und warum jetzt?« Ich riss mich zusammen und konzentrierte mich auf die Fakten. Was mir bei seinem stechenden Blick immer noch schwerfiel, weshalb ich kurzentschlossen auf das Kartenset sah. Schwarze Karten mit silbern und golden funkelnden Farben. Meine Güte, sogar die Spielkarten waren auf das Design des Clubs abgestimmt. Bestimmt hatte Reece sie extra anfertigen lassen.

»Ich habe dich auf den Monitoren der Überwachungskameras gesehen.«

Ernsthaft? Jetzt blickte ich doch wieder auf und starrte die vielen Monitore an, die mir schon beim Betreten des Büros aufgefallen waren. Er hatte mich beobachtet? Das war jetzt doch ein bisschen ... creepy. Wer machte denn sowas?

»Ich habe alle Spieler beobachtet.« Okay, das hörte sich schon gleich besser an. »Du bist mir sofort aufgefallen. Du spielst anders. Besser. Deswegen bin ich runter zu den Tischen gekommen, um dir zuzusehen. Du hast buchstäblich ein gutes Händchen beim Pokern. Dein Blick, wie du dich konzentrierst, irgendwie besonders.«

Jetzt hatte er mich. Seine komische Angewohnheit, Leute über Monitore zu beobachten, hatte ich ihm bereits verziehen. Wenn man so gut aussah und dann noch so nette Sachen sagte … Ich zwang mich, wieder auf den Tisch zu sehen.

»Aber warum willst du mit mir spielen?«

Reece lachte. Ein sympathisches, offenes Lachen, in dem sich allerdings noch etwas anderes versteckte. War es Angst? Besorgnis? Ich schüttelte den Kopf. Unsinn. Ein Mann wie Reece hatte keine Angst. So ein Mann bekam alles, was er wollte.

»Ich habe da so eine Art Wette am Laufen.« Er beugte sich vor und unwillkürlich hob ich meinen Blick, um ihm in die Augen zu sehen. »Ich muss gegen die beste Spielerin spielen und falls ich verliere, würdest du einhunderttausend Dollar gewinnen.«

Sprachlos starrte ich ihn an. Hatte er gerade wirklich einhunderttausend Dollar gesagt? Das war unmöglich. Das war ein Scherz. Mit einhunderttausend Dollar könnte ich sämtliche Schulden der Stiftung auf einen Schlag begleichen. Mit einhunderttausend Dollar könnte ich die verdammte Stiftung kaufen!

Ich schloss die Augen und atmete tief durch, in der Hoffnung, meinen benebelten Verstand auf diese Weise beruhigen zu können.

»Ich habe keine einhunderttausend Dollar, um die ich spielen könnte.« Das auszusprechen, tat zwar weh, aber es war die Wahrheit. Ich hatte gerade fünfzehntausend Dollar gewonnen. Mehr würde ich nicht einsetzen können. Und ich war mir noch nicht einmal sicher, ob ich meinen Gewinn überhaupt einsetzen wollte. Enttäuscht öffnete ich die Augen wieder. Es wäre zu schön gewesen.

»Keine Sorge.« Reece wandte sich von mir ab, doch seine Hände krallten sich am Tisch fest und passten damit überhaupt nicht zu der Unbekümmertheit in seiner Stimme. »Ich habe eine andere Idee für deinen Einsatz.«

Misstrauisch kniff ich die Augen zusammen. Kamen jetzt doch noch die dunklen Seiten von Reece hervor? Wollte er vielleicht um Sex spielen? Irritierenderweise störte mich die Vorstellung nicht so sehr, wie sie es eigentlich tun sollte. Es gab definitiv Schlimmeres, als mit diesem Kerl hier zu schlafen.

»Wenn du verlierst, Olivia, sind wir für ein paar Wochen verlobt. Und wenn ich verliere, gehören dir die hunderttausend Dollar.«

Mit gerunzelter Stirn starrte ich ihn an. »Verlobt? Für ein paar Wochen? Hä?« Nicht gerade intelligent, aber das waren genau die Gedanken, die mir gerade im Kopf herumspukten.

Reece verzog die Lippen. »Genau, verlobt. Nicht mehr und nicht weniger. Ich will dich nicht heiraten und auch nicht mit dir schlafen. Du sollst lediglich glaubhaft die Verlobte an meiner Seite spielen in Gegenwart ... bestimmter Personen. So lautet die Wette.«

Belustigt warf ich meinen Kopf in den Nacken. Klar, und ich war der Osterhase. Das konnte nur ein Scherz sein. Und zwar ein ganz blöder. Und er wollte nicht mit mir schlafen? Wieso betonte er diese Tatsache so intensiv, dass ich mich schon fast gekränkt fühlte?

»Ich meine es ernst«, setzte er mit fester Stimme hinterher.

Augenblicklich wurde auch ich wieder ernst. »Warum sollte ich dir glauben? So was Absurdes habe ich noch nie gehört. Im Club unten sind bestimmt einige Frauen, die gerne deine Verlobte wären. Und jetzt mal ernsthaft, es klingt einfach nur bescheuert, was du mir hier auftischst. So betrunken bin ich echt nicht, um nicht zu kapieren, was für ein Quatsch das ist.« Mein Misstrauen wuchs mit jeder Sekunde. Reece sah nicht aus, als hätte er Probleme eine

Frau zu finden. Er war attraktiv und verdammt gutaussehend.

»Ich weiß. Und glaub mir – wenn ich ... die Wette nicht verloren hätte, würde ich dich nicht um so etwas hier bitten.« Er deutete auf den Tisch vor sich. Seltsamerweise wirkte er für einen Moment so, als hätte er Schwierigkeiten die Fassung zu bewahren. Ich kniff die Augen zusammen. Was ging hier vor sich?

»Du beherrschst das Spiel und du hast ein ausgezeichnetes Pokerface«, fuhr er mit fester Stimme fort. »Genau so jemanden wie dich brauche ich. Ich habe einen Vertrag aufgesetzt, lies ihn durch und entscheide dich.«

Skeptisch griff ich nach dem Blatt, das er auf meine Seite des Tisches schob. Ich ging die wenigen Zeilen durch, die er aufgesetzt hatte. Nur seine Verlobte sein, nicht mehr und nicht weniger, genau das konnte ich schwarz auf weiß lesen. Einhunderttausend Dollar für mich, wenn ich gewann. Das war eine Chance, die ich nie wieder bekommen würde. Und wie hieß es so schön? Pech in der Liebe, Glück im Spiel? Ach verdammt. Ehe ich mich versah, griff ich nach dem Stift, der plötzlich vor mir lag, und setzte meine Unterschrift auf das Papier. Die Unterschrift, die meine Moral in dieser Nacht gänzlich über Bord war.

Als ich aufsah, hatte ich den Eindruck, als ob Reece einen Moment lang die Augen vor Erleichterung schloss. Was war das nur für eine Wette, die ihm so naheging?

Doch meine Gedanken wandten sich wieder dem Spiel zu, als Reece nach den Karten griff und begann, sie zu mischen.

»Eins noch, wir spielen kein übliches Poker. Nur zwei Karten. Die höhere Hand gewinnt.«

In meinem Inneren fing ein Kampf zwischen Vernunft und Herz an. Stumm betete ich um Hilfe, auch wenn ich nicht sonderlich gläubig war. Mit dem Geld könnte ich wirklich so viel Gutes tun, Kindern ein Zuhause schenken und Cathryns Namen verewigen. Gleichzeitig wusste ich genau, welches Risiko hier ich einging. Nur zwei Karten, die über mein Schicksal bestimmen würden. Nur zwei blöde Karten.

Ich nickte.

»All in! Und denk daran: Spielschulden sind Ehrenschulden. Kein Rückzieher, kein Kneifen. Ich habe die besten Anwälte.« Er schob den Stapel Geld in die Mitte und begann gekonnt, die Karten zu mischen. Zwei Karten, die gleich über meine Zukunft entscheiden würden, legte er vor mich und zwinkerte mir zu.

Meine Knie wurden weich. Zitternd griff ich nach meinen Karten und kurz verschwamm meine Sicht. Hoffentlich hatte mich meine Glückssträhne nicht verlassen.

Ass-König. Ein nicht sichtbares Grinsen fegte über mein Gesicht. Damit hatte ich so gut wie gewonnen. Um ihn ein wenig zappeln zu lassen, hielt ich meine Karten etwas länger in der Hand als nötig. Er sollte ruhig glauben, dass er gegen mich gewonnen hatte. Ich musste kein Mathegenie sein, um mir seine Chancen auszurechnen. Natürlich war da diese klitzekleine Möglichkeit, dass er gewinnen könnte. Aber sie war wirklich sehr winzig.

Langsam hob ich meine Augen, schielte von meinen Karten zu ihm herüber. Sein Gesicht zeigte keinerlei Regung. Na toll. Wie gerne hätte ich schon in seinen Gesichtszügen ausgemacht, welches Blatt er auf der Hand hatte. Bei den meisten Menschen hatte das bisher ziemlich gut geklappt. Doch bei Reece leider nicht.

Ich deckte meine Karten auf und legte sie sichtbar auf den Tisch. Triumphierend lächelte ich ihn an, zügelte mich aber dennoch, denn er hatte seine Karten noch immer in der Hand. Und die klitzekleine Chance, dass er mich übertrumpfte, bestand weiterhin.

Reeces Gesicht war immer noch unlesbar für mich. Er hatte einen kurzen Blick auf das Ass und den König geworfen und keine Miene verzogen. Verdammt! Was hatte das zu bedeuten?

Dann ließ er endlich die rechte Hand sinken und legte seine beiden Karten vor sich auf den Tisch. Entspannt lehnte er sich zurück.

Ich blinzelte. Und schluckte.

Dann sah ich noch einmal auf die Karten.

Das Tor zur Hölle hatte mich verschluckt.

»Das werden aufregende Wochen, Olivia.« Seine Worte hallten in meinen Ohren, während ich immer noch verzweifelt auf seine Karten starrte.

Zwei Asse.

Ich hatte verloren.

Blut rauschte in meinen Ohren und ich verstand kein Wort von dem, was Reece zu mir sagte. Gelähmt sah ich auf seine Lippen, die sich bewegten, doch nichts drang zu mir durch.

Keine Ahnung, wie lange ich so vor ihm gesessen hatte, doch plötzlich ergriff mich mein Fluchtinstinkt. Völlig außer Kontrolle sprang ich vom Stuhl auf, dachte immerhin noch daran, meine Tasche mitzunehmen, und verließ fluchtartig Reeces Büro und das R&B. Melody würde den Weg nach Hause auch ohne mich finden.

KAPITEL 7

Jemand berührte mich am Arm und flüsterte sanft meinen Namen. Noch bevor ich meine Augen aufschlug, um nachzusehen, wer es wagte, mich zu wecken, erfasste mich erneut eine Welle der Übelkeit, gepaart mit den schlimmsten Kopfschmerzen, die ich je in meinem Leben hatte. Stöhnend drückte ich mein Gesicht ins Kissen.

»So schlimm, Süße?« Melody.

Fuck. Die Erinnerungen blitzen auf. Karten, Geldstapel. Blaue Augen. Ozeanblaue Augen. Es war kein verdammter Albtraum gewesen. Meine Kopfschmerzen ließen nicht zu, dass ich den Abend noch einmal Revue passieren ließ. Stattdessen hallten nur Reeces letzte Worte in mir nach. »Das werden aufregende Wochen, Olivia«, hatte er gesagt.

Ich war jetzt seine Verlobte. Seine verdammte Verlobte! Ob ich das Ganze doch nur geträumt hatte? So ein absurder Mist passierte doch nicht im wirklichen Leben.

»Der Eimer steht noch hier, falls du kotzen musst«, erklärte Melody hilfsbereit. »Und dann erklärst du mir bitte, warum du letzte Nacht einfach abgehauen bist. Deine blöde Nachricht habe ich erst gelesen, nachdem ich den ganzen Laden nach dir abgesucht hatte. Das hätte ich mir echt sparen können. Ach, und Kopfschmerztabletten habe ich dir auch hingelegt. Ich bin in der Küche und warte mit dem Frühstück auf dich.«

Ihre Schritte hallten schmerzhaft in meinem Kopf nach und mein Magen begann sich zu drehen. Krampfhaft hielt ich die Luft an, um mich nicht gleich wieder übergeben zu müssen, aber es war zwecklos. In letzter Sekunde konnte ich mich noch über den Bettrand schwingen und den Eimer dichter heranziehen. Aus der Küche klangen mitfühlende Laute zu mir herüber, doch zwischen all dem Gewürge konnte ich kein einziges Wort verstehen.

Als ich Melodys Füße neben meinem Eimer erblickte, fehlte mir die Kraft, sie wegzuschicken. Sie musste sich das hier wirklich nicht antun. »Ich sterbe«, jammerte ich kraftlos und ließ meinen Kopf wieder auf das Kissen fallen.

»Sei nicht so eine Dramaqueen. Du hast einen Kater, stell dich nicht so an.« Sie lachte mich tatsächlich aus. »Früher hättest du das bisschen Alkohol mit links weggesteckt.«

Zitternd nahm ich ihr das Glas Wasser ab, das sie mir vor die Nase hielt, und nahm einen kleinen Schluck.

»Nimm die Tablette, dann geht's dir gleich besser. Und dann will ich jedes schmutzige Detail hören. Wie hieß er noch gleich?«

Heftig schüttelte ich den Kopf, während ich gleichzeitig die Schmerztablette hinunterwürgte. Nein, nein, nein. Sie sollte bloß nicht seinen Namen aussprechen. Das würde meinen Alptraum viel zu real machen.

»Ich hab's! Reece.« Melody nahm keine Rücksicht auf meine Befindlichkeiten. »Du scheinst es ihm ja wirklich angetan zu haben. Heute Morgen stand ein Mann vor der Tür und hat ein Paket für dich abgegeben. Auf der Karte stand sein Name und so neugierig, wie ich bin, habe ich sie natürlich gelesen.« Sie zuckte unschuldig mit den Schultern. »Du kennst mich ja. Jedenfalls stand drauf, dass in dem Paket das beste Mittel gegen Kater steckt und er hofft, dass du dich schnell erholst. Irgendwie voll süß.«

Viel zu schnell setzte ich mich auf und bekam sofort die Quittung in Form eines gewaltigen Schwindelanfalls dafür.

»Woher zum Teufel hat er deine Adresse?« Meine Stimme klang genauso panisch, wie ich mich fühlte. Wieso machte er so etwas? Hoffentlich würde die Schmerztablette schnelle Wirkung zeigen, denn nur mit Mühe konnte ich den aufkommenden Würgereiz unterdrücken.

»Gästeliste. Und vielleicht auch von seinem Kumpel, Alec, der mich heute Morgen heimgebracht hat.« Mit geröteten Wangen zuckte sie mit den Schultern. Das war typisch Melody. Wie oft hatte ich ihr gepredigt, sie sollte ein wenig vorsichtiger sein und nicht einfach jedem dahergelaufenen Typen vertrauen. Sie war wirklich ein hoffnungsloser Fall, was das anging.

»Sein Kumpel also. Hast du auch mit Reece gesprochen?« Natürlich wollte ich so gleichgültig wie möglich klingen. Dabei interessierte es mich mehr, als mir lieb war.

»Wieso fragst du? Was ist das da zwischen dir und ihm?« Tadelnd streckte sie mir ihren Zeigefinger entgegen. »Erzähl mir, wer dieser Reece ist. Ich will alles wissen.«

Ich holte tief Luft.

»Mein Verlobter auf Zeit.«

Und bäm, ich hatte sie auf stumm gestellt. Melody war sprachlos. Und das war eine Seltenheit.

»Jetzt lass dir doch nicht jedes Wort aus der Nase ziehen. Weißt du, wie sehr du mich damit folterst?« Mit zwei gefüllten Tassen Kaffee setzte Melody sich an den Küchentisch. Wenn Blicke töten könnten, dann wäre ich spätestens nach dem Abgang vorhin nicht mehr unter den Lebenden. Nachdem ich rausgehauen hatte, dass Reece Bryce mein Verlobter auf Zeit war, hatte ich den Moment ihrer Sprachlosigkeit genutzt und war unter der Dusche verschwunden. Diese Folter hatte sie meiner Meinung nach mehr als verdient, denn nur wegen ihr steckte ich in diesem ganzen Schlamassel. So tief, dass es schon fast keinen Ausweg mehr gab. Selbst über die fünfzehntausend Dollar, die ich gewonnen hatte, konnte ich mich nicht mehr freuen. Wäre ich doch nach meinem Gewinn nur wieder nach Hause gefahren, so wie ich es vorgehabt hatte, dann wäre jetzt alles okay. Oder zumindest so, wie es immer war.

Nicht gut, nicht schlecht. Einfach mein verkorkster Alltag eben. Doch ich hatte ja nachgeben müssen, mich dazu verleiten lassen, in ein Leben einzutauchen, das ich eigentlich schon lange hinter mir gelassen hatte.

Allerdings hatte Melody eine Erklärung verdient – sie war schließlich meine beste Freundin und wir hatten keine Geheimnisse voreinander. Sie wusste von der Stiftung und wie sehr ich unter Druck stand, das Geld zusammenzubekommen, damit nicht alles lahmgelegt wurde. Also erzählte ich einfach drauf los. Erzählte ihr alles. Bis auf das verstörende Detail, dass ich mich in Reeces Gegenwart wohlgefühlt hatte, ihn attraktiv fand und meine Fantasie mit mir durchgegangen war. Ja, ich hatte mir sogar vorgestellt, wie es wäre, mit ihm zu schlafen.

Als ich meinen Bericht beendet hatte, starrte Melody mich aus großen Augen an. Immerhin schien sie ihre Sprache wiedergefunden zu haben. »Das ist dein Ernst?«, fragte sie und umklammerte ihre Kaffeetasse so fest, dass sie zu zerspringen drohte. »Wenn ich dich nicht besser kennen würde, würde ich sagen, dass du mir die größte Lügengeschichte aller Zeiten auftischst.« Sie schüttelte ihren Kopf. »Aber so etwas machst du nicht. Du hast diesen ganzen absurden Kram wirklich erlebt.«

Ich zuckte mit den Schultern. »Oder irgendjemand hat gestern Abend unbemerkt Drogen in meine Cocktails gemischt und ich hatte den schlimmsten Horrortrip aller Zeiten.«

Melodys ungläubige Miene verschwand und machte einem lauten Lachen Platz. »Ich bin gespannt, was Mason dazu sagt. Bestimmt ist er nicht so erfreut, sein Zuckerpüppchen mit einem anderen zu teilen.«

Ich stöhnte auf. Mason. Die letzten Stunden hatte ich wirklich an alles gedacht, aber nicht an ihn. Mist. Ich musste so schnell wie möglich mit Reece reden und ihm klarmachen, dass ich gestern angetrunken gewesen war.

War ein Vertrag nicht ungültig, wenn man Alkohol getrunken hatte?

»Melody, du musst mir helfen. Ich kann das unmöglich machen.«

Sie verzog ihr Gesicht zu einem anzüglichen Grinsen. »Süße, überleg doch mal. Hättest du dich auf das Spiel wirklich eingelassen, wenn dein Herz Mason gehören würde?« Sie tippte sich nachdenklich mit dem Zeigefinger gegen die Stirn und sah mich vielsagend an.

Seufzend ließ ich meinen Kopf nach vorne fallen und verschleierte mein Gesicht mit meinen Haaren. Warum musste sie immer so direkt sein und den Finger genau in die Wunde legen? »Es ist echt kein guter Zeitpunkt, um über meine Beziehung mit Mason zu reden«, sagte ich bockig. »Nicht, wenn ich verkatert bin und bis zum Hals in der Klemme stecke.«

»Stichwort Kater. Hier ist noch das Paket von Mister Sexy.«

Ruckartig riss ich meinen Kopf hoch, ignorierte den stechenden Kopfschmerz und blickte zu dem Paket, das Melody vor mir abstellte. Misstrauisch betrachtete ich es. Es erschien mir fast unglaublich, dass sie nur die Karte gelesen und nicht gleich das Paket inspiziert hatte. Schließlich hatten wir es hier mit Melody, aka Vorwitz in Person zu tun.

Ich war mir nicht sicher, ob ich herausfinden wollte, was sich in dem kleinen Päckchen befand. Vorsichtig griff ich nach der Karte, die Melody wieder am Paket befestigt hatte, und schluckte. Mein Körper schien Reece zu wittern, was wiederum dazu führte, dass mir heiß wurde, obwohl ich nur eine verdammte Karte in der Hand hielt. Konnte ich das immer noch auf den Rest Alkohol schieben, der in meinem Blut steckte? Mit Sicherheit!

Das absolute Wundermittel gegen Kater!
Danken kannst du mir später. Reece

Pff, dieser arrogante Kerl. Trotzdem verspürte ich Neugier, als ich mit zittrigen Fingern das Paket öffnete. Was mochte wohl ein Typ wie Reece mir gegen Kopfschmerzen schicken? Irgendwelche Hightech-Pillen, die für normale Menschen noch gar nicht zugelassen waren? Oder so speziell zusammengestellte und sauteure Kräutermischungen, wie meine Mutter sie immer von ihrer Apothekerin bekam? Reece gehörte doch sicher nicht zu den Leuten, die Kater mit Alkohol bekämpften. Einen Moment lang überkam mich Übelkeit bei der Vorstellung, gleich eine Flasche kostbaren, alten Whiskey in der Hand zu halten.

Doch ich hatte Glück. Reece hatte mir keinen Alkohol geschenkt. Perplex hielt ich die große Tupperdose in der Hand, als Melody in schallendes Gelächter ausbrach.

»Hühnersuppe«, japste sie und deutete auf das Etikett, das vorne auf der Dose klebte. »Er hat dir tatsächlich eine Portion selbstgemachte Hühnersuppe geschickt.« Vor Lachen verlor sie das Gleichgewicht und kippte rücklings vom Stuhl, während ich selbst immer noch unschlüssig die Dose in meinen Händen balancierte.

Hühnersuppe? Selbstgemacht? Ein Bild von Reece, der sich in Anzug und Rüschenschürze über einen dampfenden Kochtopf beugte, ploppte in meinem Geist auf und ich schüttelte schnell den Kopf, um diesen Gedanken zu vertreiben. Ein Mann wie Reece kochte keine Hühnersuppe. Wahrscheinlich beschäftigte er eine ganze Reihe von Hausangestellten, die solche Aufgaben für ihn übernahmen.

»Dann schmeiß ich mal den Herd an.« Melody hatte sich wieder aufgerichtet und riss mir, immer noch lachend, die Tupperdose aus den Händen.

Auch wenn ich es vor Melody nicht zugegeben hatte – die Hühnersuppe hatte tatsächlich köstlich geschmeckt und, was noch viel wichtiger war, sie hatte dazu geführt, dass ich mich wieder halbwegs fit fühlte. Fit genug zumindest, um Melodys neugierigen Fragen zu entfliehen und in mein Auto zu steigen.

»Liv.« Melody kam mit einem Blatt in der Hand aus der Haustür gerannt und wedelte damit wild herum. Mann, ich war noch keine zwei Meter aus der Ausfahrt gefahren, warum musste sie denn jetzt so herumbrüllen? Natürlich blieb ich stehen und wartete, bis sie am Auto angekommen war.

»Das hast du vergessen.« Schmunzelnd hielt sie mir das zerknitterte Blatt vor die Nase. Auch das noch. Es war der Vertrag, den ich gestern in meinem alkoholischen Leichtsinn unterschrieben hatte.

Abwartend sah ich sie an. Irgendwas musste jetzt von ihr kommen, denn das dämliche Schmunzeln verblasste nicht und ich war mir sicher, dass sie den Vertrag gelesen hatte. So war sie eben.

»Schau mich nicht so an, er lag da …«

»Ich sag doch gar nichts«, gab ich schulterzuckend zurück. Diese Unschuldsnummer hatte sie wirklich drauf. Und jede Sekunde die verstrich, trieb ihre Neugierde nach oben. Aber sie hatte es verdient, dass ich sie zappeln ließ.

»Ach komm, ist das dein Ernst? Willst du nichts zu diesem Vertrag sagen?« Sie lehnte sich schmollend gegen meinen Wagen.

»Du hast ihn doch gelesen«, erwiderte ich seufzend. »Was gibt's da noch zu sagen?«

Ungläubig sah sie auf mich herunter. »Du musst auf Abruf bereitstehen, musst genau das tun, was Reece von dir verlangt und in der Gegenwart von vertrauten Personen stets behaupten, dass du seine Verlobte bist. Keine Intimität …« Sie hob ihre Augenbrauen und schüttelte den Kopf, so dass sich eine paar Strähnen aus ihrem Dutt lösten.

»Du hast dir die Punkte aber gut gemerkt«, stellte ich fest und krallte mich ans Lenkrad. Kurz schloss ich die Augen und bereute es sofort, als sich das Gesicht von Reece in meinem Geist breitmachte. Von seinem Blick, der mich fixierte und in seinen Bann zog. Mist.

»Denkst du, er ist vielleicht doch ein Psychopath?«, fragte sie und ich hatte das Gefühl, als hörte sie sich etwas besorgt an.

»Gut möglich.« Der Gedanke war naheliegend, solange ich nicht wusste, wieso er diese Nummer abzog.

»Und keine Intimitäten? Heißt das, er hat keinen Bock, dich flachzulegen?«

Ich warf einen Blick aus dem Seitenfenster und sah, wie Melody die Stirn runzelte. Das war wieder typisch. Zuerst machte sie sich Sorgen, dass er ein Psychopath sein könnte, nur um sich eine Sekunde später daran zu stören, dass er nicht mit mir ins Bett wollte. »Wir telefonieren später. Mach's gut.«

Ich wollte weg von ihr, bevor sie das Thema Sex weiter vertiefen konnte. Melody trat einen Schritt zurück, winkte mir kurz zu und ich verließ endlich ihre Einfahrt und bog auf die Straße ab. Das war der erste Moment seit letzter Nacht, in dem ich ungestört über dieses unsägliche Pokerspiel und Reece nachdenken konnte. Und ich hatte immer noch keine Ahnung, wofür dieses ganze Theater gut sein sollte. Ging es hier wirklich um eine Wette? Hatte Reece irgendeinen kranken Sinn für Humor? Oder gehörte er einfach zu diesen reichen Leuten, die von ihrem Leben so gelangweilt waren, dass sie sich die absurdesten Dinge ausdachten, nur, um irgendeinen Reiz zu verspüren?

Ich wusste es nicht. Allerdings wusste ich auch nicht, was mich letzte Nacht geritten hatte, in diesen Deal einzusteigen. Warum hatte ich mein Glück so herausfordern müssen? Meine Mutter hatte recht: Glücksspiel war des Teufels. Und wer sich auf so etwas einließ, ging einen Pakt mit dem Teufel ein.

Meine Gedanken drifteten zu meinen Eltern. Sie durften niemals erfahren, was letzte Nacht passiert war. Vor allem meine Mutter nicht. Sie würde sich riesige Sorgen machen, die ich ihr unbedingt ersparen wollte. Sie hatte so viel durchmachen müssen nach dem Tod meiner Schwester, dass ich jeden Kummer von ihr fernhalten wollte. Und mein Vater? Nun, der war eine ganz andere Nummer. Er war der Einzige, der mein dunkles Geheimnis kannte. Der wusste, dass ich tief in meinem Inneren ein schlechter Mensch war. Doch statt mit zu helfen, meine Vergangenheit zu bewältigen, nutzte er sein Wissen aus und hielt mich an der kurzen Leine.

Ich stieß einen tiefen Seufzer aus, als ich die lange Einfahrt meines Elternhauses erreichte, und parkte vor der Doppelgarage. Ich hatte mir immer noch keinen Plan zurechtgelegt, wie ich mit dieser Situation umgehen sollte. Mir war nur klar, dass niemand außer Melody von meinem Pakt erfahren durfte. Aber vielleicht machte ich mir auch nur unnötig Sorgen. Wahrscheinlich beinhaltete der Deal nur ein bis zwei gemeinsame Abendessen mit Reece und irgendwelchen Leuten, denen ich seine Verlobte vorspielen musste. So etwas konnte ich doch locker geheimhalten. Es war ja nicht so, dass Mason und ich uns jeden Abend sahen. Manchmal trafen wir uns wochenlang nur tagsüber in der Firma und ich hatte das Gefühl, dass wir beide mit diesem Arrangement ganz zufrieden waren.

Etwas optimistischer gestimmt als noch bei Melody stieg ich aus dem Auto und schloss schwungvoll die Tür. Diese ganze Geschichte war sowieso nur aus einer Alkohollaune heraus entstanden. Wahrscheinlich hatte Reece die Sache schon wieder vergessen. So ein Typ wie er erinnerte sich doch nicht ernsthaft an ein Mädchen wie mich. Außer er wollte sich gemeinsam mit seinen Kumpels über mich lustig machen. Das war zwar auch nicht unbedingt ein erhebender Gedanke, aber allemal besser als die Variante mit der gespielten Verlobung.

Ich öffnete die Haustür und blieb abrupt in der Eingangshalle stehen, als ich Stimmen aus dem Wohnzimmer vernahm. Heitere Stimmen!

Was sollte das denn? Bei uns im Haus gab es so etwas nicht. Normalerweise wurde nur geflüstert, da meine Mutter häufig unter Kopfschmerzen litt. In Zimmerlautstärke miteinander gesprochen wurde dagegen nie. Und das letzte Mal, dass jemand in diesem Haus gelacht hatte, das war gewesen, bevor ... Nun ja, es war schon lange her.

Auf Zehenspitzen schlich ich mich zu der geöffneten Flügeltür, die in unseren Salon, wie meine Mutter das Wohnzimmer nannte, führte. Ich schob vorsichtig meinen Kopf um die Ecke – und prallte zurück, erschrocken von dem Anblick, der sich mir bot.

»Olivia, wie schön, dass du endlich da bist.«

Mist. Ich war nicht schnell genug gewesen – meine Mutter hatte mich entdeckt und strahlte mich an. Ich schluckte meinen Schreck herunter und setzte ein breites Lächeln auf, bevor ich zu den drei Personen im Wohnzimmer trat. Neben meiner Mutter, die wie immer ganz in Schwarz gekleidet war, standen mein Vater und Mason. Mein Vater wirkte ungewöhnlich aufgeräumt – er hatte tatsächlich sein Jackett ausgezogen und über eine Stuhllehne gehängt – und hatte die Mundwinkel ein paar Millimeter weit nach oben verzogen. Mason dagegen schien ein Dauergrinsen im Gesicht zu kleben. Er hatte ein aufgeregtes Funkeln in den Augen und schien sich neben meinen Eltern ausgesprochen wohlzufühlen. Alle drei hielten Champagnergläser in der Hand, aus denen sie schon mehr oder weniger viel getrunken hatten.

»Dann können wir endlich zusammen anstoßen.« Meine Mutter sah zur Seite und wie aus dem Nichts erschien Margret, unsere Haushälterin, im Zimmer und hielt mir ein Tablett entgegen, auf dem ein weiteres Glas stand. Eine Welle von Übelkeit schwappte aus meinem Magen nach oben, doch ich biss die Zähne zusammen und griff tapfer nach dem Alkohol.

»Was gibt es denn zu feiern?«, fragte ich geistesabwesend, während ich mich bemühte, durch den Mund zu atmen.

Mein Vater zog eine Augenbraue hoch. »Mason hat so einen tollen Job gemacht, dass ich ihn kurzerhand befördert habe.«

Mason hatte einen tollen Job gemacht? Ernsthaft? Und jetzt wurde er dafür auch noch befördert? Schmerzhaft biss ich mir auf die Zunge um nicht laut loszufluchen. War denn niemand imstande, einfach mal zu sagen, dass ich den neuen Klienten an Land gezogen hat? Diese ganze Farce war doch nur lächerlich. Doch ich hatte gelernt, alles zu schlucken. Meiner Familie zuliebe. Oder wie auch immer.

Kein Wunder, dass Mason so über alle Maßen strahlte. Hätte ich an seiner Stelle auch getan. Sich auf der Arbeit anderer auszuruhen, lag bestimmt ganz in seinem Ermessen.

»Gratulation.« Meine magere Begeisterung schien die anderen nicht zu stören. Die Gläser klirrten gegeneinander, mein Vater klopfte Mason auf die Schulter und ich zwang mich, an meinem Getränk zu nippen.

»Wie wäre es, wenn du nach oben gehst und dich fertig machst?«, fragte meine Mutter. Sie hatte ebenfalls nur an ihrem Champagner genippt, was bei ihr jedoch ganz normal war. Sie trank eigentlich nie Alkohol. »Wir wollen Masons Beförderung feiern und haben einen Tisch im Bannister reserviert.«

Was? In diesem überteuerten Laden, wo das Essen an den Wänden kleben blieb, wenn man es dagegen schmiss? Nicht, dass ich es je gemacht hätte. Okay, ein Mal, aber da war ich noch klein gewesen. Ich nickte mechanisch, während mein Vater und Mason sich schon wieder abwandten und geschäftliche Dinge miteinander besprachen. Dinge, die mich genauso viel angingen wie Mason. Trotzdem mischte ich mich nicht ein, sondern nutzte die Gelegenheit, der Situation entfliehen zu können.

»Ich beeil mich«, sagte ich, stellte mein noch fast volles Glas ab und hastete aus dem Salon.

In meinem Zimmer angekommen, ließ ich mir dann doch Zeit. Ich schleuderte meine Schuhe in eine Ecke und warf mich aufs Bett. Diese kurze Szene im Salon hatte mich stärker mitgenommen, als ich gedacht hatte. Mason. Auch wenn ich die Beförderung noch immer nicht fassen konnte, ergriff mich plötzlich mein schlechtes Gewissen.

Mason und Reece. Verdammt, was tat ich hier eigentlich? Musste ich Mason Bescheid geben? Immerhin war es nicht so, dass ich ihn betrügen würde. Ich war lediglich vertraglich dazu verpflichtet, für eine kurze Zeit die Verlobte eines anderen Mannes zu spielen. Das war nicht so furchtbar schlimm, oder? Das würde er doch bestimmt verstehen. Ich tat es ja nicht einfach nur zum Spaß.

Aber Mason wusste genauso wenig von der Stiftung wie meine Eltern und was sollte ich ihm als Erklärung liefern, das rechtfertigte, warum ich dieses blöde Spiel gespielt hatte? Andererseits scherte er sich einen Dreck darum, wie es mir ging. Hinterging er mich nicht ebenfalls, wenn er sich meine Arbeit unter den Nagel riss?

Ach verdammt … Ich drehte mich auf den Bauch und vergrub stöhnend den Kopf in den Kissen. Mason würde garantiert gar nichts verstehen. Vor allem würde er nicht verstehen, warum ich mich auf so ein irrsinniges Spiel eingelassen hatte. Und ich konnte ihm noch nicht einmal einen Vorwurf machen. Ich verstand es ja selbst nicht. Nein, für Mason war ich die brave, folgsame Freundin, die immer noch bei ihren Eltern wohnte und nichts tat, was auf Außenstehende seltsam wirken könnte. Er würde die Abmachung mit Reece nie im Leben nachvollziehen können.

Also blieb ich bei meinem Plan. Ich würde die ganze Geschichte geheim halten.

Meine Handtasche vibrierte und kündigte den Eingang einer Nachricht an. Froh über die Ablenkung, zog ich mein

Handy hervor. Wahrscheinlich wollte Melody wissen, was ich meiner Familie erzählt hatte. Von dem gemeinsamen Abendessen mit Mason wusste sie ja noch gar nichts. Vielleicht hatte sie ein paar Tipps für mich, wie ich mich am besten verhalten sollte.

Doch als ich mein Handy hervorzog, stand nicht Melodys Name auf dem Display. Stattdessen prangte dort in dicken Buchstaben »Handsome«. Ungläubig starrte ich aufs Telefon. Das konnte nicht wahr sein. Hatte Mason sich einen Scherz erlaubt und seinen Namen auf meinem Handy geändert? Aber das würde er nicht machen. Warum auch? Aber wenn er es nicht war ...

Schnell öffnete ich den Nachrichtenchat.

Handsome: *Komm um sieben zum Yachthafen. Meine Yacht heißt Freedom. Reece*

Mein Herz schlug mir bis zum Hals, als ich das Handy zur Seite legte. Bilder von letzter Nacht tauchten vor meinem inneren Auge auf, die ich bis jetzt erfolgreich verdrängt hatte. Reece hatte seine Nummer bei mir eingespeichert, als mein Hirn schon längst auf Autopilot geschaltet hatte. Verdammt, und ich Nuss hatte keine Einwände dagegen gehabt, damit er mich erreichen konnte. Ich hatte ihm stillschweigend dabei zugesehen, wie er sich mein Smartphone genommen hatte, um seine Nummer einzuspeichern. Dahin war meine Theorie, Reece habe das Ganze bestimmt vergessen.

Verdammt. Er wollte mich ausgerechnet heute Abend schon sehen. Sollte ich absagen? Oder einfach gar nicht kommen? Und warum speicherte er sich unter »Handsome« ein? Sein Ego war wirklich bewundernswert.

Nein, das ging nicht. Ich war einen Deal eingegangen und hatte verloren. Ich hatte keine Ahnung, was Reece machen würde, wenn ich mich nicht an meinen Teil der Vereinbarung halten würde. Ich wollte es auch nicht herausfinden. Schon die Vorstellung, dass er auf der Suche nach mir plötzlich vor unserem Haus stehen würde, trieb mir Schweißperlen auf die Stirn. Ich musste dieses Theater durchziehen, wenn ich vermeiden wollte, dass irgendjemand davon erfuhr. Egal wie, ich brauchte einen Plan. Einen, der mein vorübergehendes Doppelleben nicht auffliegen ließ. Aber wie er aussehen sollte, davon hatte ich noch nicht den leisesten Schimmer. Was zum Teufel hatte ich verbrochen, dass mich ein Desaster nach dem anderen verfolgte?

Stöhnend massierte ich meine Schläfen und hoffte, dass mir etwas einfallen würde, wie ich heil aus alldem herauskam. Doch ziemlich schnell schob sich Reece in meine Gedanken und sofort überfuhr mich eine Gänsehaut. Was wollte ein Mann wie er mit einer Frau wie mir? Auch wenn ich es ungern vor mir selbst vorgab – er hatte etwas an sich, das mich fesselte. Seine Blicke lösten etwas in mir aus, er hatte mir für wenige Augenblicke das Gefühl gegeben, doch noch am Leben zu sein und das hatte mir besser gefallen, als ich mir eingestehen wollte.

Aber so durfte ich nicht fühlen. Cathryn hatte auch nie die Chance gehabt, so zu fühlen, also stand mir das ebenfalls nicht zu. Entschlossen stand ich auf und versuchte, die aufkommenden Tränen herunterzuschlucken. Die letzten Jahre hatten mich gelehrt, meine Gefühle in die hinterste, düsterste Ecke meines Ichs zu schieben. Vielleicht war ich kurz vom Weg abgekommen, hatte die Orientierung verloren, aber das durfte nichts bedeuten. Meinen Fehler der vergangenen Nacht würde ich nun ausbaden müssen. Aber danach würde ich wieder auf Kurs kommen und mein monotones Dasein weiterleben. So und nicht anders würde es kommen. Da konnte ein Reece Bryce auch nichts dran ändern.

Bevor ich ins Wohnzimmer ging, raufte ich mir die Haare, nahm eine gekrümmte Haltung ein und legte meine Hand auf den Bauch. Wie immer, wenn ich einen Raum betrat, verebbte das Gespräch. Mein Vater wollte mir damit demonstrativ seine Macht zeigen und mir das Gefühl geben, kein potentieller Gesprächspartner für ihn zu sein. Und obwohl ich es hasste, wie er mich behandelte, wusste ich doch, warum er es tat. Und konnte es verstehen. Weil ich genau dasselbe fühlte wie er. Ich verabscheute mich seit jener Nacht, in der Cathryn gestorben war. Wie konnte ich da etwas anderes von ihm verlangen?

»Ihr müsst leider ohne mich Essen gehen«, sagte ich heiser und hielt mir dabei den Bauch. »Es scheint, als hätte ich mir bei Melody was eingefangen.«

»Oh.« Mom sah mich mitfühlend an. »Brauchst du etwas? Soll ich dir was aus der Apotheke besorgen?«

»Danke, Mom, aber ich werde mich schlafen legen und hoffen, dass ich morgen wieder fit bin.«

Es dauerte nur wenige Augenblicke, bis sie beschlossen, ohne mich zu gehen. Lächerlich leicht hatten sie es mir gemacht. Keiner hinterfragte groß, was mit mir los war, keiner kam auch nur auf die Idee, dass es gelogen sein könnte. Warum auch? Alles, was ich tat, war nach ihren Bedürfnissen ausgelegt.

Als sie das Haus verließen, schmerzte es in meiner Brust. Sie gingen, ohne sich Gedanken um mich zu machen. Dabei sollten sich Eltern um ihr Kind sorgen, genau wie ein Freund sich um seine Partnerin sorgen sollte. Irgendwie lebte ich in einer verschobenen Welt. Aber warum tat es auf einmal so weh? Ich sollte doch heilfroh sein, dass sie es mir so leicht machten.

KAPITEL 8

Schützend schirmte ich mit einer Hand meine Augen vor dem Licht der untergehenden Sonne ab und suchte nach Reeces Yacht »Freedom«. Bei dem Anblick der vielen Luxuskähne blickte ich an mir herunter. Weißes Shirt, verwaschene Jeans und meine Vans waren nicht gerade das perfekte Outfit für diesen Ort. Hier tummelten sich die Reichen und Schönen und sonnten sich publikumswirksam auf den Sonnendecks. Keine Ahnung, was ich mir dabei gedacht hatte, in dieser Garderobe hier anzukommen.

Schulterzuckend setzte ich meinen Weg fort. Ich fühlte mich wohl und es war mir egal, was die Schnösel von mir dachten. Was Reece von mir dachte. Vielleicht würde ich ihn sogar mit meinem Outfit abschrecken und ihn dazu bringen, unseren Deal platzen zu lassen. An seiner Seite stellte er sich bestimmt eine Frau vor, die Stunden im Badezimmer verbrachte, ihr Geld in überteuerte Schönheitssalons brachte und beim Aufstehen schon so aussah, als hätte man sie im Schlaf fertig gestylt. Doch da hatte er sich die Falsche ausgesucht. Im Büro war ich angemessen gekleidet. Weil Dad es so wollte. Doch in meiner Freizeit verschwendete ich keinen Gedanken daran, mich aufzubrezeln. Mir war es egal, dass ich nicht diesen Sexy-Blick nach dem Aufstehen hatte, der jeden Mann um den Verstand brachte. Warum sollte es mich auch interessieren – niemand wachte morgens neben mir auf.

Abrupt hielt ich in meinen Schritten inne, als ich vor einem schwarzen Monstrum stehenblieb, das in goldenen Lettern von dem Schriftzug »Freedom« geziert wurde. War das sein Ernst? Eine schwarze Yacht? Wie abgefahren war das denn?

Ich zwang mich dazu, einen Schritt vor den anderen zu setzen. Das Schiff schüchterte mich ein. Von der Abendsonne angestrahlt, sah es wie ein schwarzer Diamant aus. Geheimnisvoll und edel, genau wie das R&B.

»Olivia.« Wie ein Rehkitz im Scheinwerferlicht blieb ich stehen. Und dann ... sah ich Reece. Mein Herz machte einen Sprung. Mit verschränkten Armen stand er auf dem schwarzen Steg, der die kleine Distanz zwischen seiner Yacht und dem Hafen überbrückte. Mein Verstand und mein Körper schienen sich einig zu sein, genau jetzt zu streiken. Zumindest war es mir nicht möglich, etwas zu erwidern oder mich weiterzubewegen. Viel zu sehr vereinnahmte mich sein Blick. Lähmte mich, hüllte mich ein. Auch jetzt durch die Distanz sah ich die Unruhe in seinen Augen. Sie erinnerten mich an ein glasklares Meer, das still und friedlich wirkte. Doch der Schein trog. Unter der Oberfläche lag etwas Geheimnisvolles, Verbotenes und ebenso Ängstliches, das ich nur erahnen konnte.

Ich musste mich schleunigst zusammenreißen. Meine Beine gehorchten wieder und ich ging langsam auf ihn zu. »Reece«, sagte ich knapp und erklomm tapfer den Steg. Hoffentlich fiel ihm nicht auf, wie wacklig meine Schritte waren. Was sollte ich nur tun? Ihm die Hand reichen? Stehenbleiben und warten? »Da bin ich.« Was Besseres fiel mir nicht ein, um meine Unsicherheit zu überspielen.

Grinsend nickte er mir zu und ging voraus in das Innere der Yacht. Bitte, lieber Gott, lass mich doch einfach ins Meer fallen und ertrinken, betete ich, doch nichts dergleichen geschah. Unbeschadet ging ich an Bord und folgte Reece.

Beim Eintreten wurde ich sofort von sanfter Musik umhüllt. Mir blieb nicht viel Zeit, um mir Gedanken darüber zu machen, wie ich mir seine Yacht eigentlich vorgestellt hatte, doch ich war überrascht von dem dezenten und keineswegs übertriebenen Luxus, den ich erblickte.

Reece entfernte sich ein paar Schritte und bat mich, Platz zu nehmen. Das kühle Leder des Sessels tat gut nach der Hitze draußen und ich war froh, dass Reece mir ein paar Sekunden Alleinsein schenkte, als er hinter einer kleinen Tür verschwand.

Ja, was hatte ich hier eigentlich erwartet? Jedenfalls keine gemütliche Sitzecke, von der aus man das Meer in voller Pracht sah. Der Raum, in dem ich mich befand, war ein Mix aus luxuriösem Wohnzimmer mit angrenzendem Essbereich. Die meisten Yachten, die ich von innen kannte, waren für Partys ausgerichtet. Doch dieser schwarze Diamant war anders. Hier konnte ich mir gemütliche Abende mit Freunden vorstellen. Vielleicht bekochte er sogar seine Gäste in der kleinen, aber eleganten Küche, die direkt an den Essbereich grenzte.

Sein Einrichtungsgeschmack gefiel mir. Die schwarzen Möbelstücke, die schwarze Küche, kombiniert mit türkisfarbenen und goldenen Accessoires hatten einen gewissen Charme. Es sah edel aus, teuer und trotzdem keineswegs ungemütlich.

Als ich Schritte hinter der Tür hörte, griff ich automatisch nach meinem Handy, um so zu tun, als würde es mich kalt lassen, hier zu sein. Doch als ich aufsah, erstarrte ich. Nicht Reece war es, der mit entgegenkam. Also, eigentlich schon, doch dicht vor ihm, mit seiner Hand im Rücken, stolzierte eine junge, ungemein attraktive Frau an mir vorbei. Sie warf mir nur einen flüchtigen Blick zu – wahrscheinlich hielt sie mich in meiner Aufmachung für eine Angestellte. Reece flüsterte ihr etwas ins Ohr, das ihre Gesichtszüge weicher machte und sie lächeln ließ. Das Blut in meinen Adern begann zu kochen. Was bildete sich dieser Arsch ein? Dachte er wirklich, er konnte mich zu sich bestellen, während eine andere seine Matratze warmhielt? Ich war seine Verlobte verdammt. Ein bisschen mehr Respekt hatte ich mir schon verdient.

Sanft schob Reece die Frau nach draußen. Ich verrenkte mir beinahe den Hals, um die beiden durch die getönten Scheiben beobachten zu können. Doch alles, was ich sah, war, wie die Dame über den schmalen Steg balancierte. Reece sah ihr einen Augenblick lang nach, bevor er sich entschlossen umdrehte und zurückkam. Schnell drehte ich meinen Kopf und betrachtete die gläserne Tischplatte vor mir.

»Tut mir leid, ich musste noch kurz ein paar Dinge besprechen.« Mit diesen Worten setzte er sich zu mir und schob ein Glas Wasser vor mich. Als wäre mein Elend nicht schon groß genug, hob ich den Kopf und blickte direkt in seine unverschämt blauen Augen. Konnte er sich nicht einen Sessel weiter weg setzen, so dass ich ihm nicht frontal gegenüber sitzen musste? Taktgefühl besaß dieser Kerl anscheinend nicht. Doch meine Wut verpuffte, als ich förmlich in dem Ozean seiner Augen ertrank.

»Hat dich mein Paket erreicht?«

Ein viel zu kratziges »ja«, verließ meinen Mund. Am besten schmiss ich mich ihm gleich vor die Füße. Wie peinlich! Bestimmt wusste er genau, was in mir vorging, zumindest umspielte ein anzügliches Grinsen seinen Mund. Ich umklammerte das Wasser, das er mir hingestellt hatte, und unterbrach unseren Blickkontakt. Keinesfalls durfte ich ihm noch einmal in die Augen schauen, wenn ich mich nicht völlig lächerlich machen wollte.

»Danke, wäre wirklich nicht nötig gewesen.« Mein Anstand meldete sich wieder zu Wort. Klar, ein Dankeschön war das Mindeste für seine nette Geste. »Hast du dich dafür selbst in die Küche gestellt?« Die Worte hatten meinen Mund verlassen, bevor ich darüber nachgedacht hatte.

»Vielleicht ...« Seine Grübchen kamen zum Vorschein, als er verschmitzt lächelte. Dieser Mistkerl wollte es also spannend machen.

»Warum bin ich hier?« Um der seltsamen Atmosphäre zu entkommen, wechselte ich das Thema. Obwohl die Sonne schon längst von der Meeresdecke verschlungen worden war, hatte ich das Gefühl, dass mein Gesicht glühte. Hitze stieg in mir auf, als ich die Konturen eines Tattoos ausmachte, das unter seinem Shirt-Ärmel hervorlugte. Dieser Mann rief in mir das Bedürfnis hervor, ihn anzufassen, mehr von seinem Körper zu erkunden. Meine Hände kribbelten bei dem Gedanken daran, nachzuschauen, was sich unter seinem Shirt verbarg. Bis eben hatte ich den Reece vor Augen gehabt, der mir gestern Abend professionell, mit maßgeschneidertem Anzug gegenüber gesessen hatte. Heute hatte ich das Gefühl, ein bisschen mehr von dem wahren Reece zu sehen. Dem Mann, der eine Frau auf seiner Yacht hatte, während er eine andere herzitierte, rief ich mir ins Gedächtnis.

»Sollte die zukünftige Mrs Bryce nicht mehr über ihren Verlobten wissen?« Seine Stimme klang rau, und seine Worte viel zu real.

»Mrs Bryce«, schnaubte ich. »Was stellst du dir vor? Soll ich deinen Lebenslauf studieren? Oder hast du zufällig eine Biografie über dich geschrieben?« Meinen Hormonen verpasste ich einen Tritt, ich brauchte jetzt einen kühlen Kopf. Egal wie sehr mich seine Grübchen dahinschmelzen ließen.

»Keins von beiden. Lass uns ein Spiel spielen.«

»Vergiss es. Mit dir spiele ich nie wieder. Du siehst doch, wohin es mich gebracht hat.« Mein Blut geriet in Wallung. Anscheinend liebte er es, zu spielen. Wie eine Katze, schoss es mir durch den Kopf. Und ich sollte die Maus sein? Niemals!

»Kein Einsatz. Ich stelle dir eine Frage und du darfst mir eine stellen. Simpel und einfach. Wir sollten mehr voneinander wissen.« Sein Oberkörper kam mir gefährlich nah, als er sich über den Tisch lehnte.

Er hatte recht, nur den Namen des anderen zu wissen, war zu wenig, wenn ich glaubhaft seine Verlobte spielen wollte. »Erinnert mich an meine Kindheit«, murmelte ich. Früher hatte ich solche Fragerunden geliebt, denn man erfuhr dadurch viele Details, die auf den ersten Blick völlig unbedeutend wirkten und doch eine Menge über die Person aussagten. Als ich älter wurde, benannten wir das Spiel um in »Wer hat noch nie ...?« und tranken Alkohol, wenn wir etwas noch nie getan hatten. Einen Abend war ich so betrunken gewesen, dass mich Cathryn zum Ausnüchtern zu einer Freundin gebracht hatte, aus Angst vor unseren Eltern. Wie sehr hatte sie mich an diesem Abend verflucht.

»Woran denkst du?« Er riss mich mit seiner Frage zurück in die Gegenwart.

»An nichts«, log ich. Außer mit Melody redete ich mit niemandem über Cathryn. Und selbst mit ihr nur äußerst selten. Viel zu sehr zerfraß mich der Selbsthass. Und daran würde sich auch nichts ändern.

»Das war meine erste Frage. Eine ehrlichere Antwort hätte ich mir schon gewünscht.«

»Das Spiel erinnerte mich an einen Abend ... der schon lange zurückliegt.« Meine Stimme brach, der Knoten in meiner Brust zog sich immer enger zu. »Woran denkst du?«, fragte ich zurück. Was Besseres fiel mir nicht ein.

Mit gesenktem Blick fixierte er mich. »Ich denke daran, wie es sich wohl anfühlt, dich zu küssen.« Mein Körper reagierte sofort auf seine Antwort und das Blut schoss in meine Wangen. An so etwas dachte er?

Nervös kaute ich auf meiner Lippe und stellte mir gegen meinen Willen ebenfalls vor, wie sein Mund sich anfühlen mochte. Er hatte volle, weiche Lippen und sicherlich küsste er verdammt gut. Aber Moment ... An so etwas wollte ich nicht denken. Ganz abgesehen davon, dass seine Antwort garantiert nur eine Masche war. Dieses Spiel spielte er bestimmt nicht zum ersten Mal mit einer Frau und meine Gedanken wanderten zu der Fremden von vorhin.

»Wer war die Frau?« Ich hielt seinem Blick stand, obwohl es mich meine ganze Kraft kostete. Ich wollte wissen, wer sie war, denn es kratzte an meinem Ego, dass sie hier gewesen war, obwohl ich eine Verabredung mit ihm hatte.

»Eifersüchtig?« Ein triumphierendes Grinsen legte sich auf seine Lippen.

Was ich mit einem Schnauben quittierte. Eifersüchtig? So weit würde es sicherlich nicht kommen.

»Würde es dich stören, wenn sie in meinem Bett gelegen hätte?«, fragte er lauernd.

»Noch hast du meine Frage nicht beantwortet. Also?« Auch wenn er mich nervös machte, war ich längst nicht so im Rausch, dass ich seine Gegenfrage nicht bemerkte. »Also?«, wiederholte ich, als er nicht sofort weitersprach. Und verdammt, er sollte aufhören, mich mit diesem Blick anzuschauen, der meinen Körper in Unruhe versetzte. Mit Sicherheit würde ich diese Nacht von seinen blauen Augen träumen.

»Lisa ... ist meine ... Haushaltshilfe.«

Aha.

»Sehr interessante Arbeitskleidung für eine Haushaltshilfe«, sagte ich. Wer machte bitte in zehn Zentimetern hohen Schuhen sauber? Stand er etwa darauf?

»Solange sie ihre Arbeit macht«, sagte er trocken und zuckte beiläufig mit seinen breiten Schultern.

»Natürlich«, sagte ich sarkastisch und schüttelte den Kopf, um die Bilder in meinem Kopf loszuwerden, die sich fast automatisch bei der Erinnerung an die Frau bildeten. »Du bist dran.«

Wir setzten unser Spielchen noch eine Weile fort. Stellten uns die blödesten Fragen, die mich immer wieder zum Schmunzeln brachten. Irgendwann im Laufe des Abends schien das Eis zwischen uns gebrochen zu sein. In meinem Kopf stellte ich eine Reeceliste auf:

Lieblingsfarbe: Schwarz
Sternzeichen: Löwe
Geschwister: Einzelkind
Allergien: Keine
Hobbys: Seine Arbeit und Kochen

Ich hatte fest damit gerechnet, dass er bei der Frage nach den Hobbys mit irgendeiner Sportart geantwortet hätte. Mutter Natur hatte ihm seinen Adoniskörper bestimmt nicht in die Wiege gelegt. Aber nein – ausgerechnet Kochen. Ob er die Hühnersuppe wohl doch selbst gekocht hatte? Meine Liste füllte sich mit immer mehr Einzelheiten, die er über sich preisgab. Gewollt oder ungewollt.

Aufgewachsen war er in Santa Barbara, genau wie ich. Und den größten Teil seiner Kindheit hatte er bei seiner Großmutter gelebt, da seine Eltern unfähig gewesen waren, ein Kind großzuziehen. So waren jedenfalls seine Worte gewesen. Aus eigener Erfahrung war mir klar, dass ich auf dieses Thema besser nicht näher einging.

Mittlerweile hatte ich längst den Überblick darüber verloren, wie viel ich ihm über mich preisgegeben hatte. Es waren alles belanglose Sachen und doch hätte ich ihm niemals so viel Unwichtiges von mir erzählt. Er erfuhr, dass ich eine Vorliebe für orientalisches Essen hatte, dass Katzen meine Lieblingstiere waren, meine Eltern mir jedoch nie erlaubt hatten, eine zu besitzen. Dass ich Horrorfilme liebte, aber Angst hatte, sie allein anzuschauen. Ich erzählte davon, dass ich früher Musik und das Singen geliebt hatte, und betete gleichzeitig, dass er mich nicht fragte, wieso ich es nicht mehr tat. Doch genau wie ich vermied er es, bei gewissen Themen nachzuhaken.

»Es ist nach Mitternacht. Ich sollte langsam gehen.« Mein Mund war staubtrocken vom vielen Reden und ich nahm einen großzügigen Schluck meines Wassers. Die letzten Stunden waren wie im Flug vergangen. Meinetwegen hätte ich noch ewig hier sitzen können, auch wenn sich der Gedanke falsch anfühlte. Eigentlich war ich hierhergekommen, um meinen Hintern zu retten und mich aus der verzwickten Lage zu befreien und nicht, um mich noch tiefer in sie hineinzureiten. Mein Leben schrie mir plötzlich ins Ohr. Es fragte mich lautstark, was ich hier tat. Panik kroch meinen Rücken hinauf, bis sie mich fest in ihren Fängen hielt. Meine Eltern waren inzwischen bestimmt wieder zu Hause und könnten auf die Idee kommen, nach mir zu schauen ...

Mist! Es war nach Mitternacht, ich konnte ihnen schlecht erzählen, dass ich mal eben in der Apotheke gewesen war.

»Alles okay mit dir? Du siehst blass aus.« Reeces Stimme riss mich aus meinen panischen Gedanken.

»Nein. Also ja, es ist spät. Und ich habe zu wenig Schlaf bekommen in der letzten Nacht.« Mein Kopf drohte jeden Moment zu explodieren. Zu viele Emotionen prasselten auf mich ein. Aber hier war nicht der richtige Ort, mich meinen Gefühlen hinzugeben. Dem Ganzen würde ich auf Dauer nicht standhalten können, das wurde mir schlagartig bewusst.

»Eigentlich wollte ich mit dir reden, Reece. Gestern Abend habe ich Mist gebaut. Ich war angetrunken und hatte meine Gründe, warum ich mit dir gespielt habe. Aber es gibt da einen Mann in meinem Leben ...« Meine Stimme versagte. Die Worte laut auszusprechen, machte das Ganze nicht gerade besser. Aus Scham wandte ich mein Gesicht ab und hoffte, er würde etwas sagen. Mich fortschicken und den Deal platzen lassen. So sehr mir die letzten Stunden zusammen mit Reece gefallen hatten, es war das Beste einen Schlussstrich zu ziehen, morgen in meinen gewohnten Alltag zu starten und alles, was geschehen war, zu vergessen.

»Macht er dich glücklich?«

Wie bitte? Ich sah auf und blickte direkt in sein viel zu schönes Gesicht. Machte er sich etwa Gedanken darum, wie die Beziehung zwischen Mason und mir lief? Oder störte es ihn, dass ich einen Partner hatte. Doch er hatte schnell wieder seine Rolle gewechselt, genau wie ich. Vor mir saß der Geschäftsmann Reece von gestern Abend, ihm gegenüber die kaputte Liv.

»Du überlegst zu lange.«

»Er ist mein Freund.« Meine Stimme wackelte. Noch nie hatte ich darüber nachgedacht, ob Mason mich glücklich machte. Es hatte nie einen Grund gegeben, darüber nachzudenken. Denn glücklich konnte mich schon lange niemand mehr machen. Auch Mason nicht.

Die Wunde in meinem Herzen begann, sich zu öffnen, als würde jemand darin herumstochern. Und dieser Jemand war Reece mit seinen blöden Fragen.

»Macht er dich glücklich, Olivia?« Schatten legten sich um seine Augen.

»Unser Frage-Antwort-Spiel ist vorbei, Reece.« Mit zitternden Fingern griff ich nach meiner Tasche und verstaute mein Handy darin. Ein kurzer Blick auf das Display hatte mir verraten, dass ich keinen einzigen Anruf verpasst hatte. Keinen einzigen. Weder von Mason noch von meinen Eltern. Wem machte ich hier eigentlich etwas vor? Niemandem würde auffallen, dass ich nicht krank in meinem Bett lag. Es interessierte keinen Menschen, außer meine Mom vielleicht, die jedoch selbst mit ihrem Schmerz beschäftigt war.

»Wir haben schon vor ein paar Stunden mit dem Spiel aufgehört.«

Ich hielt mitten in der Bewegung inne und atmete hörbar aus. Wir hatten aufgehört mit diesem albernen Spiel? Wann sollte das denn passiert sein? Und warum war es mir nicht aufgefallen?

»Ich muss jetzt los«, sagte ich, stand auf und stolperte nach draußen. Die letzten Jahre hatte ich in meiner mühsam errichteten Welt gelebt, einer Welt, in der ich gelernt hatte, mit dem ganzen Mist umzugehen, der auf meinen Schultern lastete. Reece hatte an diesem Abend eine

Grenze überschritten, die ich mir hart erarbeitet hatte. Das durfte ich nicht zulassen. Morgen würde ich wieder in meine Welt eintauchen, mein gewohntes Leben, ohne ihn.

»Olivia«, rief er dicht hinter mir. Doch ich beschleunigte meinen Schritt. Egal, was er noch zu sagen hatte, ich wollte es nicht hören. Die feuchte Luft schlug mir entgegen, als ich nach draußen trat. Eine warme Hand griff nach meiner und umfasste meine Finger. Warum ließ er einfach nicht locker?

»Du brauchst nicht vor mir wegzurennen.« Er zog mich näher an sich heran, weg von dem Steg, der mir meine Freiheit vorgaukelte. Störrisch starrte ich auf seine muskulöse Brust. Mein Körper bebte, weil er die Flucht ergreifen wollte. Weil er nicht damit klarkam, welche Auswirkung Reece auf mich hatte. Seine Hand brannte wie Feuer auf meiner Haut, doch ich war unfähig, sie wegzuschieben.

»Du hast doch keine Ahnung«, sagte ich bitter.

»Wir sind uns ähnlicher, als du vermutest.«

Ich spürte an seinem Atem, wie nah er mir war. Eine Gänsehaut breitete sich auf meinem Körper aus und ließ mich erschaudern.

»Ich weiß, was damals geschehen ist, dass du in dem Auto warst, als deine ...«

Endlich riss ich mich von ihm los und stolperte zurück. »Bitte nicht«, flehte ich ihn an und unterdrückte die aufkommenden Tränen. Ich wollte es nicht aus seinem Mund hören. Ich wollte es von niemandem hören. »Sprich nie wieder davon.«

Meine Finger krallten sich haltsuchend in seine Brust. Langsam drängte er sich gegen mich und ich wich zurück, bis ich mit dem Rücken gegen die Reling stieß. Seine Hände legten sich links und rechts von mir an das Geländer, so dass ich nicht mehr ausweichen konnte. Sein Duft stieg mir in die Nase, der mich wie eine Droge benebelte.

»Wovor hast du Angst?« Sein Gesicht war nur wenige Zentimeter von meinem entfernt, als ich meinen Blick hob.

Dass auch du anfängst, mich zu hassen, dachte ich bitter. Genauso wie alle anderen, die die Wahrheit über mich wissen. Und das könnte ich nicht ertragen.

Doch ich schaffte es nicht, meine Gedanken laut auszusprechen.

»Frag mich, was ich denke«, sagte er, nachdem ich hartnäckig schwieg.

»Ich will es nicht wissen.« Was sollte das werden? »Wir spielen nicht mehr.«

»Das ist auch kein Spiel. Frag mich!«, wiederholte er.

Ich versuchte, mich aus seinen Armen zu befreien. Offensichtlich wollte er, dass ich wusste, was er von mir hielt und wie er über jene Nacht dachte, in der Cathryn ums Leben gekommen war. Er musste ganze Arbeit geleistet und im Vorfeld zu unserem Treffen Informationen über den Unfall gesammelt haben. Was nicht weiter schwierig gewesen sein musste. Das Internet vergaß schließlich nie. Bestimmt war er mit Zeitungsartikeln überschwemmt worden, als er meinen Namen eingegeben hatte.

»Du willst nicht wissen, was ich denke?« Seine Augenbrauen rückten ein wenig zusammen, als er meinem Gesicht gefährlich nahekam. »Dann lass es mich dir zeigen.« Sein heißer Atem streifte meine Haut. Er nahm die rechte Hand von der Reling, umfasste mein Kinn, zwang mich meinen Kopf in den Nacken zu legen und ihm in die Augen zu sehen. Ich erkannte den Sturm in seinem Blick, der mich an meinen eigenen inneren Kampf erinnerte. Was wollte er mir zeigen?

Plötzlich wurde es still in meinem Kopf. Seine warmen Lippen trafen mich unvorbereitet. Alles in mir verkrampfte sich und wollte gleichzeitig loslassen. Es fühlte sich an, als würde ich jeden Moment den Halt verlieren und dabei doch schwerelos durch die Luft schweben.

Meine Hände krallten sich noch fester in seine Brust, um nicht hintenüberzufallen. Meine Gedanken standen still, meine Sinne hatten übernommen und es war viel zu intensiv, als dass ich unseren Kuss unterbrechen wollte. Seine Zunge drängte sich gegen meine Lippen und ich ließ ihn gewähren. Ausgehungert reckte ich mich ihm entgegen, nahm alles, was er mir gab und es war wunderschön und verstörend zugleich. Wann hatte ich mich das letzte Mal so gefühlt?

Seine weichen Lippen ließen mich vergessen, auch wenn es nur für einen Augenblick war. Ich genoss es in vollen Zügen. Und meine Güte, er küsste wie ein Gott.

Abrupt löste er die Verbindung zwischen uns, nahm seine Hand von meinem Kinn und hinterließ eine unangenehme Kälte auf meiner Haut. Als ich die Augen öffnete, hielt ich die Luft an. In seinem Blick loderte eine Leidenschaft, die jedoch von etwas anderem, Düsterem verdrängt wurde. Ich zuckte zurück. Reece Bryce kämpfte in seinem Inneren gegen seine eigenen Dämonen – genau wie ich. Er hatte recht. Vielleicht waren wir uns ähnlicher, als ich wahrhaben wollte.

Ohne ein weiteres Wort stolperte ich auf den Steg und lief davon. Weg von dem Mann, der mir gezeigt hatte, dass ich nicht so leblos war, wie ich angenommen hatte.

KAPITEL 9

Noch eine Stunde nachdem Olivia die Yacht fluchtartig verlassen hatte, schmeckte ich sie auf meinen Lippen. Wie hatte ich nur derart die Beherrschung verlieren können, und dem Drang nachgegeben, sie zu küssen? Noch nie zuvor hatte es eine Frau geschafft, dass ich gegen meine Prinzipien verstieß. Wieso ausgerechnet Olivia?

Und Gott bewahre, ich wollte noch mehr, als sie nur zu küssen. Machte mich die Situation mit meiner Großmutter jetzt etwa zu einem Gefühlsdusel? Ich Idiot hatte tatsächlich schon am ersten Abend alle Regeln über Bord geworfen, an denen ich so festhielt. Seit wann juckte es mich, wie sich die Lippen einer Frau anfühlten, wie sie schmeckten? Normalerweise küsste ich Frauen nicht so, wie ich Olivia geküsst hatte. Ich nahm mir einfach, was ich von ihnen wollte. Ich war kein Romantiker, kein sanfter Schmusetyp. Und das war den Frauen bewusst, die sich auf mich einließen. Noch nie hatte ich einer Frau etwas vorgemacht. Ich war schon immer direkt gewesen. Das Verlangen, eine Frau wirklich zu küssen, hatte ich bisher nicht verspürt.

Bis Olivia in mein Leben getreten war. Schon als ich sie über die Überwachungskameras gesehen hatte, hatte sie mich auf eine seltsame Art fasziniert. Sie hatte so fehl am Platz ausgesehen, so verloren und ihre Blicke hatten gewirkt, als wäre sie auf der Flucht. Sie hatte den Jäger in mir geweckt, nur dass diesmal nicht sie meine Beute war. Ich wollte das jagen, was sie mit sich herumtrug. Das sie unsicher und ängstlich machte. Irgendwie fühlte ich mich dazu verpflichtet, sie zu beschützen, auch wenn mir nicht klar war, wovor. Die Tatsache, dass ich außerdem rein zufällig auf der Suche nach einer potentiellen Verlobten war, war mir dabei sehr gelegen gekommen. Zwei Fliegen mit einer Klappe. Der Geschäftsmann in mir hatte Grund zum Jubeln gehabt. Es war ein Deal, und doch war es mehr als das.

Olivia hatte nie eine Chance gehabt, gegen mich zu gewinnen. Ich hatte buchstäblich immer ein Ass in meinem Ärmel. Und natürlich hatte ich auch nie vorgehabt, sie gewinnen zu lassen.

An Schlaf war nicht zu denken. Ich ging an Deck und griff im Vorbeigehen nach einer Flasche Wasser. Ich blieb oft auf der »Freedom« und übernachtete dort, wenn ich keine Lust auf die vielen leeren Zimmer meiner Strandvilla hatte. Hier war es zwar nicht sonderlich wohnlich – die Yacht hatte ich mir nur für meine Damenbesuche angeschafft – aber ich hatte meine Ruhe und den ungeheuren Vorteil des schaukelnden Wassers unter mir. Mit der Flasche an den Lippen ließ ich mich auf eine Liege fallen und blickte in den sternenklaren Himmel. So etwas wie heute Abend durfte sich nicht wiederholen. Meine Gefühle benebelten meinen Verstand. Sie machten mich blind und zu einem emotionalen Weichei.

Schnaubend nahm ich einen weiteren großen Schluck. Olivia war anders als die Frauen, die ich bisher kennengelernt hatte. Sie war keine von denen, die sich mir auf Anhieb an den Hals schmissen und mir unmissverständlich klarmachten, dass sie bereit waren, mir alles zu geben, was sie zu bieten hatten. Als sie in ihren verwaschenen Jeans vor mir gestanden hatte, hatte sie mir den Atem geraubt. Sie war so echt, so authentisch. Jede andere hätte sich in den teuersten Fummel gezwängt, den ihr Schrank hergegeben hätte und schichtweise Make-up aufgetragen. Doch Olivia war einfach ... sie war anders. Sie war wunderschön, zerbrechlich und doch stärker als jede Frau, die ich kannte.

Und sie hatte einen Freund. Bitter lachte ich auf, hielt meine Flasche in die Luft und stieß mit den Sternen auf diesen Idioten an. Welche glücklich vergebene Frau ging ein solch unmoralisches Angebot ein? Nicht einmal die Frage, ob sie glücklich war, hatte sie mir beantworten können. Kopfschüttelnd griff ich in meine Hosentasche und fischte mein Handy heraus. Olivia war nichts weiter als ein Deal, und das würde sie auch in Zukunft bleiben.

Reece: *Wir müssen Regeln aufstellen!*

Ich schickte die Nachricht an Olivia und öffnete den Chat mit Alec.

Reece: *Hast du den Laden im Griff?*

Alec würde das R&B mit Links leiten und doch machte es mich fertig, nicht alles selbst unter Kontrolle zu haben. Immer wieder tippte ich auf das Display, sobald es sich verdunkelte. Weder von Olivia noch von Alec bekam ich eine Antwort, was mich zunehmend nervös machte. Es war kurz nach ein Uhr, vielleicht lag Olivia längst in ihrem Bett. Neben ihrem Typen. Allein der Gedanke daran, wie er sie anfasste, irritierte mich so sehr, dass ich schnell wieder auf mein Handy blickte, um mich abzulenken. Eine neue Nachricht ploppte auf.

Olivia: *Wenn du den Deal platzen lässt, brauchen wir keine Regeln.*

Alec: *Hab alles im Griff! Entspann dich.*

Erleichtert schloss ich den Chat mit Alec und tippte schnell eine Nachricht an Olivia.

Reece: *Spielschulden sind Ehrenschulden, schon vergessen?*

Olivia: *Bitte, Reece. Du weißt selbst, dass wir uns beiden damit einen Gefallen tun, wenn du dir jemand anderen suchst. Ich weiß nicht, was dieser blöde Deal für dich bedeutet. Aber ich bin die Falsche an deiner Seite. Ich passe nicht in deine Welt.*

Wieder und wieder las ich ihre Nachricht. Ja, sie war definitiv die Falsche. Sie rief Seiten in mir hervor, die ich verabscheute. Allein das war Grund genug, um auf ihre Bitte einzugehen. Trotzdem sträubte sich alles in mir dagegen, den Vertrag aufzulösen und sie ziehenzulassen.

Reece: *Wir brauchen Regeln. Dann wird sich so etwas wie eben nicht wiederholen!*

Schnell leerte ich den letzten Zug aus der Flasche und legte sie achtlos auf den Boden.

Olivia: *War der Kuss so furchtbar, dass du mitten in der Nacht Regeln aufstellen willst?*

Hä? Was sollte das denn? War das jetzt so ein Frauen-Ding? Wollte sie, dass ich ihr versicherte, wie fantastisch der Kuss für mich gewesen war? Hilflos starrte ich das Handy an. Mit solchen indirekten Geschichten hatte ich echt Probleme.

Reece: *Wir wissen beide, dass es nicht so ist.*

Olivia: *Wie ist es dann?*

Reece: *Ich habe kurz dem Drang nachgegeben, dich zu küssen. Aber wenn wir die nächsten Wochen miteinander klarkommen wollen, dann sollten wir ein paar Sachen regeln. Auch wenn ich dich wieder küssen will.*

Ich ließ mein Handy in den Schoß sinken und schloss die Augen. Das würden die schlimmsten Wochen meines Lebens werden. Wieso war ich nur auf die bescheuerte Idee

gekommen, meine Großmutter derart anzulügen? Seit O-
livia in mein Leben gestolpert war, drehte sich mein Kopf
wie eines dieser alten Kinderkarussells. Diese seltsame An-
ziehung, die von Olivia ausging, war bestimmt auf mein
emotionales Tief zurückzuführen. Immerhin war meine
Großmutter die einzige Familie, die mir geblieben war,
nachdem sich die Frau, die mir mein beschissenes Leben
geschenkt hatte, aus dem Staub gemacht hatte und mein
Dad angefangen hatte, sich den Verlust schönzusaufen.
Dad war am Boden zerstört und nicht in der Lage gewesen,
sich um den kleinen Jungen zu kümmern, den sie eiskalt
hatte sitzen lassen, als wäre er ein Gegenstand, an dem sie
keinen Gefallen mehr hatte. All die Jahre, in denen ich mit-
erlebt hatte, welche Verletzungen sie bei Dad hinterlassen
hatte, was für einen gebrochenen Mann sie aus ihm gemacht hatte ... Ich hasste sie dafür.

Nur Großmutter war es zu verdanken, dass ich nicht
zusammen mit Dad in der Gosse gelandet war. Schon nach
kurzer Zeit hatte Dads Körper sich an den harten Alkohol
gewöhnt und es waren Tabletten hinzugekommen. Schon
damals hatte ich mir geschworen, dass mir so etwas wie
Dad niemals widerfahren würde. Niemals würde mich eine
Frau so brechen, dass ich mein Leben in den Sand setzte
und mich unter den Tisch trank, wie Dad es getan hatte.
Die Ärzte hatten uns gesagt, dass er an einer Überdosis
gestorben war, doch insgeheim vermutete ich, dass er sich
das Leben genommen hatte. Und mich damit auch im
Stich gelassen hatte. Nicht mal einen Gedanken hatte er
daran verschwendet, was sein Tod für mich bedeuten
würde.

Ohne eine weitere Nachricht von Olivia schlief ich irgendwann mit einem beklemmenden Gefühl in der Brust
ein und wünschte mir, meine Erzeugerin hätte mir ein anderes Bild von der Frauenwelt hinterlassen. Oder sollte ich
ihr dafür danken? Immerhin hatte sie mir gezeigt, wie sehr
einen dieses liebeskranke Zeug zerstören konnte.

KAPITEL 10

»Na und? Dann will er eben Regeln aufstellen. Was ist daran so schlimm? Es ist doch sowieso alles ein Riesen-Fake.« Melody griff nach dem Salzstreuer und salzte ihre Nudeln auf eine Art und Weise nach, dass mir übel wurde. Wie beinahe jeden Mittag trafen wir uns zum Essen in der Mensa. Zwar studierte Melody im Gegensatz zu mir Literatur, doch unsere Seminare lagen auf demselben Campus, so dass wir uns in den Vorlesungspausen oft sehen konnten.

Ich schnaubte. »So wäre es gewesen, wenn Reece die Regeln VOR unserem Kuss aufgestellt hätte. Aber danach?« Ehrlich gesagt hatte ich mich in Grund und Boden geschämt, nachdem ich die Nachricht von Reece gelesen hatte. Auch wenn er höflich genug gewesen war, es abzustreiten, so war ich mir sicher, dass diese ominösen Regeln etwas mit unserem Kuss zu tun haben mussten. Und zwar nichts Positives. Immer wieder versuchte ich mir einzureden, dass es mir egal sein sollte, was Reece über mich oder meine Küsse dachte. Egal sein musste. Es ging einfach nicht, dass er mich so durcheinanderbrachte. Solche heftigen Gefühle in mir auslöste. Das durfte nicht sein. Am besten wäre es, wenn ich ihn niemals wiedersehen müsste. Auf diese Weise würde ich ihn bestimmt aus meinem Kopf bekommen. Aber genau diese Möglichkeit gab es ja nun leider nicht für mich.

»Ach ja, der Kuss.« Melody klimperte verträumt mit ihren Wimpern und stocherte lustlos in den zugegeben furchtbaren Nudeln herum. Ich selbst hatte noch gar keinen Bissen heruntergebracht, was ich nur zum Teil auf meine instabile Gefühlslage schob. Das Zeug in der Mensa schmeckte grundsätzlich furchtbar.

»Erzähl mir doch noch mal vom Kuss.«

Ich schnappte mir eine zerkochte Nudel von meinem Teller und schnippte sie Melody ins Gesicht.

»Hey! Was soll das denn?« Empört griff meine Freundin nach einer Serviette und wischte sich über die Wange.

»Ich will mit dir nicht über den Kuss reden. Ich will wissen, was ich tun soll.« Hätte ich Melody doch nie erzählt, was am letzten Abend passiert war. Natürlich hatte sie jetzt nichts anderes im Sinn, als mich mit Reece zu verkuppeln. Sie war der Meinung, dass Mason und ich sowieso nie zusammengepasst hätten. Und Reece sah von außen betrachtet ja auch wie der absolute Traumtyp aus. Aber es ging nicht. Nicht wegen Mason. Sondern wegen etwas ganz anderem. Etwas, das ich selbst Melody nicht anvertrauen konnte.

Melody seufzte und schob ihren Teller von sich. »Das ist doch ganz einfach. Sag es Mason. Sag ihm einfach, was passiert ist. Entweder er versteht dich oder er serviert dich ab.« Sie zuckte mit den Schultern. »Das wäre doch vielleicht sowieso für alle das Beste.«

Ich verdrehte die Augen. Ja, für Melody erschien es als die beste Lösung, wenn ich Mason endlich loswürde. Aber das Leben war kein Ponyhof, zumindest nicht meins. Sie hatte ihn nie gemocht. Und es war ja auch nicht so, dass ich sonderlich an ihm hing. Ich hatte mich an ihn gewöhnt, so wie man sich an seine Mitbewohner gewöhnte. Er war einfach ein fester Bestandteil meines Lebens.

Aber das war es nicht, was mich davon abhielt, Melodys Vorschlag in die Tat umzusetzen. Für mich mochte Mason vielleicht nicht so viel bedeuten. Doch für meine Eltern war er der perfekte Freund. Sie mochten ihn. Mein Vater protegierte ihn in der Firma. Und meine Mutter war gut mit seinen Eltern befreundet. Sie würde mit völligem Unverständnis reagieren, wenn ich mich von Mason trennte.

Und mein Vater? Mein Vater würde kein Wort sagen. Doch er würde mich ansehen. Schweigend. Bis mich die gesamte Last meiner Schuld erdrücken würde.

Ich schauderte. Nicht daran denken, ermahnte ich mich. So weit wird es nicht kommen.

»Wie geht es denn jetzt überhaupt weiter?«, fragte Melody neugierig und erkannte dabei überhaupt nicht den Ernst der Lage. Sie war einfach so unbeschwert. Irgendwie beneidete ich sie um ihre lässige Art, die Dinge zu betrachten.

Ich seufzte und deutete auf mein Handy, das neben dem Tablett lag. »Er will mich heute Abend wieder treffen. Um die Regeln zu besprechen.« Ich malte zwei Anführungszeichen in die Luft, als ich das Wort »Regeln« aussprach. »Meinen Eltern erzähle ich, dass ich bei dir bin.« Ich warf ihr schnell einen Blick zu. »Wenn das für dich in Ordnung ist.«

Melody schnaubte. »In Ordnung? Hey, ich fühl mich wie die Kuppelmutter in einer Soap! Ich verschaffe dir jedes Alibi, das du dir wünschst!«

Gedankenverloren schritt ich den Hafen hinunter und betrachtete das Meer, das still und friedlich hinter den protzigen Yachten lag. Nach der Uni war ich noch kurz in der Firma meines Vaters gewesen. Eigentlich schaute ich täglich dort vorbei, auch an Unitagen. Mein Vater erwartete das von mir. Und mir selbst war es ebenfalls wichtig. Anders würde ich die Arbeit überhaupt nicht schaffen. Und es hielt mich beschäftigt. Wenn ich über irgendwelchen Kalkulationstabellen saß, kam ich nicht ins Grübeln.

So war das zumindest bis jetzt gewesen. Doch heute hatte ich das erste Mal Probleme damit gehabt, einen Sinn in den Zahlenkolonnen zu sehen, die vor meinen Augen verschwammen.

Als die schwarze Yacht vor mir emporragte, stieg ich resolut an Deck und klopfte an die Außenseite der Kabine.

Ich hatte mir vorgenommen, mir im Gegensatz zu gestern meine Unsicherheit nicht anmerken zu lassen. Reece sollte nicht merken, dass er solche emotionalen Achterbahnfahrten in mir auslöste. Schon gar nicht nach dem Kuss gestern. Wahrscheinlich hatte er ständig mit überbordenden Gefühlen zu tun – bei dem Frauenverschleiß. Und er konnte mir nicht erzählen, dass die alle so abgebrüht waren und sich nach einer Nacht mit ihm nicht noch mehr erhofften. Aber nicht mit mir. Abgesehen davon, dass ich sowieso keine Eroberung von ihm war. Ich war seine Verlobte auf Zeit. Das hatte mit Gefühlen nichts zu tun.

Trotz meiner guten Vorsätze konnte ich das leichte Herzklopfen nicht verhindern, das ich bekam, als Reece von innen auf die Glastür zukam. Er war lediglich in Jogginghosen gekleidet und strubbelte sich mit einem Handtuch durchs nasse Haar. Mein Blick blieb kurz an seinem nackten, durchtrainierten Oberkörper hängen, streifte die Tattoos, die von den Armen aus irgendwo auf seinem Rücken verschwanden, und sah dann schnell auf den Boden.

Atmen, sagte ich mir. Ein und aus. Ein und aus.

»Du bist zu früh.« Reece klang säuerlich. »Regel Nummer eins: Pünktlichkeit. Nicht zu spät und nicht zu früh. Kapiert?«

Meine Güte, hatten wir aber heute eine Laune. Ich schluckte eine bissige Bemerkung hinunter und nickte den Boden an. Mit dieser Regel konnte ich leben.

»Komm rein«, brummelte Reece. »Ich zieh mir eben was über.«

Wegen mir brauchst du dir nichts überzuziehen, sagte ich gedanklich und biss mir gleichzeitig für meine schrägen Ideen auf die Zunge. Ich wartete, bis seine Schritte verklungen waren. Erst dann traute ich mich, wieder aufzuschauen. Tolle Selbstbeherrschung, Liv, schimpfte ich mit mir. Da zeigt der Kerl ein bisschen nackte Haut und verschwunden ist deine Selbstsicherheit.

Seufzend trat ich ein und nahm auf dem Ledersofa Platz. Reece ließ mich nur wenige Augenblicke warten, so dass ich Angst hatte, er wäre immer noch nicht angezogen. Doch meine Furcht erwies sich als unbegründet. Reece hatte sich ein dunkles Sweatshirt zu seinen Sporthosen übergezogen. Das war genug, um seinem Anblick einigermaßen unbeschadet standzuhalten.

»Heute keine Angebetete hier?« Ich konnte es mir nicht verkneifen, zu fragen.

Reece runzelte die Stirn und ließ sich mir gegenüber in einen Sessel fallen. »Regel Nummer zwei: Keine Fragen zu heiklen Themen.«

Jetzt war ich es, die ihre Stirn runzelte. »Deine Liebhaberinnen sind ein heikles Thema?« Das war ja wohl ein Witz. Reece hatte einfach nur schlechte Laune, die er gerade an mir ausließ. Aber von mir aus.

Reece zuckte mit den Schultern. »Hast du ein Problem damit?«

»Nein.« Im Gegenteil. Mir kam diese Regel sehr gelegen. »Du weißt, welches Thema bei mir tabu ist.«

Betroffenheit blitzte in seinen Augen auf und mir war klar, dass er verstanden hatte. Cathryn war meine Sache. Vielleicht noch die meines Vaters. Aber niemals würde ich meine Schwester mit Reece diskutieren. Oder ihren Tod. Oder meine Schuld an ihrem Tod. Ich wollte sie überhaupt nie mehr in seiner Gegenwart erwähnen.

Reece nickte und lehnte sich zurück. »In Ordnung«, sagte er und fuhr sich über die Augen. Einen Moment lang sah er aus, als ob er doch noch etwas sagen wollte, doch er schwieg. Das war auch besser für ihn.

»Und weiter?«

»Was?« Irritiert sah er mich an.

»Welche Regeln hast du noch? Du hast mich ja wohl nicht wegen dieser zwei lächerlichen Punkte herbestellt.«

Er warf mir einen halb genervten, halb belustigten Blick zu. »Nein, natürlich nicht.« Er stand auf. »Möchtest du etwas trinken?«

Ich zuckte mit den Schultern. »Ein Glas Wasser wäre nett.«

»Ein Glas Wasser.« Reece zog die Augenbrauen hoch. Machte er sich etwa über mich lustig? »Sollst du haben.«

Er verschwand und kehrte ein paar Minuten später mit zwei Gläsern zurück, in denen Eiswürfel und Zitronenscheiben schwammen. Dankbar ergriff ich eines und nahm einen Schluck. Erst jetzt bemerkte ich, wie groß mein Durst gewesen war.

Reece setzte sich wieder und nippte ebenfalls an seinem Wasser. Er musterte mich kurz, ließ seinen Blick dann jedoch zur Seite schweifen, womit ich absolut einverstanden war. Der Intensität seiner Augen war ich immer noch nicht gewachsen.

»Also gut, die Regeln«, begann er und trommelte mit den Fingern seiner freien Hand auf der Sessellehne. War er etwa nervös? Reece Bryce? Das war unmöglich. »Unsere Beziehung ist rein geschäftlich«, fuhr er fort und ich nickte. Geschäftlich. Genau. »Deshalb sollten wir jegliche Intimitäten unterlassen, solange wir nicht in Gegenwart meiner ... Leute sind, für die du meine Verlobte darstellst.«

Wieder nickte ich. Keine Intimitäten. Das war genau das, was ich wollte.

Ja, genau, meldete sich mein Unterbewusstsein mit ironischem Unterton. Als ob du den Kuss nicht genossen hättest.

Halt die Klappe, wies ich es zurück. Alles rein geschäftlich hier. Du hast es doch gehört.

Reece hatte zum Glück nichts von meinem inneren Dialog mitbekommen und fuhr unbeirrt in seiner Aufzählung fort. »Mein Haus ist für dich tabu. Wenn ich dich zu mir bestelle, kommst du sofort ...«

»Dein Haus ist für mich tabu?«, platzte es aus mir heraus. Was sollte das denn bitte? Hatte er irgendwelche Leichen im Keller?

Gelassen sah er mich an. »Nimm's nicht persönlich, Olivia. Keine Frau kommt zu mir nach Hause. Deshalb unterhalte ich ja in erster Linie dieses kleine Boot. Mein Haus ist mein heiliger Boden, mein Rückzugsort. Der nur für mich bestimmt ist.« Mit einer ausladenden Geste deutete er um sich herum. »Hier kann ich meinen Spaß haben.«

Ich musterte ihn aus zusammengekniffenen Augen. Dieser Typ hatte mehr Komplexe, als man auf den ersten Blick vermuten würde. Nicht, dass ich in dieser Hinsicht den Mund zu weit aufreißen durfte. Aber im Gegensatz zu Reece erschien mir meine Beziehung zu Mason geradezu harmonisch und gesund.

»Was ist?«, fragte er unschuldig.

Die spitze Bemerkung, die mir auf der Zunge lag, schluckte ich hinunter. »Nicht zu dir nach Hause«, sagte ich stattdessen. »In Ordnung. Aber meinst du nicht, es wird auffallen, wenn ich nicht weiß, wie es bei dir aussieht? Soweit mir das Konzept Verlobung bekannt ist, hat der Partner auch schon vor der Ehe durchaus mal Einblick in die Wohnverhältnisse des anderen gehabt.«

Reece verdrehte die Augen. »Wir werden einfach nicht über meine Wohnverhältnisse sprechen, okay? Das Thema sollte relativ leicht zu vermeiden sein – das interessiert doch eh keinen.«

Mich würde das Thema durchaus interessieren. Wenn jemand so darauf bedacht war, niemanden in sein Haus zu lassen, dann wollte man doch herausfinden, wie es dort aussah. Unwillkürlich sah ich mich in der Yacht um und fragte mich, ob Reece seinen Wohnstil hierhin kopiert hatte oder ob er die Einrichtung des Schiffes bewusst anders gestaltet hatte.

Als hätte er meine Gedanken erraten, grinste Reece mich frech an und sofort schoss mir das Blut in die Wangen. Schnell senkte ich den Blick in mein Wasserglas und nahm noch einen Schluck.

»Gut, dann kommen wir zum letzten Punkt.« Reece räusperte sich und ich blickte auf. Sein Grinsen war aus seinem Gesicht gewichen. Stattdessen sah er mich ernst, beinahe durchdringend an. Ich schluckte und rutschte nervös auf dem Sofa herum. Hoffentlich kam jetzt nicht der große Knall. Nicht dass seine Freunde irgendwelche seltsamen Hobbys hatten, bei denen ich mitmachen musste. Oder dass wir, um sie zu treffen, um die halbe Welt reisen mussten. Bis jetzt hatte Reece noch nicht gesagt, dass sich unser Schauspiel auf Kalifornien beschränken würde.

»Die letzte Regel.« Reeces Stimme war leise, aber eindringlich. Unwillkürlich beugte ich mich vor. »Du tust alles in deiner Macht stehende, um in deiner Rolle als meine Verlobte glaubhaft zu wirken. Alles. Hast du mich verstanden?«

Ich wartete einen Moment, sicher, dass noch etwas kommen würde. Doch Reece sah mich nur weiter eindringlich an. War das etwa schon alles? Ich sollte in meiner Rolle als Verlobte glaubhaft wirken? Das war doch selbstverständlich. Doch in Reeces Blick lag etwas so Flehendes, dass es mich gegen meinen Willen rührte.

»Natürlich«, sagte ich mit belegter Stimme. »Ich werde mein Bestes geben. Niemand wird merken, dass ich nicht deine Verlobte bin.«

Reece stieß die Luft aus, die er offensichtlich angehalten hatte, und lehnte sich in seinem Sessel zurück. Er wirkte so erleichtert, dass ich mich fragte, warum ihm so viel an dieser Verlobungsinszenierung lag. »Sehr gut«, sagte Reece und setzte sich wieder aufrecht hin. »Ich denke, dann kannst du morgen einen Probelauf starten.«

KAPITEL 11

Handsome: *Zieh dir heute Abend was Schickes an. Wir treffen uns um acht im R&B.*

Ich sollte unbedingt seinen Namen ändern, dachte ich, als sich seine Nachricht öffnete.

Zehn Minuten später verfluchte ich ihn, denn das simple Wort *schick* verursachte eine kleine Karambolage in meinem Ankleidezimmer. Eigentlich war ich bereit für eine weitere Dusche, als ich knapp vor unserem Treffen fertig wurde. Gerade rechtzeitig erreichte ich den Eingang zum R&B, wo Reece Bryce höchstpersönlich auf mich wartete. Sein schwarzer Anzug legte sich wie eine zweite Haut über ihn und ließ ihn so verdammt reif aussehen. Und ich stellte erstaunt fest, wie passend meine eigene Kleiderauswahl war. Das knappe schwarze Kleid, kombiniert mit den schwarzen Pumps, waren ungewollt perfekt auf sein Outfit abgestimmt. Ich hatte mich für ein dezentes Make-up entschieden, dafür aber einen knallig roten Lippenstift aufgetragen, bei dessen Anblick Reece schluckte und einen Moment zu lange an meinen Lippen hing. Verräterisch begann mein Mund zu kribbeln. Wie gut, dass wir Regeln hatten.

»Du bist pünktlich«, sagte Reece und sah gleichzeitig auf seine lederne Armbanduhr. Aufmerksam folgte ich seiner rechten Hand, die in sein Jackett wanderte und gleich darauf etwas Funkelndes zum Vorschein brachte. Heilige ... was hatte er vor?

Verlegen räusperte er sich, bevor er meine Hand ergriff und einen schlichten, schmalen Goldring über meinen Finger schob.

Paralysiert starrte ich auf den Ring, unfähig, auch nur ein Wort zu sagen.

»Ist alles in Ordnung?«, fragte Reece, der immer noch meine Hand hielt. Vermutlich machte ich einen etwas verstörten Eindruck.

»Ja ... Klar«, stammelte ich und hob meinen Blick, nur um gleich wieder in seinen Augen zu versinken. Meine Knie wurden weich. Das war ein Spiel und doch wusste ich im Moment nicht, wie ich seinen intensiven, warmen Blick einordnen sollte. Anscheinend war er ein hervorragender Schauspieler. Oder warum fühlte sich das hier viel zu echt an?

»Ich hab ihn nicht extra gekauft«, sagte er schnell, als ob er mich mit seinen Worten beruhigen wollte. Dabei war es mir völlig egal, ob und wie viel Geld er für einen unechten Verlobungsring ausgab. »Das ist der Verlobungsring meiner Großmutter.« Er klang beinahe verlegen. »Sie hat ihn mir schon vor Jahren gegeben. Wahrscheinlich hat sie gehofft, dass ich dadurch ein wenig gesetzter werde.«

Schnell senkte ich den Blick. Der Ring passte wie angegossen und einen Moment lang betrachtete ich ihn versonnen. Wie wunderschön er war. Und wie schade, dass er wahrscheinlich niemals die Hand einer Frau in der Realität schmücken würde.

Reece drehte sich auf dem Absatz um und mir blieb nichts anderes übrig als ihm zu folgen.

Wir schritten durch den Eingangsbereich des R&B, den ich inzwischen schon kannte, bogen jedoch nicht in eine der Themenwelten ab, sondern gingen eine offene Treppe nach oben und folgten einem langen, spärlich beleuchteten Gang bis an sein Ende. »Diamond Lounge« stand in geschwungener Schrift auf der verspiegelten Tür, die Reece schwungvoll vor mir öffnete. Wieder sah ich an meinen

Finger. Nein, ich hatte nicht geträumt. Dort saß immer noch der filigrane Ring von Reeces Großmutter und wirkte, als hätte er niemals einen anderen Finger geziert.

Himmel, ich sollte mich wirklich schnell an diesen Anblick gewöhnen, wenn ich glaubhaft als Reeces Verlobte durchgehen wollte.

Mit offenem Mund trat ich auf die Terrasse und blinzelte zweimal. Der gesamte Außenbereich glitzerte wie ein einziger Diamant, so dass ich meine Augen vor dem hellen Funkeln abschirmen musste. Bei genauerem Hinsehen erkannte ich, dass sämtliche Oberflächen mit winzigen schimmernden Steinen besetzt waren, die von einer kunstvollen Illumination zum Leuchten gebracht wurden. Tische, Stühle, die Veranda – alles schimmerte und strahlte im künstlichen Licht. Stumm folgte ich Reece zu einem der Tische und zwang mich dazu, meinen Mund wieder zu schließen, um nicht zu erstaunt auf die Gäste zu wirken. Nie im Leben waren das echte Diamanten. Oder?

»Deine Fantasie kennt anscheinend keine Grenzen«, murmelte ich, als wir an einem verspiegelten Tisch Platz nahmen. Sofort war ein Kellner in schwarz schimmernder Livree an unserer Seite und nahm die Bestellung auf. Fasziniert blieben meine Augen an der Bar hängen, die ebenfalls in der Dunkelheit strahlte. Hatte er sich die einzelnen Bereiche des Clubs wirklich selbst ausgedacht?

»Gefällt es dir hier?«, fragte Reece, nachdem der Kellner mein Wasser in einem mit Diamanten besetzten Glas abgestellt hatte. Sollte ich daraus jetzt trinken? Melody würde ausflippen, wenn ich ihr von der Terrasse hier erzählte.

»Warum habe ich diesen Teil des R&B nicht beim letzten Mal gesehen?«

»Hier muss man extra reservieren.«

»So wie in deiner illegalen Spielhölle?« Ich fragte mich, wie viele Ecken es im R&B vielleicht noch gab, von denen die Gäste unter uns nichts mitbekamen.

»So in etwa«, murmelte er.

»Und was hat das alles mit unserem Deal zu tun? Was genau tun wir hier? Den Ring hättest du mir auch auf deiner Yacht übergeben können.«

»Die Leute sollen glauben, dass wir ein frisch verlobtes Paar sind. Hier haben wir die Gelegenheit zu schauen, ob wir uns gut verkaufen.«

Nervös sah ich mich um. Die Gäste schienen uns nicht wahrzunehmen, zumindest blickte niemand in unsere Richtung oder tuschelte hinter vorgehaltener Hand. Was erwartete Reece? Keiner würde darauf achten, ob wir uns verliebte Blicke zuwarfen, uns berührten oder gar küssten. Alle waren viel zu sehr mit ihren eigenen Dingen beschäftigt.

»Lass uns tanzen«, durchbrach er meine Grübelei. Ich funkelte ihn an. Tanzen war so ziemlich das Letzte, was ich in meinen Pumps tun wollte. Ich war ja schon heilfroh, dass ich darin laufen konnte.

Das Lächeln, mit dem er mich ansah, wirkte allerdings so echt und enthusiastisch, dass ich es nicht über mich brachte, abzulehnen. Seufzend ergab ich mich meinem Schicksal, ergriff seine Hand und erschauderte bei dieser harmlosen Berührung. Während wir die Tanzfläche betraten, setzte die Musik für einen Sekundenbruchteil aus und ein viel zu sanftes, leichtes Lied erklang aus den Boxen. Ich kniff die Augen zusammen. Das war doch jetzt kein Zufall, oder?

Seine Hände hinterließen ein prickelndes Gefühl auf meiner Haut, als er mich langsam an sich zog und dabei meinen Rücken hinunterfuhr. Kurz über meinem Hintern stoppte er. Ich legte meine Arme auf seinen Schultern ab und begann, mich im Takt der Musik zu bewegen. Die eben noch dagewesene Anspannung verabschiedete sich und übrig blieb nur die angenehm wohlige Wärme, die mir inzwischen seltsam vertraut vorkam. Seine Fingerkuppen wanderten mutig weiter nach unten und streiften zart meinen Po. Ein Kribbeln breitete sich in großen Wellen über meinen Körper aus.

»Du siehst atemberaubend schön aus«, hauchte er gegen mein Haar und bescherte mir damit eine Gänsehaut. Er schaffte es immer wieder, mich mit nur wenigen Worten komplett aus dem Konzept zu bringen. »Danke für den Tanz.«

Wie? Irritiert schüttelte ich den Kopf, als er sich gentlemanlike vor mir verbeugte und meine Hand küsste. Ich hatte gar nicht mitbekommen, wie die Musik wieder zu einem schnelleren Stück gewechselt hatte.

Ein spitzbübisches Grinsen breitete sich auf seinem Gesicht aus, als ob er genau wüsste, was in mir vorging. Schnell fuhr ich mir durchs Haar und legte den Kopf kokett zur Seite. Was er konnte, konnte ich schon lange.

»Es war mir ein Vergnügen«, hauchte ich und schlug den Blick nieder. Natürlich war mein Verhalten nicht ernst gemeint, doch als ich wieder aufsah, war das Grinsen aus Reeces Gesicht gewichen. Stattdessen fixierte er mich aus seinen blauen Augen, als könne er nicht glauben, was er sah.

»Liv …«, begann er, als ein lautes Rufen vom anderen Ende der Terrasse zu uns herüberdrang.

»Reece! Schwingst du auch mal wieder das Tanzbein? Ich hab dich ja ewig nicht mehr hier oben gesehen.«

Als hätten wir uns verbrannt, fuhren Reece und ich auseinander. Irritiert blickte ich auf den gedrungenen Mann mittleren Alters, der Reece mit einem jovialen Grinsen auf die Schulter klopfte. An seinem Arm hing eine junge Frau, deren Beruf höchstwahrscheinlich Dessous-Model war, oder etwas Ähnliches. Mit verklärtem Blick sah sie erst an mir herunter und blieb dann an Reece hängen.

»Mir war mal wieder danach«, sagte Reece und neigte seinen Kopf leicht zur Seite, als er dem Model zulächelte. Dann wandte er sich wieder dem Mann zu. »Rick, darf ich dir Olivia vorstellen? Meine Verlobte.«

Ich verschluckte mich kurz, als mir wieder einfiel, warum ich eigentlich hier war. Verlobte. Genau. Da war ja was. Mein Finger begann verdächtig zu prickeln. Mit einem möglichst verlobten Lächeln reichte ich dem gedrungenen Rick die Hand, die dieser verwirrt ergriff. Einen Moment lang betrachtete er den goldenen Ring skeptisch.

Mein Körper begann erneut zu kribbeln, als Reece einen Arm um mich legte und an sich heranzog. Dann setzte er tatsächlich noch einen drauf und fuhr mit seinen Lippen an meiner Schläfe entlang.

Ich schluckte und hoffte, dass mir niemand in den nächsten Sekunden eine Frage stellen würde. Denn die würde ich wahrscheinlich nicht sinnvoll beantworten können.

»Verlobt?«, fragte Rick, für meinen Geschmack etwas zu überrascht. Er musterte mich, als würde er mich jetzt erst bemerken. »Hab ich richtig gehört?«

»Hast du«, sagte Reece gut gelaunt. »Es ist noch ganz frisch und ich wollte Olivia zeigen, womit ich mich jeden Tag so rumärgern muss.« Dabei drückte er mir einen sanften Kuss auf die Wange und sog die Luft ein, als würde er es kaum aushalten, mir so nahe zu sein.

Rick lachte über Reeces mageren Witz und drohte ihm spielerisch mit dem Finger. »Sieh an, sieh an. Unser Reece wird sesshaft. Wer hätte das für möglich gehalten?« Er wandte seinen Blick zu mir. »Aber wer kann bei dieser Schönheit schon widerstehen?«, fragte er schmeichelnd und hauchte mir einen Kuss auf die Hand, die er die ganze Zeit über festgehalten hatte.

Ich sah ihm an, dass er log. Sein Blick war immer noch eine Spur zu ungläubig und irritiert, als dass ich sein schmieriges Kompliment geschluckt hätte. Aber das war mir egal. Was mir viel mehr Kopfzerbrechen bereitete, war der Blick des Dessousmodels an seiner Seite. Die Frau sah mich aus so hasserfüllten Augen an, dass ich schluckte und Rick beinahe unhöflich meine Hand entzog, aus Angst, sie würde jeden Moment auf mich losgehen. Auch Rick schien aufgefallen zu sein, dass seine Begleitung in schlechter Stimmung war, denn er räusperte sich schnell und trat einen Schritt zurück. »Wir müssen dann mal«, sagte er unbestimmt. »Wir sind noch verabredet.«

Reece nickte ihm zu. »Dann wünsche ich euch noch einen schönen Abend, Rick.« Er lächelte auch dem Model zu. »Anastasia. War schön, dich mal wiederzusehen.«

Wie bitte? Ich blieb stehen, als Reece mich mit sich ziehen wollte. Kannte er diese Frau etwa? Hatte er vielleicht sogar mal was mit ihr gehabt? Das würde zumindest diesen mörderischen Blick erklären.

»Ist etwas?«, fragte Reece unschuldig.

Einen Moment lang sah ich ihn aus zusammengekniffenen Augen an. Er ist mir keinerlei Rechenschaft schuldig, sagte ich mir. Ich hatte überhaupt keinen Anspruch auf ihn. Und trotzdem ...

»Nein, natürlich nicht«, flötete ich und folgte ihm auf meinen hohen Absätzen.

Als wir an unseren Tisch zurückkamen, empfing uns ein mir unbekannter Mann. Er saß an unserem Tisch, sah uns freundlich lächelnd an und klatschte in die Hände. Wer war das denn bitte?

»Alec«, begrüßte Reece ihn. Immer noch unwissend, wer der Typ war, setzte ich mich hin und griff verlegen nach meinem Wasser. Dieser Alec war kaum älter als ich und genau wie Reece sah er verdammt gut aus. Seine wilden Locken hingen ihm ins Gesicht und verliehen ihm etwas Verruchtes. Seine grünen Augen ließen mich keinen Moment los. »Liv, mein bester Freund Alec. Alec, das ist Liv.« Listig grinste er mich an.

Und endlich fiel mir ein, wo ich den Namen schon einmal gehört hatte. Hatte Melody sich von diesem Typen nicht neulich nach Hause bringen lassen?

»Also, ziemlich überzeugend, eure kleine Showeinlage. Ich hätte es geschluckt«, sagte Alec amüsiert.

Reece nickte zufrieden und sah mich ernst an. »Ich schätze, dann bist du so weit, um meine Großmutter kennenzulernen.«

KAPITEL 12

»Seine Großmutter?« Melodys Stimme hörte sich selbst durchs Handy genauso entgeistert an wie ich gestern. »Er veranstaltet diesen ganzen Hokuspokus für seine Granny? Wieso das denn?«

Ich nestelte am Verschluss der Wasserflasche, die auf meinem Nachttisch stand. »Seine Großmutter ist todkrank. Sie wird wohl nur noch wenige Wochen zu leben haben. Und nach seinen Worten wünscht sie sich nichts sehnlicher, als dass ihr einziger Enkel endlich unter die Haube kommt.« Mein Herz wurde schwer, weshalb ich mir über die Brust fuhr, damit dieses schreckliche Gefühl wieder verschwand. Mit allem hatte ich gerechnet, nicht aber, dass er diesen Zirkus veranstaltete, um seiner Großmutter den letzten Wunsch zu erfüllen. Es war so schön und doch so traurig zugleich.

Melody schwieg und ich konnte sie gut verstehen. Mit dieser Offenbarung hatte ich auch nicht gerechnet. Ich hatte an alle möglichen verrückten Wetten gedacht, hatte sogar überlegt, ob er sich einen Spaß mit mir erlaubte und mich heimlich bei meinen Versuchen, seine Verlobte zu spielen, filmen würde. Nur, um sich dann hinterher über meine Dummheit lustig zu machen.

Dass er das ganze Drama für seine sterbende Großmutter inszenierte, war dagegen … rührend. Fürsorglich. Aufopferungsvoll. Alles Eigenschaften, die ich bis gestern nicht mit Reece Bryce in Verbindung gebracht hatte.

»Das ist ja wahnsinnig romantisch.« Melodys Stimme klang sehnsüchtig. »Unter der harten Schale steckt eben doch ein weicher Kern.«

»Romantisch?« Ich schnaubte. »Seine Großmutter liegt im Sterben und du findest das romantisch?«

»Klar. Er erfüllt ihr ihren letzten Wunsch und macht sie auf dem Sterbebett zur glücklichsten Frau der Welt.« Sie hielt einen Moment inne. »Nimm dich nur in Acht, dass ihr letzter Wunsch nicht ist, bei eurer Hochzeit dabei zu sein. Dann wärst du geliefert.« Sie kicherte. »Oder auch nicht. Wie man's nimmt. Einen Typen wie ihn würde ich jedenfalls nicht von der Bettkante stoßen.«

»Ich habe übrigens seinen Kumpel Alec kennengelernt. Der, der dich nach Hause gefahren hat.« Schnell lenkte ich unser Gespräch auf ein anderes Thema, damit ich aus ihrer Schusslinie verschwand. Ich wollte mich bestimmt nicht mit ihr darüber unterhalten, wie sehr mir Reece gefiel.

»Oh«, sagte sie nur und ich wusste sofort, dass mehr hinter diesem »Oh« steckte, als ein Außenstehender vermuten würde. Aber dem würde ich nachgehen müssen, wenn wir uns das nächste Mal sahen.

»Okay, Melody, ich muss mich fertig machen. Bin schon spät dran. Und du weißt ja – Regel Nummer eins: Pünktlichkeit.«

»Ja, ja.« Melody klang eifrig. Mit Freude war sie wieder in ihre Rolle als Kuppelmutter geschlüpft, doch ich selbst bekam langsam ein schlechtes Gefühl dabei. Nicht Melody gegenüber. Wenn es nach meiner Freundin ging, würde sie uns ihre Wohnung zur Verfügung stellen und vor der Tür Wache schieben, wenn es sein musste. Aber ich hatte keine Ahnung, wie lange meine Eltern oder Mason meine Ausreden schlucken würden. Ich war noch nie an vier aufeinanderfolgenden Abenden bei Melody gewesen und ich konnte nur hoffen, dass mich ihr Desinteresse an mir rettete. Sie hörten meist eh nur mit halbem Ohr zu, wenn ich ihnen mitteilte, was ich vorhatte.

»Dann viel Spaß.«

»Danke«, brummte ich und legte auf.

Seufzend erhob ich mich vom Bett und warf einen letzten prüfenden Blick in den Spiegel. Ich hatte keine Ahnung, was man anzog, wenn man der Großmutter des Verlobten vorgestellt wurde, und hatte mich für ein luftiges, grünes Sommerkleid entschieden, das ich in den hintersten Winkeln meines Kleiderschranks gefunden hatte. Es stammte aus der Zeit vor Cathryns Tod und ich erinnerte mich daran, wie ich es gerne zu den Strandpartys getragen hatte, die meine Mutter zu dieser Zeit noch für ihre Freunde ausgerichtet hatte. Wir alle hatten damals noch buntere Farben getragen. Nun ja, bis auf mein Vater. Der war schon immer eher der gedeckte Typ gewesen.

Ich verbannte die Gedanken an eine Zeit, die niemals wiederkommen würde, aus meinem Kopf und trat in den Flur hinaus. Als ich nach meiner Handtasche griff, hörte ich ein Räuspern hinter mir.

»Olivia?« Ich schloss die Augen. Mein Vater.

»Ja?« Ich zwang mich, mich umzudrehen und ihm entgegenzusehen. Er stand in der Tür zum Salon, einen Stapel Dokumente unter den Arm geklemmt und musterte mich.

»Wo gehst du hin?«

Ich schluckte. »Ich bin auf dem Weg zu Melody. Wir wollen zusammen lernen.«

»Ihr studiert doch gar nicht dasselbe Fach.«

Verdammt. Wieso wusste er ausgerechnet über dieses Detail meines Lebens Bescheid? »Nein, aber gemeinsam zu lernen, ist motivierender als allein.«

Er nickte langsam, sah aber nicht überzeugt aus. Er musterte mich noch einmal von oben bis unten und mir wurde bewusst, dass ich nicht unbedingt passend fürs Lernen gekleidet war. Ich konnte nur hoffen, dass meinem Vater dies als Modemuffel nicht auffallen würde.

»Ich hatte gehofft, mit dir die Unterlagen von Rimdon durchzusehen.«

Ich schloss die Augen. Er wollte mit mir die Unterlagen von der neuen Firma durchgehen? Zu Hause? Das machte er normalerweise nie. Und erst recht nicht mit mir zusammen. Er delegierte Aufgaben an mich und ich lieferte ab. So lief das.

»Leg mir die Unterlagen auf den Schreibtisch, wenn du mit ihnen fertig bist. Ich sehe sie mir heute Abend noch an.« Das Essen mit Reeces Großmutter würde wohl nicht allzu lange dauern.

Mein Vater sah mich noch einen Moment lang durchdringend an und ich befürchtete schon, dass er sich nicht auf meinen Alternativvorschlag einlassen würde, doch er nickte nur.

»In Ordnung.« Ohne ein weiteres Wort drehte er sich um und verschwand wieder im Salon.

Und ich beeilte mich, mein Elternhaus zu verlassen.

Auf dem Weg zum Auto klingelte mein Handy. Ohne auf den Namen des Anrufers zu achten, ging ich ran. »Ich bin schon unterwegs. Und ich bin pünktlich. Versprochen.«

Einen Moment lang herrschte Schweigen am anderen Ende der Leitung.

»Wohin bist du unterwegs?«

Oh Shit. Mason. Warum rief der denn bitte an?

»Äh ... ich bin auf dem Weg zu Melody.« Wenn man schon log, dann war es besser, bei einer einzigen Lüge zu bleiben. Ganz abgesehen davon, dass es in meinem Leben sowieso niemand anderen gab, zu dem ich hätte fahren können. Außer Melody hatte ich keine Freunde.

»Ach so.« Mason klang irgendwie anders als sonst. Aufgeregt. Aber warum?

»Ich wollte dich fragen, ob wir uns morgen Abend treffen können. Ich würde dich gern zum Essen einladen.«

Ich blieb stehen und schloss die Augen. Das durfte doch nicht wahr sein. Erst mein Vater und jetzt Mason. Hatten sich die beiden gegen mich verschworen? Oder war das jetzt die göttliche Strafe für mein aktuelles Doppelleben? Mussten die beiden ausgerechnet heute in diesen Aktionismus verfallen?

»Klar doch.« Auf die Schnelle fiel mir keine Ausrede ein und vielleicht würde Reece mich morgen zur Abwechslung mal nicht belangen. Dann könnte ich mit Mason essen gehen und alle wären glücklich.

Nun ja, alle außer ich.

»Sehr schön. Ich hol dich ab.«

Aufgelegt. Na super. Ich fischte die Autoschlüssel aus meiner Handtasche, setzte mich in meinen Wagen und fuhr los. Reece hatte mir eine Adresse am Stadtrand von Santa Barbara gegeben, direkt am Strand. Natürlich Toplage. In den letzten Tagen hatte ich Reece immer mal wieder gegoogelt. Da er das mit mir auch gemacht hatte, hielt sich mein schlechtes Gewissen in Grenzen. Außerdem hatte Reece nicht viel dafür getan, im Netz anonym zu bleiben – im Gegenteil: Es gab zahlreiche Artikel über ihn in Managermagazinen, Wirtschaftszeitschriften und lokalen Tageszeitungen. Ich hatte sogar ein Interview mit ihm im Playboy gefunden!

Den Artikeln und Interviews zufolge war Reece nicht immer reich gewesen. Er stammte aus ärmlichen Verhältnissen und hatte sich selbst dieses Leben in Reichtum und Überfluss aufgebaut. Auch wenn er nicht viel über seine Kindheit zu erzählen schien, hatte ich in einem regionalen Bericht gelesen, dass er bei seiner Großmutter aufgewachsen war. Und dass er ihr von seiner ersten Million eine Villa am Strand gekauft hatte. Noch bevor er sich selbst ein Haus oder seine Yacht zugelegt hatte. Diese Einzelheiten über ihn zu erfahren, machte es nicht gerade leichter für mich, mich emotional von ihm zu distanzieren. Es schien fast, als hätte Melody recht: Unter der harten Schale steckte ein weicher Kern. Und wie es aussah, eine ganze Reihe von Geheimnissen.

Ich bog in einen Privatweg ein, der von Palmen gesäumt war, und kam schließlich vor einer Villa aus weißem

Holz zum Stehen, die das Anwesen meiner Eltern eindeutig in den Schatten stellte. Eine Veranda führte um das gesamte Erdgeschoss. Hohe Fenster waren garantiert nachträglich in den historischen Bau eingesetzt worden und verliehen dem wuchtigen Haus etwas Leichtes, fast Schwebendes.

Mit offenem Mund blieb ich einen Moment lang vor der Villa stehen und bestaunte sie. Das hatte Reece seiner Großmutter geschenkt? Eine junge Frau in gestärkter Schürze kam um die Ecke über die Veranda gehuscht. Sie eilte die Treppenstufen hinab und kam mir mit einem strahlenden Lächeln entgegen. Unwillkürlich fragte ich mich, ob sie wohl auch zu Reeces Eroberungen gehörte.

»Guten Abend, Miss Lancaster«, sagte sie und deutete mit dem Kinn nach hinten. »Sie werden schon erwartet. Folgen Sie mir doch bitte auf die Terrasse.« Ich atmete tief durch, straffte meine Schultern und folgte der Frau, die ein paar Meter vor mir um die Ecke wuselte. Als ich selbst die Hausecke erreichte, prallte ich gegen einen muskulösen Oberkörper. Reece.

»Hoppla.« Ich spürte, wie ich rot wurde, als ich schnell einen Schritt zurücktrat. Doch auch Reece wirkte ein wenig verlegen. Er musterte mich ausgiebig, bevor er sich räusperte und zur Seite sah.

»Du bist pünktlich«, sagte er nur.

Ach nee. »Natürlich.«

Unschlüssig standen wir an der Hauswand und betrachteten jeweils unsere Füße. Also, wenn das so weiterging, würden wir Reeces Großmutter auch dann nicht von unserer Verlobung überzeugen, wenn sie blind wäre. Ich gab mir einen Ruck. »Du wolltest mich jemandem vorstellen, Handsome«, säuselte ich zuckersüß und klimperte dabei unschuldig mit den Wimpern.

Einen Moment lang wirkte Reece völlig überfordert. Er sah mich aus großen Augen an, bevor er schließlich skeptisch nickte.

»Natürlich. Meine Großmutter wartet auf der Terrasse auf uns.« Er räusperte sich. »Sollen wir?«, fragte er und bot mir seinen Arm an.

Ich holte tief Luft und nickte, bevor ich mich bei ihm unterhakte und wir gemeinsam auf die Terrasse traten.

Mrs Bryce war eine zierliche alte Dame mit glattem grauen Haar, das sie zu einem Dutt hochgesteckt hatte. Sie war blass und wirkte ausgezehrt, doch als sie uns beide Arm in Arm erblickte, fingen ihre Augen an zu leuchten wie die eines kleinen Kindes, dessen größter Wunsch gerade in Erfüllung gegangen war. Sie machte Anstalten, sich zu erheben, doch sofort löste Reece sich von mir und eilte zu ihrem Stuhl.

»Bleib sitzen, Granny.« Seine Worte klagen sanft. »Olivia kann die paar Schritte zu dir laufen.«

Mrs Bryce wischte Reeces Worte mit einem Lächeln beiseite und strahlte mich an. Schnell folgte ich Reece und ergriff die mir dargebotene Hand. Sie hatte einen erstaunlich festen Händedruck für jemanden, der sterbenskrank war.

»Olivia«, sagte sie mit so viel Wärme in der Stimme, dass ich schlucken musste. Noch nie hatte jemand meinen Namen auf diese Weise ausgesprochen. »Wie schön, dich endlich kennenzulernen.«

Ich erwiderte ihr Lächeln. »Die Freude ist ganz meinerseits. Reece hat schon so viel von Ihnen erzählt.« Ich ignorierte seinen warnenden Blick. Also bitte – das war doch harmlos. Ein bisschen was musste ich seiner Großmutter schon vorflunkern, damit wir glaubhaft wirkten. Und Mrs Bryce schien uns unser Schauspiel bis jetzt abzukaufen, denn ihr Strahlen vertiefte sich.

»Setzt euch doch.« Sie deutete auf die leeren Stühle, die um den großen Holztisch herum gruppiert waren. »Lissy wird uns vor dem Abendessen eine kleine Erfrischung bringen.«

Ich setzte mich der alten Dame gegenüber und nach kurzem Zögern nahm Reece neben mir Platz. Also, er musste deutlich wärmer werden mit der Situation, sonst konnten wir unsere Verlobung gleich vergessen. Wobei – vielleicht war ein bisschen Nervosität durchaus glaubhaft beim ersten Treffen mit seiner Großmutter.

Endlich nahm ich mir die Zeit und sah mich um. Die ausladende Terrasse ging direkt in den weißen Sandstrand über, der nach ein paar Metern ins Meer führte. Links und rechts vom Grundstück sah ich nichts außer Sand und Palmen – die nächsten Nachbarn mussten ein ganzes Stück entfernt wohnen. Alles wirkte so friedlich und idyllisch, wie aus einem Ferienprospekt entsprungen. Es brach mir beinahe das Herz, als ich mich daran erinnerte, dass die Besitzerin ihr persönliches Paradies nur noch wenige Wochen würde genießen können.

»Was möchtest du trinken, Olivia?« Mrs Bryces Stimme riss mich aus meinen melancholischen Gedanken zurück ins Hier und Jetzt. Ich hatte nicht bemerkt, dass die junge Frau in Schürze wieder erschienen war, mit einem voll beladenen Tablett. Jetzt stellte sie vor jedem von uns ein Glas ab und verteilte Wasser und diverse Fruchtsäfte und Limonaden auf dem Tisch. Dankbar sah ich sie an.

»Ein Glas Wasser, bitte.« Täuschte ich mich oder verzog Reece den Mund zu einem spöttischen Grinsen? Immerhin schien er seine Nervosität losgeworden zu sein.

Nickend goss die Frau Wasser in mein Glas und reichte Reece, ohne zu fragen, eines mit Ananassaft. Interessant. Sie kannte also seine Vorlieben.

Als auch Mrs Bryce ein gefülltes Wasserglas in ihren Händen hielt, verschwand die junge Frau und Reeces Großmutter strahlte mich an. »Auf eure Verlobung, meine Lieben.« Sie erhob ihr Glas und wartete darauf, dass wir dies ebenfalls taten. Als ihr Blick auf meine Hand fiel, trat ein verdächtiges Glitzern in ihre Augen. »Dass ich das noch erleben darf«, murmelte sie und nahm hastig einen

Schluck Wasser. »Aber jetzt genug der Sentimentalitäten.« Schwungvoll stellte sie ihr Glas wieder ab. »Jetzt erzählt mir doch mal, wie ihr euch kennengelernt habt. Das hat mein Enkel mir bisher nämlich unverzeihlicherweise verschwiegen.«

Ich lehnte mich in meinem gepolsterten Stuhl zurück und sah ihn erwartungsvoll an. Ja, wie hatten wir uns eigentlich kennengelernt? Das würde mich allerdings auch interessieren. Die Wahrheit konnten wir der alten Dame ja wohl kaum erzählen.

Reece wirkte keineswegs verlegen. Er beugte sich lächelnd vor und legte dabei wie zufällig seine Hand auf meinen Oberschenkel.

Ich zuckte zusammen. Was sollte das? Als ob seine Großmutter unter den Tisch sehen würde, um zu überprüfen, ob wir uns auch berührten. Seine Hand auf meinem Bein konnte er sich also sparen.

Doch Reece ließ seine Hand, wo sie war, und mein Herz probierte plötzlich einen völlig unnatürlichen Rhythmus aus.

»Sie ist in meinen Club gekommen.« Er warf mir ein so charmantes Lächeln zu, dass mir auf der Stelle klar war, dass er dies normalerweise einsetzte, um Frauen ins Bett zu bekommen, sie in den Wahnsinn zu treiben, oder was auch immer. »Mit einer Freundin. Sie ist mir sofort aufgefallen. Sie war so besonders, so erfrischend anders. Und da habe ich sie einfach angesprochen und sie zu einem Drink eingeladen. Na ja, und so führte eins zum anderen.«

Ernsthaft? Ich sah ihn entgeistert an. Selbst seine Hand auf meinem Schenkel hatte ich für einen Moment vergessen. Er hatte mich in seinem Club angesprochen? Wie lahm war das denn bitte?

Auch Mrs Bryce wirkte ein wenig enttäuscht. Ihr erwartungsvolles Lächeln war eingefallen und das Funkeln in ihren Augen verschwunden. Also wirklich! Entrüstet wischte ich seine Hand vom Bein und lehnte mich vor. Diese Frau lag im Sterben. In ihren letzten Tagen hatte sie etwas Besseres verdient als so eine Null-acht-fünfzehn-Geschichte.

»Reece hatte im R&B eine Artistennacht veranstaltet. Ich hatte mich als Seiltänzerin verkleidet, ganz in luftzartem Tüll und jeder Zentimeter meiner Haut mit Glitzerpuder bestäubt.« Ich ignorierte die Kicke gegen mein Schienbein und konzentrierte mich ganz auf das Funkeln in Mrs Bryces Augen, das mit jedem meiner Worte ein Stück mehr zurückgekommen war. »Als der Messerwerfer seinen Auftritt hatte, habe ich mich freiwillig gemeldet, um mich mitten in seine Zielscheibe zu stellen.« Ich machte eine dramatische Pause. Befriedigt stellte ich fest, dass sowohl Mrs Bryce als auch Reece den Atem angehalten hatten. »Ich stand also im Scheinwerferlicht, keine zehn Meter von diesem Mann mit einem Gürtel voller langer, scharfer Messer entfernt. In dem Moment ist Reece auf die Bühne gesprungen und hat sich vor mich gestellt. Dann hat er gesagt: ›Die junge Dame hat heute Nacht leider keine Zeit, sie hat eine Verabredung. Deshalb müssen Sie mit mir vorliebnehmen.‹ Die Zuschauer haben gelacht und der Messerwerfer schließlich auch, obwohl er offensichtlich sauer auf Reece war. Aber ihm war ja klar, um wen es sich handelte, also konnte er sich schlecht beschweren. Na ja, und nachdem Reece die Darbietung heil überstanden hatte, hat er mich tatsächlich auf einen Drink eingeladen.«

Ich warf Reece einen verliebten Blick zu, den dieser fassungslos erwiderte. Aber auch wenn ich jetzt gegen eine seiner Regeln verstoßen hatte – das war es mir wert gewesen.

Mrs Bryce klatschte aufgeregt wie ein junges Mädchen in die Hände. »Oh, wie romantisch. Wie aufregend. Reece, warum hast du mir nichts davon erzählt?«

Reece warf mir noch einen strengen Blick zu, bevor er sich mit einem entschuldigenden Lächeln zu seiner Großmutter wandte. »Ich wollte dich nicht aufregen, Granny«, sagte er. »Ich weiß doch, wie sehr dich so etwas mitnimmt.«

»Ach.« Mrs Bryce machte eine wegwerfende Handbewegung und zwinkerte mir verschwörerisch zu. »Wenn es nach meinem Enkel ging, würde ich überhaupt nichts mehr erfahren. Alle spannenden Nachrichten hält er von mir fern, um mich zu schonen. Dabei sind es doch gerade die Abenteuer, die das Leben erst lebenswert machen, nicht wahr?«

Ich nickte etwas verkrampft. Abenteuer. Dies hier war das erste Abenteuer, seit Cathryn nicht mehr an meiner Seite war. Und ehrlich gesagt ein Abenteuer, auf das ich gern verzichtet hätte. Trotzdem. Allein schon, um Mrs Bryce etwas Abwechslung zu verschaffen, war es zu etwas gut.

Reece legte seine Hand wieder auf meinem Oberschenkel ab – diesmal etwas fester als zuvor – und sah mich warnend an. Gleichzeitig lächelte er sein Prince-Charming-Lächeln. »Ich denke, wir sind alle der Meinung, dass man für Abenteuer auch in der entsprechenden körperlichen Verfassung sein muss, nicht wahr, Olivia?« Oh, meinen Namen betone er eine Spur zu gereizt. Ich hatte anscheinend seinen wunden Punkt getroffen. Seine Großmutter.

Ich drehte mich zu ihm und erwiderte sein Zahnpasta-Strahlen. »Natürlich, Sweetie«, säuselte ich. »Da hast du mal wieder absolut recht.« Ha, ich sollte wirklich Schauspielerin werden.

Während er zähneknirschend Löcher in die Luft starrte, kicherte Mrs Bryce hinter vorgehaltener Hand. »Ihr seid mir ja zwei. Reece, da hast du dir ein tolles Mädchen ausgesucht. Eines, das weiß, was es will.«

Reece nickte mit verkniffenem Lächeln, doch mein ursprünglich triumphales Gefühl verschwand so schnell, wie es gekommen war. Ein Mädchen, das weiß, was es will. War ich das wirklich? Wusste ich, was ich wollte? Und wenn ja, warum saß ich dann hier?

»Das Essen ist angerichtet.« Lissy war wieder auf der Terrasse erschienen und nickte uns freundlich zu. Sofort sprang Reece auf und half seiner Großmutter vom Stuhl. Liebevoll legte er einen Arm um sie und stützte sie auf dem Weg ins Haus. Ich folgte den beiden mit gemischten Gefühlen. Einerseits wollte ich diese ganze Geschichte hier so schnell wie möglich hinter mich bringen. Andererseits merkte ich, wie gut mir Mrs Bryces fröhliche, unkomplizierte Art tat. Ich seufzte. Je länger ich diese Verlobungssache spielte, desto stärker wurde ich emotional involviert. Ob ich wollte oder nicht.

Ich trat hinter Reece und seiner Großmutter in eine Art offenen Wintergarten, der über und über mit Pflanzen vollgestellt war. Reece steuerte einen großen Esstisch an, der geradezu festlich gedeckt war. Üppige Blumenarrangements zierten den Platz zwischen vergoldetem Geschirr und einer ganzen Armee von verschieden hohen Kerzen. Nachdem Reece seine Großmutter auf einen Stuhl gesetzt hatte, sah diese mich mit einem verschmitzten Lächeln an.

»Ich bekomme so selten Besuch zum Essen«, sagte sie und deutete auf den Tisch. »Da habe ich heute mal aus dem Vollen geschöpft und Lissy gebeten, den Tisch mit allem zu schmücken, was sie finden kann.«

»Die vergoldeten Teller?« Reece schüttelte den Kopf, doch dabei lächelte er. »Wirklich?«

»Was nützen sie uns, wenn sie im Schrank herumstehen?« Mrs Bryce zuckte mit den Schultern. »Du gibst mir doch gewiss recht, Olivia. Man sollte sich das Leben so hübsch wie möglich machen.« Ich nickte und Mrs Bryce stupste ihren Enkel in den Bauch. »Und du, mein Lieber, solltest mich auch verstehen – du umgibst dich schließlich auch mit schönen Dingen.« Strahlend deutete sie auf mich.

Für einen Augenblick trafen sich unsere Blicke, bevor wir beide verlegen zu Boden sahen. Erst als er sich räusperte, fiel mir ein, dass ich eine Rolle zu spielen hatte.

»Das stimmt natürlich, Granny« Sein Arm legte sich sanft über meine Schulter und sein Daumen streifte mein Schlüsselbein. »Olivias Schönheit ...«, er geriet ins Stocken und betrachtete mich einen Moment lang nachdenklich, »... strahlt auf alles andere in ihrer Umgebung ab.«

KAPITEL 13

Meine Großmutter und Olivia dabei zu beobachten, wie sie sich unterhielten, gefiel mir erstaunlicherweise. Großmutter wirkte so unbeschwert und glücklich, dass es mir das Herz brach, dass unsere Verlobung nur ein Schauspiel war. Zwischenzeitlich ängstigte mich die Tatsache, wie sehr mich Olivias Anwesenheit entspannte, mich vergessen ließ, dass jeder gleich wieder seinen eigenen Weg gehen würde. Immer wieder ertappte ich mich dabei, mir vorzustellen, wie es wäre, wenn das alles kein Spiel wäre. Wenn wir wirklich ein Paar wären. Seltsam, wenn man bedachte, dass ich sie heute erst das vierte Mal sah. Wieso kam sie mir bloß so vertraut vor? Sie wusste schon jetzt mehr über mich, als jemals eine Frau zuvor. Seltsamerweise störte mich diese Tatsache jedoch kaum. Was war nur los mit mir?

Großmutter erzählte von ihrer Jugend, von meinem Großvater und seinem frühen Tod. Aufmerksam verfolgte Olivia ihre Erzählung. Emotionen spiegelten sich auf ihrem hübschen Gesicht, als würde sie jedes Wort meiner Großmutter mitfühlen.

»Und Sie haben sich danach nie wieder verliebt?«, fragte sie mit glitzernden Augen.

»Nein, Daniel war meine große Liebe und daran wird sich nie etwas ändern. Ich bin durchaus mit Männern ausgegangen, aber es ist nie wieder der Funke übergesprungen. Mein Mann sagte immer, ich wäre eine hoffnungslose Romantikerin und da hatte er ausnahmsweise recht. Ich glaube an die eine große Liebe, die dein Herz im Sturm erobert und mit einem Schlag in tausend Teile zerschmettern kann. Kein Mann hatte nach Daniel eine reale Chance bei mir. Sie waren einfach nicht er. Und dann habe ich mich hier um meinen Jungen gekümmert.« Ihr Blick ruhte liebevoll auf mir.

Auch wenn ich zu klein gewesen war, um mich an meinen Großvater zu erinnern, lebte er durch sie weiter. Es war kein Tag vergangen, an dem sie mir keine Geschichten von ihm erzählt hatte.

»Das hört sich wirklich nach wahrer Liebe an. Und es ist gleichzeitig so traurig.« Olivia seufzte tief.

»Ja, es war auch die wahre Liebe. Doch bis Daniel das eingesehen hat, verging eine ganze Weile.« Granny zwinkerte Olivia schelmisch zu. »Reece ähnelt seinem Großvater sehr, deshalb bin ich umso glücklicher, dass er dich gefunden hat.« Sie schwieg einen Moment und faltete ihre dünnen Hände auf dem Schoss. »Daniel war ein Frauenheld, oder wie ich ihn nannte, der Höschenjäger von Santa Barbara«, fuhr sie fort. Ihre Augenbrauen zogen sich nach oben und es schien, als würde sie gedanklich noch einmal die Zeit zurückspulen. Olivia begann zu kichern und ich musste ebenfalls schmunzeln. Höschenjäger von Santa Barbara!

»Ich war damals achtzehn, blutjung und hatte keinerlei Erfahrung mit Männern, als ich in Hanks Bar anfing, mein eigenes Geld zu verdienen.« Grannys Blick war in die Ferne gerichtet. »Anfangs war es ein Schock für mich. Nie und nimmer hätte ich dort gearbeitet, wenn ich das Geld nicht unbedingt gebraucht hätte. Die Bar war wirklich ranzig, es stank nach Zigaretten und der Boden klebte permanent. Doch das Hanks war beliebt, auch bei den Jüngeren. Dort gab es keine Limits und Alkohol wurde wie Wasser verteilt, ohne dass nach dem Ausweis gefragt wurde. Nach ein paar Wochen hatte ich mir ein ziemlich dickes Fell zugelegt, um die Abende zu überstehen. Daniel fiel mir schon in den ersten Tagen auf. Es klebte immer eine andere junge

Frau an ihm, doch niemals länger als für einen Abend. Es machte schnell die Runde, dass er ein Herzensbrecher war, doch für mich spielte das keine Rolle. Mit so einem Frauenheld hätten meine Eltern sowieso kurzen Prozess gemacht.«

Olivia stieß einen tiefen Seufzer aus und meine Großmutter lächelte sie verschwörerisch an. Mir dagegen fehlte wahrscheinlich der Sinn für Romantik – ich wollte einfach nur hören, wie die Geschichte weiterging.

»Eines Abends kamen Durchreisende in die Bar«, fuhr Granny fort. »Leicht angetrunken setzten sie sich direkt vorne an die Theke, an der sonst nur die älteren Herren saßen, die gemütlich ihr Bier tranken. Wie jeden Gast bediente ich sie höflich, bis einer von ihnen mich zu sich rief. Als ich vor ihm zum Stehen kam, um seine Bestellung aufzunehmen, griff er mir unter den Rock. Reflexartig schlug ich ihm ins Gesicht. Bestimmt könnt ihr euch vorstellen, wie ein Angetrunkener darauf reagiert, wenn er von einer Frau die Stirn geboten bekommt. Bevor er aber zurückschlagen konnte, stand Daniel an meiner Seite und schob sich vor mich, wie ein Schutzschild. Mein Herz schlug mir damals bis zum Hals, als er sich dann auch noch als mein Freund ausgab, obwohl in der hinteren Ecke eine seiner Liebeleien saß. Nachdem die Fronten geklärt waren und der Typ sich bei mir entschuldigt hatte, nahm ich meine Arbeit wieder auf. Den ganzen Abend machte ich einen großen Bogen um Daniel und seine Leute. Das schlechte Gewissen meldete sich immer wieder, wenn ich in seine Richtung sah, denn wirklich bedankt hatte ich mich nicht bei ihm, dafür war ich viel zu erschrocken gewesen. Aber dann ...« Sie nahm einen tiefen Atemzug und ihre Augen strahlten, als sie sich wieder uns zuwandte.

Die Geschichte kratzte an meinem Ego. Großmutter hatte mir nie davon erzählt. Niemals würde ich ihr das zum Vorwurf machen und irgendwie gefiel es mir auch, dass sie Olivia und mir gemeinsam berichtete, wie sie Grandpa kennengelernt hatte. Aber warum fing sie ausgerechnet heute davon an? Gespannt hing Olivia an ihren Lippen und wie von selbst streichelte mein Daumen über ihren Oberschenkel.

»Nach Schichtende trat ich völlig verschwitzt und stinkend wie ein voller Aschenbecher aus der Bar und da saß Daniel auf der letzten Stufe vor dem Eingang«, nahm meine Großmutter ihre Geschichte wieder auf. »Mein Herz schlug zum zweiten Mal an diesem Abend viel zu schnell. Mit jeder Stufe wurde mir mulmiger zumute und ich fragte mich, ob ich nun seine nächste Auserwählte war. Als er dann meinte, eine hübsche Frau wie ich sollte nicht allein durch die Nacht laufen, habe ich erst einmal laut gelacht. Dann haben wir eine gute halbe Stunde darüber diskutiert, ob er mich nun nach Hause begleitet oder nicht. Irgendwann wurde ich weich und er brachte mich zurück.«

Granny musste Olivias aufgeregtes Gezappel bemerkt haben, denn sie hob abwehrend ihre Hand. »An diesem ersten Abend ist nichts weiter passiert«, sagte sie und Olivia stöhnte enttäuscht auf. »Doch von nun an erschien Daniel jeden Tag im Hanks und brachte mich nach meiner Schicht nach Hause. Ohne dass ich es richtig realisierte, wurde es zu einem Ritual. Mit jedem gemeinsamen Heimweg knisterte es mehr zwischen uns. Doch Daniel war zu stolz, um zuzugeben, dass auch er Gefühle für mich hatte. Für ihn gab es die wahre Liebe nicht – als Altweiberkram hatte er sie betitelt. Liebe sei nur was für Träumer, hatte er einmal abfällig gesagt. Natürlich habe ich ihm nie gesagt, dass ich mich in ihn verliebt hatte. Doch ich war nicht blind und sah, wie er mit sich und seinen Gefühlen kämpfte. Nun ja, und dann waren da noch meine Eltern.«

Grannys Blick schweifte in die Ferne und ich spürte, wie Olivia sich neben mir anspannte. Mit leichten Gewissensbissen sah ich zu ihr herüber. Erinnerte sie Grannys Geschichte an unsere? Zumindest die Ansichten meines

Großvaters über die Liebe hätten von mir stammen können.

»Es war wirklich chaotisch.« Mit einem Seufzer wandte sich Granny wieder zu uns. »Eines Tages haben wir beide die Zeit vergessen und ich kam viel zu spät nach Hause. Es war so eine schöne Nacht, wir haben über unsere Zukunft gesprochen, haben rumgesponnen. Damals sagte ich deinem Großvater, dass ich irgendwann einmal ein Buch schreiben wollte, und er lachte mich herzhaft aus. Dabei wusste er nur zu gut, wie sehr ich meine Bücher liebte. Doch die Vorstellung, dass ich selbst eines schreiben würde, brachte ihn zum Lachen. Im Nachhinein konnte ich ihm daraus keinen Vorwurf machen, denn nach der vierten Seite habe ich meinen Traum verworfen und blieb dann doch lieber beim Lesen. Irgendwann als die Sonne aufging, kamen wir an meinem Elternhaus an. Allein der Gedanke daran, mich von Daniel zu verabschieden, stimmte mich traurig. So weit sollte es aber erst einmal nicht kommen, denn mein Vater stand auf der Veranda und blickte uns aus finsteren Augen entgegen. Völlig panisch rannte ich auf ihn zu und versuchte, ihm zu erklären, dass Daniel nur ein Freund war und mich höflicherweise nach Hause begleitete. Keinen Wimpernschlag später spürte ich seine kräftige Hand schallend auf meiner Wange. Es riss mir den Boden unter den Füßen weg, solch eine Wut lag in dieser einen Ohrfeige. Heiße Tränen rannen über mein Gesicht. Selbst Daniel hatte ich in diesem Moment total vergessen, bis er dicht neben mir stand. Wie damals in der Bar, stellte er sich wie ein Schutzschild vor mich und versuchte, meinen Dad zu beruhigen. Woher sollte er wissen, dass mein Dad eine lockere Hand hatte?«

Kurz spähte ich zu Olivia, die ihre Anspannung nur schlecht verbergen konnte. Ich konnte förmlich sehen, wie es hinter ihrer Stirn arbeitete. Vielleicht hatte sie Mitleid mit Granny, weil sie so einen Tyrannen zum Vater gehabt hatte? Oder triggerten sie die letzten Worte und ihr Dad war meinem Urgroßvater ähnlich?

»Genau an diesem Morgen, unter den schlimmsten Umständen, die man sich vorstellen kann, bekam ich dann endlich meine Liebeserklärung von Daniel. Und wenn ihr denkt, er hätte mir seine Liebe gestanden, dann täuscht ihr euch. Er machte meinem Dad eine Liebeserklärung über mich und gestand ihm, wie sehr er mich liebte. Meinen Vater beeindruckte dies überhaupt nicht, während sich bei mir Tränen der Freude und des Kummers miteinander vermischten. Ich war mir absolut sicher, dass ich Daniel nie wieder sehen würde und den Job in der Bar kündigen müsste. Dass mein Dad mich von nun an nicht aus den Augen lassen würde.

Mit allem hatte ich gerechnet, aber niemals damit, dass Dad mich an diesem Morgen fortschicken würde. Obdachlos, ohne Geld, ohne irgendeinen Besitz, stand ich plötzlich auf der Straße. Mein Leben existierte nicht mehr und ich wusste nicht, wie es weitergehen sollte. Daniels Familie nahm mich mit offenen Armen bei sich auf und es wurde schnell zu meinem neuen Zuhause. Immer wieder wünschte ich mir, es wäre anders gelaufen. Aber genau das war der Beginn unserer Liebesgeschichte. Nicht immer schön, aber sie war wild und aufregend. Dein Urgroßvater hat sich auch wieder eingekriegt, nachdem ihm meine Mutter den Kopf gewaschen hatte. Am Ende war also alles gut.«

Nachdem Großmutter uns von ihrem schwierigen Start mit Großvater erzählt hatte, hing eine seltsame Atmosphäre über uns, die ich nicht zu greifen bekam. Eine Art Melancholie oder Wehmut. Immer wieder drängte sich der Gedanke in meinen Kopf, ob ich wirklich Großvater ähnlich war. Er hatte nicht an die Liebe geglaubt. Bis er meine Großmutter getroffen hatte. Aber so war ich nicht. Meine Prinzipien waren fest in mir verankert und daran würde keine Frau der Welt etwas ändern können. Olivia war ein

Mittel zum Zweck, doch das wusste Großmutter nicht. Zum Glück. Also konnte ich ihr schlecht sagen, dass ich anders war als Großvater, und sie sich täuschte.

»Lesen Sie immer noch, Mrs Bryce?«, fragte Olivia.

»Leider nicht, Liebes, meine Augen sind mit den Jahren viel zu schlecht geworden. Selbst eine Brille bringt da nichts mehr.«

»Sie wollte sich damals die Augen nicht operieren lassen«, erklärte ich, damit Olivia eine Ahnung davon bekam, wie widerspenstig meine Großmutter sein konnte. Schon damals war sie nicht gut auf Ärzte zu sprechen gewesen, was sich leider bis heute nicht geändert hatte.

»Das ist wirklich sehr schade. Hören Sie denn Hörbücher?«

»Nein. Ich habe es eine Zeitlang versucht, aber letztendlich habe ich es sein gelassen. Die Bücher, die ich früher gelesen habe, gibt es nicht als Hörbuch und diese neumodische Literatur ist nicht meins. Daniel war wirklich ein sehr guter Erzähler. An manchen Tagen habe ich ihn gebeten, mir vorzulesen. Seine Stimme hatte den perfekten Bass.« Nachdenklich sah sie in den Himmel. Sie vermisste Großvater. Wie hatte ich das die letzten Jahre nur übersehen können?

»Haben Sie noch die alten Bücher, die Sie damals gelesen haben?« In Olivias Augen blitzte etwas auf.

»Ja, sie liegen in den Kartons im Keller. Warum fragst du? Soll ich sie dir ausleihen?«

Olivia begann, aufgeregt mit dem Bein zu wackeln. »Ich könnte Ihnen vorlesen, wenn Sie möchten«, schlug sie allen Ernstes vor.

Großmutter schien so gerührt, dass ich dachte, sie würde gleich Freudentränen vergießen. Sie strahlte Olivia an und schlug die Hände vor den Mund, als müsste sie einen Aufschrei unterdrücken.

In mir stieg jedoch Wut auf. Was fiel Olivia nur ein? Sie war hier, um meine Lüge aufrechtzuerhalten und nicht, um das Herz einer alten Dame im Sturm zu erobern.

»Das wäre wirklich ganz wundervoll«, sagte Granny schließlich mit zittriger Stimme, bevor mir ein stichhaltiges Argument gegen Olivias Plan eingefallen war.

Einen Augenblick später erschien Lissy. Ich ballte die Fäuste unter dem Tisch, wagte es jedoch nicht, jetzt noch etwas zu sagen. Aber das letzte Wort war in dieser Angelegenheit noch nicht gesprochen. Wir hatten eine klare Abmachung, einen Deal, daran sollte Olivia sich gefälligst halten.

»Mrs Bryce, es ist an der Zeit für Sie, ins Bett zu gehen und Ihre Medikamente einzunehmen.« Langsam entspannten sich meine Hände und ich musste mich beherrschen, um nicht erleichtert auszuatmen. Gott sei Dank. Der Abend war endlich vorbei.

»Siehst du, Olivia. Da musste ich so alt werden, damit mir ein junges Fräulein sagt, wann ich ins Bett zu gehen habe.« Natürlich meinte sie das vollkommen ernst, aber ihr Charme machte ihre Direktheit wieder wett. Langsam erhob ich mich von meinem Stuhl und Olivia folgte mir.

»Danke für den schönen Abend, Mrs Bryce. Und hoffentlich bis bald.« Sie trat um den Tisch herum und legte ihre Hand auf den Unterarm meiner Großmutter.

Granny winkte ab und schenkte ihr ein strahlendes Lächeln. »Ach was. Ich danke euch. Es ist nicht selbstverständlich, seine Zeit für eine alte Frau zu opfern. Und was das Vorlesen angeht – ich bin nicht böse, sollte es nicht in deinen Zeitplan passen.«

Als wir nach draußen traten, konnte ich endlich wieder besser atmen. Der Abend war überstanden und Großmutter glücklich. Das war es doch, was ich gewollt hatte. Und trotzdem hatte sich die Wut in mir noch nicht gelegt.

»Was war das eben bitte?« Ungefiltert ließ ich meinem Frust freien Lauf.

Ohne mich anzusehen, schnaubte Olivia und ging weiter. Kurz vor ihrem Wagen hielt sie an, drehte sich zu mir um und sah mich aus ihren großen Augen an. Oh nein, ich würde heute nicht schwach werden.

»Das ... keine Ahnung. Ich tue, was von mir verlangt wird.« Sie machte eine hilflose Geste mit ihren Armen. Irgendwie tat sie mir leid, aber ich durfte nicht nachgeben. Nicht, wenn ich heil aus der Sache rauskommen wollte.

»Ich wüsste nicht, wann ich von dir verlangt habe, meiner Großmutter vorzulesen«, sagte ich hart. Sie musste kapieren, dass es nur ein Spiel auf Zeit war. Je weniger sie sich hineinkniete, desto besser war es für alle.

»Reece, du hast wirklich keine Ahnung, oder?« Wütend drehte sie sich wieder um und suchte nach ihrem Schlüssel. Doch so leicht würde sie mir nicht davonkommen. Ich schob mich zwischen sie und ihren Wagen, so dass sie erschrocken nach hinten sprang.

»Ach ja? Dann lass mal hören!«

»Hör auf. Ich will nach Hause.« Aufgebracht versuchte sie, mich zur Seite zu schieben. Glaubte sie wirklich, sie könnte mich von der Stelle bewegen? Süß.

»Lass mich einsteigen.« Mit geröteten Wangen funkelte sie mich durch die Dunkelheit an. Meine Emotionen fingen an zu brodeln, aber diesmal würde ich ihnen nicht erlauben, mein Handeln zu beeinflussen. Meine Welt stand Kopf und ich musste irgendwie wieder Ordnung reinbringen – angefangen bei ihr.

»Du solltest meine Verlobte spielen. Du hattest klare Anweisungen.« Meine Stimme donnerte ihr entgegen, so dass sie zusammenzuckte. Verdammt. Das hatte ich nicht gewollt.

»Genau das habe ich doch getan«, zischte sie. »Hätte ich dasitzen und darauf warten sollen, bis du mir das Sprechen erlaubst? Deine Großmutter ist alt, aber nicht blöd, Reece. Ich habe nur das getan, was man als Frau tut, wenn man zur Familie gehört. Und weißt du was? Ich musste mich nicht mal dazu zwingen, nett zu sein, denn deine Großmutter ist wirklich ein liebenswerter Mensch und ich habe mich seit langer Zeit nicht mehr so frei gefühlt wie in den letzten Stunden.« Ihr Blick wirkte plötzlich unfassbar müde und weckte den Impuls in mir, sie in den Arm zu nehmen und einfach nur zu halten. Verdammt, warum lief die letzten Tage alles genau anders, als ich geplant hatte?

Sie wandte sich von mir ab, ehe ich etwas erwidern konnte, und lief mit schnellen Schritten davon. Fuck, fuck, fuck.

»Bleib stehen«, rief ich ihr hinterher, doch sie lief stur geradeaus, ohne sich umzudrehen. »Ach, verdammter Mist«, murmelte ich zu mir selbst, warf meinen Stolz über Bord und ging ihr hinterher.

»Wohin willst du denn eigentlich?«, fragte ich, als ich sie eingeholt hatte. Meine Hand griff automatisch nach ihrer, damit sie endlich stehenblieb. Ihr Oberkörper bebte, als ich sie dazu zwang sich umzudrehen.

KAPITEL 14

»Ich habe meinen Teil für heute erfüllt.« Warum musste das Leben immer so schwer und kompliziert sein? Warum störte es ihn, dass ich einer alten Frau die letzten Lebenswochen verschönerte? Mir wollte wirklich nicht einfallen, was sein Problem war. »Weißt du Reece, stell dich am besten hinter den Menschen an, denen ich es auch nicht recht machen kann.« Verzweifelt versuchte ich, meine Hand aus seiner zu lösen. Konnte er nicht einfach in seinen Wagen steigen? Der Abend, so schön er auch gewesen war, hatte mich mitgenommen. Die Geschichte von Mrs Bryce und ihrem Ehemann war so anders, als mein Leben jemals sein würde. Gleichzeitig hatte sie mir einen Spiegel vorgehalten. Wollte ich nicht auch irgendwann glücklich sein und den Mann treffen, der mein Herz im Sturm eroberte?

»Ach verdammt! Ich weiß selbst nicht genau, was los ist. Bei mir ist eine Sicherung durchgebrannt.« Er klang zerknirscht.

»Lass mich einfach in Ruhe«, flüsterte ich. Schwindelig von seinen Stimmungsschwankungen, schaffte ich es, mich zu lösen. Mein Kopf dröhnte und ich wollte allein sein. Also lief ich los, hinein in die Dunkelheit, ohne mich zu vergewissern, ob er mir auch nicht folgte. Doch da ich seine Schritte nicht hörte, vermutete ich, dass meine Botschaft angekommen war.

Ich blickte nicht hinter mich, als ich den Weg bis zum Strand zurücklegte und mir die glitzernde Meeresdecke entgegenfunkelte. Atemlos streifte ich meine Schuhe ab, tauchte meine Füße in den warmen Sand und lauschte dem Rauschen der Wellen, das mich allmählich beruhigte. Tief atmete ich die salzige Luft ein und ging die letzten Meter langsam bis zur Wasserlinie, der ich folgte, ohne irgendein Ziel vor Augen zu haben. Ich konzentrierte mich auf die leichten Wellen, die sanft meine nackten Füße umspülten, und genoss das kalte Nass, bis ich langsam wieder die Kontrolle über meine Gedanken bekam. Wollte ich wirklich mein ganzes Leben damit verbringen, es allen recht zu machen? War es meine Bestimmung, mit einem Mann zusammen zu sein, mit dem ich mir keine Zukunft vorstellen konnte? Das konnte doch nicht das sein, was für mich vorherbestimmt war.

Langsam ließ ich mich auf einem kleinen Steg nieder und tauchte meine Füße ins Meer. Warum war niemand da, der mir all meine Fragen beantworten konnte? Oder wusste ich die Antworten längst und wollte sie mir nicht eingestehen? Schlummerten sie irgendwo tief in mir und ich hatte nur vergessen, wie es war, sie zu hören? Jeder ist seines Glückes Schmied, hieß es doch immer. Vor ein paar Jahren hatte ich es noch gewagt, zu träumen und mir meine bunte Zukunft vorzustellen. So etwas kam mir heute nicht mehr in den Sinn. Wäre ich an jenem Abend nicht auf der Party gewesen ... Ja, dann gäbe es möglicherweise noch eine Zukunft für mich. Cathryn wäre noch da und alles wäre anders. Ich hatte so vielen Menschen Leid zugefügt. Vielleicht sollte ich alles hinschmeißen und irgendwo neu anfangen, wo mich niemand kannte und ich keinen täglich daran erinnerte, weshalb meine Schwester heute nicht mehr am Leben war.

»Es tut mir so verdammt leid«, flüsterte ich in den sternenklaren Himmel. Auch wenn ich nicht sonderlich gläubig war, hoffte ich, Cathryn würde mir verzeihen, was ich ihr angetan hatte. Tränen rannen meine Wangen hinab und hinterließen einen salzigen Geschmack auf meinen Lippen. Niemals würde ich die Antworten bekommen, die meine verhungerte Seele so dringend brauchte. Niemals.

»Du vermisst deine Schwester.« Erschrocken riss ich den Kopf herum und blickte in Reeces Augen, die mir viel zu nahe waren. Einen Moment lang wollte ich aufspringen und ihn anfahren, weil er mir gegen meinen Willen gefolgt war, doch ich hatte nicht die Kraft dazu.

»Ja, jede einzelne Sekunde«, hauchte ich stattdessen. Dicht neben mir ließ er seine Füße ebenfalls ins Wasser eintauchen und sah in den Sternenhimmel, der so klar und friedlich über uns lag. »Du gibst dir die Schuld an ihrem Tod.« Er klang emotionslos, beinahe sachlich. Als wäre er ein Nachrichtensprecher, der über den Unfall berichten würde.

»Falsch. Ich bin schuld an ihrem Tod.« Tränen drückten sich wieder an die Oberfläche, so dass ich mir beschämt über die Wangen wischte. Reece hätte mir nicht folgen sollen, mich niemals so sehen sollen. Nicht wenn ich so schwach war wie jetzt.

»Es war ein Unfall. Niemand hätte das verhindern können.«

Sein Atem kitzelte an meinem Ohr. Nur am Rande nahm ich wahr, wie sich sein Arm um meine Taille legte. Ehe ich mich versah, vergrub ich mein Gesicht in seine Brust und sog seinen herben, frischen Geruch in mir auf. Seltsam, gerade der Mensch, der mich überhaupt erst an diesen Punkt gebracht hatte, tröstete mich nun. Und es tat zu allem Elend verdammt gut, einfach in den Arm genommen zu werden. Eigentlich sollte ich mich zusammenreißen, ihm die Meinung sagen ... Doch ich konnte es nicht. Brauchte nicht jeder Mensch eine breite Schulter zum Ausheulen?

»Cathryn hatte schon geschlafen, als ich sie mitten in der Nacht anrief, damit sie mich auf dem alten Fabrikgelände abholte«, sagte ich erstickt in sein Shirt. »Damals haben wir dort regelmäßig Partys gefeiert. Wir haben getrunken, Musik gemacht, getanzt ... Manchmal hatten wir Pech und die Polizei sprengte unsere Treffen. Das Gelände stand zwar leer und unsere Partys waren harmlos, doch wir waren nicht befugt, uns einfach dort breitzumachen. An diesem Abend war es wieder soweit und die Cops tauchten auf. Da ich noch minderjährig war, rannte ich buchstäblich um mein Leben. Keine Ahnung, was mir geblüht hätte, wenn meine Eltern mich mitten in der Nacht auf dem Revier aufgegabelt hätten.« Ich schluckte, als Reece über meine Haare strich. Verdammt, warum erzählte ich ihm das? Warum gerade ihm? Noch nicht einmal Melody kannte die wahre Geschichte über die Nacht, in der meine Schwester ums Leben gekommen war. Doch obwohl ich die Antwort nicht wusste, konnte ich nicht aufhören zu erzählen. Nicht jetzt.

»Ich hatte mich am Straßenrand versteckt, als ich Cathryn endlich anrief«, fuhr ich fort. »Ich spürte, dass sie nicht nur sauer war, sondern regelrecht schockiert. Ehrlich gesagt, hatte ich sie noch nie so erlebt. Sie war immer so ausgeglichen und gelassen gewesen. Doch offensichtlich hatte ich das Fass zum Überlaufen gebracht.« Ich schniefte. »Trotzdem habe ich gebettelt, bis sie sich bereit erklärte, mich abzuholen. Obwohl sie so schlecht drauf war.« Ich machte eine Pause, um tief Luft zu holen. »Als sie schließlich bei mir ankam und ich zu ihr ins Auto stieg, wurde mir noch klarer, dass irgendetwas anders war als sonst. Sie sagte keinen Ton zu mir und fuhr viel zu schnell, was sonst überhaupt nicht ihre Art war. Doch anstatt mich zu entschuldigen und ihr gut zuzureden, hab ich nur meinen Kopf in den Händen vergraben. Deshalb habe ich auch nicht mitbekommen, wie sie plötzlich die Kontrolle über den Wagen verlor. Das Nächste, was ich wahrnahm, war, wie unser Wagen ins Schleudern geriet. Es gab einen riesigen Knall, als wir gegen einen Baum stießen.« Ich schluckte. »Das ist das Letzte, woran ich mich erinnern kann.«

Tränen liefen mir über die Wangen und in Reeces Shirt. Ich hatte diese Worte nur ein einziges Mal laut ausgesprochen. Nur einmal. Als ich im Krankenhaus aufgewacht war und mein Vater mit versteinerter Miene neben meinem Bett stand und mir erklärte, dass Cathryn den Unfall nicht überlebt hatte.

Ein Mal. Und dann nie wieder.

Bis jetzt.

Reece sagte nichts. Ich hatte Angst, dass er mich jetzt für genau das Monster halten würde, das ich selbst in mir sah. Ich war schuld am Tod meiner Schwester. Ich war schuld am Unglück meiner Eltern. Ich war verdammt.

»Liv?« Sanft versuchte Reece, meinen Kopf anzuheben, doch ich wehrte mich dagegen. Ich wollte ihm nicht in die Augen sehen müssen. Nicht jetzt, wo er die Wahrheit über mich erfahren hatte. »Liv?« Er seufzte und gab seinen Versuch auf. »Du musst aufhören, dich verantwortlich zu fühlen«, sagte er.

Ich runzelte die Stirn. Warum klang er auf einmal so streng?

»Siehst du mich jetzt bitte an?«

Ich hob den Kopf, gefasst darauf, seinen angewiderten Blick ertragen zu müssen. Doch Reece blickte nicht angewidert. Im Gegenteil. Er lächelte traurig und strich mir meine zerzausten Haare hinter die Ohren.

»Deine Schwester war eine erwachsene Frau. Sie hat ihre eigenen Entscheidungen getroffen.«

Ich schnaubte, doch er hob die Hand und hinderte mich daran, in einen weiteren Schwall von Selbstvorwürfen auszubrechen.

»Ich sage ja gar nicht, dass du keinen Fehler gemacht hast. Glaub mir, mit Fehlern kenne ich mich aus.« Er schluckte und griff dann nach meiner Hand. Die, an der noch immer der Verlobungsring seiner Großmutter steckte. »Aber seine Schwester in der Nacht anzurufen, damit sie einen von einer Party abholt, ist wirklich nichts, was man sich vorwerfen muss. Wer hätte an deiner Stelle denn nicht genauso gehandelt? Und du sagst selbst, dass sie normalerweise eine gelassene Person war. Woher hättest du wissen sollen, dass sie ausgerechnet in dieser Nacht so seltsam drauf war? Es war ein Unfall. Es ist niemand schuld gewesen. Niemand, außer das verdammte Schicksal.«

Ich schwieg und starrte ihn nur verwundert an. Warum sagte er all diese Sachen, die ich ihm nur zu gerne geglaubt hätte? Nicht dass es etwas an meinen Überzeugungen geändert hätte. Ich fühlte mich genauso verantwortlich für Cathryns Tod wie zuvor. Aber allein die Tatsache, dass er mir etwas anderes einreden wollte, berührte mich. Als würde ein kleiner Splitter von dem Panzer, den ich um mein Herz errichtet hatte, abbröckeln.

Er sah mich durchdringend an und einen Moment lang war ich davon überzeugt, dass er mich küssen wollte. Doch dann drückte er sein Gesicht in mein Haar, nahm einen tiefen Atemzug und gab mir einen sanften Kuss auf den Kopf. »Komm«, sagte er heiser. »Ich bring dich zum Auto.«

KAPITEL 15

Nachdenklich fuhr ich meinen Computer herunter und sah auf den Scheck über die fünfzehntausend Dollar, den ich gerade aus der Schreibtischschublade in meinem Büro herausgeholt hatte. Direkt nach dem unsäglichen Abend, als ich das Geld im R&B gewonnen hatte, hatte ich die Stiftungsleiterin angerufen und ihr von der Summe erzählt — wobei ich ihr verschwiegen hatte, woher das Geld stammte. Natürlich war sie völlig aus dem Häuschen gewesen. Das Geld rettete die Stiftung zwar nicht, aber es verschaffte uns ein bisschen Zeit, den Rest aufzutreiben.

Bis heute hatte ich es allerdings vermieden, den Scheck einzulösen. Ich wusste selbst nicht genau, warum — es war, als hätte ich Angst gehabt, ihn noch einmal in die Hand zu nehmen. Erst als ich heute Morgen die Nachricht der Stiftungsleiterin auf meinem Handy gelesen hatte, war mir klar geworden, dass ich es nicht länger hinauszögern konnte. Trotzdem hatte ich zuerst sämtliche Tagesaufgaben abgearbeitet, bevor ich die Schublade öffnete.

Ich schüttelte den Kopf. Warum hatte die Stiftungsleiterin sich auch heute Morgen melden müssen? Ausgerechnet nach dem Abend, an dem ich Reece von dem Unfall erzählt hatte? Die Stiftung war Cathryns großer Traum gewesen. Sie hatte all ihre Zeit und Energie in den Aufbau hineingesteckt. Wenn ich es zulassen würde, dass dieser Traum bankrott ging, dann war es, als würde ich meiner Schwester ein weiteres Mal den Todesstoß versetzen.

Ich biss mir auf die Lippen bei dem Gedanken daran, dass Reece keine Ahnung davon hatte, wofür ich meinen Gewinn einsetzte. Ob ich ihm davon erzählen sollte? Nein, besser nicht. Wir waren uns ohnehin schon so viel näher gekommen, als wir es eigentlich hätten tun sollen. Dass ich ihm gestern Abend mein Geheimnis anvertraut hatte, war intimer gewesen als unser Kuss. Ich hatte immer noch keine Ahnung, warum ich ihm das alles erzählt hatte. Nur, dass es sich richtig angefühlt hatte. So wie fast alles, wenn ich in seiner Gegenwart war. Auch wenn ich es mir nur schwer eingestehen wollte, wurde mir immer stärker bewusst, dass ich mein Herz an den Mann zu verlieren drohte, der nach diesen seltsamen Prinzipien lebte. Der meinte, Liebe sei ein Mythos.

Außerdem hatte ich Schuld auf mich geladen – eine Schuld, die ich auch mit der Rettung der Stiftung nicht würde begleichen können. Die ich niemals würde begleichen können. Und genau das war der Grund, warum ich die Nähe zu Reece nicht zulassen durfte. Egal, wie gut sie sich anfühlte.

Seufzend sah ich auf die Uhr und erhob mich. Ich musste mich beeilen, wenn ich rechtzeitig zu Hause sein wollte. Mason hatte schließlich angekündigt, mich abzuholen. Für einen Moment musste ich mich am Schreibtisch abstützen. Mason. Ich war ihm heute den ganzen Tag aus dem Weg gegangen, doch heute Abend würde ich ihm hoffnungslos ausgesetzt sein. Ich griff nach meiner Handtasche und eilte aus dem Büro. Erst auf dem Parkplatz wurde ich wieder langsamer. Ich hatte es bewusst vermieden, die Firma aus dem Haupteingang zu verlassen, um ein Zusammentreffen mit Mason oder meinem Vater zu vermeiden. Doch als ich mich ins Auto setzte und den Motor startete, wurde mir bewusst, wie albern das war. Ich konnte doch nicht von nun an immer allem und jedem aus dem Weg gehen. Das würde irgendwann sogar meiner ignoranten Familie auffallen. Ganz davon abgesehen, dass ich das nicht wollte. Verdammt.

Ich gab Gas und fuhr auf direktem Weg zur Bank. Es war gut, wenn zumindest die Sache mit dem Scheck endlich erledigt wäre. Damit wäre ein Teil, den Reece in meinem Leben eingenommen hatte, aus meinem Kopf. Ich parkte absichtlich im Halteverbot, damit ich keine unnötige Zeit in der Bank verlieren würde, löste meinen Scheck ein und tätigte die Überweisung an die Stiftung. Es waren keine fünf Minuten vergangen, bis ich wieder hinter dem Steuer saß und nach Hause fuhr.

Eigentlich sollten mir gerade Tränen der Erleichterung über die Wangen laufen. Ich sollte froh sein, dass das Ende der Stiftung zumindest aufgeschoben war. Doch stattdessen war ich einfach nur aufgewühlt. Ich dachte an Reece, an seine sanfte Stimme, die mich gestern aufgefangen hatte, und spürte eine Sehnsucht in meinem Herzen, die dort nichts zu suchen hatte.

Mason, sagte ich mir immer wieder, dein Freund ist Mason. Mit ihm bist du gleich verabredet. Also reiß dich gefälligst zusammen.

Diese Worte wurden zum Mantra. Ich sagte sie mir vor, während ich mir ein schlichtes, aber elegantes Kleid anzog und mir die Haare frisierte. Ich sagte sie mir vor, während ich mir den falschen Verlobungsring vom Finger zog, den Reece und ich gestern beim Abschied beide völlig vergessen hatten. Ich sagte sie mir in Gedanken vor, als ich mich von meiner Mutter verabschiedete und Mason einen Kuss zur Begrüßung auf die Wange gab. Und ich sagte sie mir die ganze Fahrt auf dem Weg zum Restaurant vor. Als wir schließlich vor dem teuren Laden hielten, in den Mason mich einladen wollte, war ich überzeugt davon, meinem Unterbewusstsein meine Prioritäten klargemacht zu haben, und fühlte mich emotional gefestigt genug, den Abend zu überstehen.

Mason plauderte unterdessen munter über die Firma und über seine Familie. Mein Vater hatte ihn mit zum Golfspielen genommen und ihn dort einigen wichtigen Geschäftspartnern vorgestellt, was ihn in geradezu euphorische Stimmung zu versetzen schien. Verstohlen betrachtete ich ihn aus den Augenwinkeln. Er sah gut aus in seinem maßgeschneiderten Anzug und seinem charmanten Schwiegersohn-Lächeln. Er war der vollendete Gentleman, bot mir seinen Arm an, führte mich zu einem abgelegenen Platz am Fenster, von dem aus wir direkten Blick auf das Meer hatten, half mir aus meiner leichten Sommerjacke und zog mir den Stuhl zurecht. Nie im Leben hätte Reece sich so verhalten. So glatt. So perfekt. Reece war viel direkter. Ursprünglicher. Seine Hände waren …

Stopp, Liv, ermahnte ich mich, dein Freund ist Mason. Mason. Der Mann an deiner Seite. Jetzt hör doch mal auf, an Reece zu denken.

Ich bedankte mich lächelnd bei Mason, der mir gegenüber Platz nahm und – sobald er saß – dort weitermachte, wo er aufgehört hatte: Mir von seinen strahlenden Zukunftsplänen zu berichten. Ich gab mir Mühe – wirklich. Ich wollte ihm folgen, wollte an seinen Gedanken teilhaben, die so einfach und zielgerichtet waren. Immerhin war er mein Freund. Mein Partner. Doch es gelang mir nur halbherzig. Immer wieder schweiften meine eigenen Gedanken ab. Nicht nur zu Reece. Auch zu Cathryn. Zu ihrer Stiftung. Zu meinen Eltern. Zu Reeces Großmutter. Ständig ertappte ich mich bei der Frage, wie es wohl wäre, bei einem so liebevollen Menschen aufzuwachsen, wie Mrs Bryce es war. Natürlich hatte Reece mit seinen eigenen Eltern offensichtlich irgendwelche unangenehmen Erfahrungen gemacht, sonst wäre er schließlich bei ihnen groß geworden und nicht bei seiner Großmutter. Doch musste die geballte Liebe, die Mrs Bryce ihrem Enkel entgegenbrachte, nicht alles wieder wettmachen?

Ich seufzte, als der Kellner erschien und wir unsere Bestellungen aufgaben. Mason erzählte fröhlich weiter – er hatte einen Vier-Stufen-Plan entwickelt, an dessen Ende die Seniorpartnerschaft in der Firma meines Vaters wartete – und meine Gedanken wanderten wieder zu Reece. Träumerisch betrachtete ich den Finger, an dem bis vor ein paar Stunden der Ring seiner Großmutter gesteckt hatte. Im Laufe des Abends hatte ich ihn völlig vergessen, so perfekt hatte er sich meinem Finger angepasst. Er hatte sich so leicht und natürlich angefühlt, so als würde er genau dort hingehören. Erst nachdem Mason sich mehrfach geräuspert hatte, wurde mir bewusst, dass er mir eine Frage gestellt haben musste und auf eine Antwort wartete. Verlegen blickte ich ihn an.

»Hm?«

»Was sagst du zu meinem Plan?«, fragte Mason. Er klang aufgeregt.

»Ähm …«, ich merkte, wie ich rot wurde. Welchen Teil des Plans meinte er? »Gut«, sagte ich.

Sofort fing Mason an zu strahlen und er kramte in seiner Jackettasche. »Also sagst du ja?«

»Was?«

Mir fiel die Kinnlade herunter, als er ein samtenes Schmuckkästchen aus der Tasche zog und sie aufklappte. Ich sah direkt in ein funkelndes Prachtexemplar von einem Diamanten.

»Du wirst meine Frau?« Er holte den Ring heraus und griff nach meiner Hand.

Ich war viel zu perplex, um sie ihm zu entziehen.

»Wunderbar. Vielleicht müssen wir ihn noch etwas anpassen. Aber fürs Erste sollte es so gehen.« Geschäftig betrachtete er meine Hand, während ich immer noch in Schockstarre auf meinem Stuhl verharrte. »Wir sollten mit der Hochzeit nicht zu lange warten. Das würde mir in der Firma bestimmt ein paar Monate einsparen.« Zufrieden lehnte er sich zurück.

Und mir wurde schlecht, als ich den riesigen Klunker an meinem Finger sah. Das durfte nicht wahr sein. Zwischen all der Selbstbeweihräucherung und den karrieretechnischen Zukunftsplänen musste Mason mir einen Heiratsantrag gemacht haben. Und ich war so in Gedanken gewesen, dass ich es nicht bemerkt hatte.

Und offensichtlich hatte ich den Antrag angenommen. »Geht es dir gut, Liv? Du siehst ein bisschen blass aus.« »Ich …«, hastig griff ich nach meinem Wasserglas. Ich musste unbedingt aus dieser Nummer wieder herauskommen. Das ging nicht. Das fühlte sich völlig falsch an. Natürlich waren Mason und ich ein Paar und vielleicht hätte ich bis vor ein paar Tagen seinem Antrag tatsächlich zugestimmt. Aber jetzt … jetzt ging das nicht. Ich hatte immer noch keine Ahnung, was ich eigentlich wollte, aber ich wusste genau, was ich nicht wollte: Bis zum Ende meines Lebens mit Mason zusammenleben. Das fühlte sich einfach nicht richtig an. Und auch, wenn ich so ein unglückliches Leben vielleicht verdient hätte, so war ich es Mason schuldig, ihm die Wahrheit zu sagen. Er sollte nicht an mich gebunden sein. Niemand sollte an mich gebunden sein.

Ich setzte mein Glas wieder ab. »Mason … ich … ich bin gerührt. Das ist sehr … überlegt von dir.«

Mason nickte eifrig und der dicke Verlobungsring wackelte, als meine Hand anfing zu zittern.

»Mason«, setzte ich wieder an, »ich schätze dich wirklich sehr und wir beide haben eine schöne Zeit miteinander verbracht.« Immer noch nickte Mason zustimmend. »Aber ich glaube … ich befürchte, ich liebe dich einfach nicht genug, um dich guten Gewissens heiraten zu können.« Ich schluckte, doch zum ersten Mal spürte ich Erleichterung in mir aufsteigen. Endlich war es raus. Melody hatte recht gehabt. Ich hätte die Sache mit Mason schon viel früher beenden sollen.

Das Lächeln in Masons Gesicht wirkte etwas eingefroren, doch er sah nicht sonderlich getroffen von meinen Worten aus. »Liv, sehen wir den Tatsachen ins Auge. Das mit uns beiden war doch nie das, was man eine leidenschaftliche Beziehung nennt.« Okay, das war ihm also auch aufgefallen. Was auch nicht so schwer war. Immerhin hatten wir noch nicht einmal Sex gehabt. »Aber unsere Ehe würde gerade deshalb auf einem viel stabileren Fundament aufbauen. Leidenschaft geht vorbei. Aber unsere gemeinsamen Interessen und Pläne bleiben bestehen.«

Ich runzelte die Stirn. Unsere Interessen? Unsere Pläne? Auch wenn ich gedanklich immer wieder abgeschweift war, war ich mir doch sicher, dass Mason lediglich von seinen Plänen gesprochen hatte. Ich war erst bei dem Punkt mit dem Heiratsantrag aufgetaucht.

»Mason, ich … ich glaube, ich kann das nicht. Ich wäre keine gute Frau für dich. Kein gutes Fundament. Ich bin … einfach nicht die Richtige für eine Ehe. Für niemanden.« Den letzten Satz sagte ich mehr zu mir selbst. Ich schluckte und zog den Ring wieder vom Finger, der mir sowieso zu groß war. Als ich ihn Mason herüberschob, ergriff dieser meine Hand und schob sie samt Ring wieder zurück. Sein Griff war fest, beinahe grob. Er sah mich aus zusammengekniffenen Augen an.

»Das war kein Vorschlag, Liv«, sagte er und ein bedrohlicher Unterton hatte sich in seine Stimme geschlichen. Hektisch sah im mich im Restaurant um, doch wir saßen zu weit abseits, als dass irgendjemand auf uns aufmerksam geworden wäre. »Wir beide werden heiraten, ob du willst oder nicht. Diese Ehe ist für meine Karriere viel zu wichtig, als dass ich sie mir wegen deiner … Gefühle zerstören lassen würde.«

Ich starrte ihn an. War er jetzt völlig verrückt geworden? Dass er karrieregeil war, wusste ich ja. Aber dieses Verhalten ging doch eindeutig zu weit.

»Und was machst du, wenn ich deinen Plänen nicht zustimme? Du kannst mich wohl kaum zur Hochzeit zwingen.«

Masons Mund verzog sich zu einem wölfischen Grinsen. »Kennst du mich wirklich so schlecht, dass du glaubst, ich hätte keinen Plan B in der Tasche?«

Jetzt wurde mir wirklich schlecht. Doch – so gut kannte ich Mason. Vielleicht war er kein besonders leidenschaftlicher Mensch. Aber er war gründlich – vor allem, was seine Karriere anging. Und offensichtlich war er auch nicht blöd. Zumindest hatte er sich nicht auf meine bedingungslose Liebe zu ihm verlassen, als er seine Zukunft mit mir an seiner Seite geplant hatte.

Mason lehnte sich zurück, augenscheinlich zufrieden mit der Wirkung seiner Worte. »Ich habe Informationen über die dunklen Geschäfte deines Vaters, die ihn und seine Firma in den Ruin treiben würden«, erklärte er mir ruhig, als würde er über einen Wochenendausflug am Strand berichten. »Lancaster wäre Geschichte. Das Ende eurer Familie. Dein Vater würde hinter Gittern sitzen, für eine sehr, sehr lange Zeit. Du hast es in der Hand, ob ich die Informationen veröffentliche oder nicht. Und wenn du denkst, ich bluffe nur ...«, er zog einen kleinen Stick aus eben der Jackettasche, in der auch mein Verlobungsring gesteckt hatte. »Hier habe ich alle Beweise, die ich brauche, um alles zu zerstören, was euch seit dem Tod von Cathryn noch zusammenhält.«

Sein Lächeln trieb mir Schweißperlen auf die Stirn und ich schluckte krampfhaft. Die dunklen Geschäfte meines Vaters? Von welchen dunklen Geschäften sprach er? Aber so, wie ich Mason einschätzte, waren seine Worte nicht aus der Luft gegriffen. Nein, Mason war akribisch. Und machtbesessen. Er hatte bestimmt mehrere Trümpfe in der Hand, um seine Pläne umzusetzen. Ich war einer davon. Die Informationen, mit denen er mich oder meinen Vater erpressen konnte, ein weiterer.

»Ich schlage vor, du steckst dir den Ring wieder an«, sagte er kalt, während er nach dem Kellner winkte. »Könnten Sie uns eine Flasche Champagner bringen? Wir haben uns soeben verlobt.«

KAPITEL 16

Ich hatte keine Ahnung, wie ich an diesem Abend nach Hause gekommen war. Mason musste mich gefahren haben, doch ich erinnerte mich nicht an die Fahrt. Es gab ein paar verschwommene Bilder von meinen Eltern, die auf mich gewartet hatten und denen Mason die frohe Botschaft verkündet haben musste, denn auch sie ließen Champagner bringen, um mit uns anzustoßen. Doch worüber wir uns unterhalten hatten, wusste ich nicht mehr.

Erst als Mason das Haus verlassen hatte und ich in meinem Zimmer war, begann mein Hirn wieder zu arbeiten und mein Herz im anatomisch korrekten Takt zu schlagen. Knallhart landete ich auf dem Boden der Tatsachen und fuhr mir hilflos durchs Haar. Mason erpresste mich. Er drohte, meine Familie zu zerstören, war sich aber gleichzeitig nicht zu schade, mit ebendieser Familie auf unsere Verlobung anzustoßen und dabei ein fettes Grinsen im Gesicht zu tragen.

Als ich mich an dieses Grinsen erinnerte, schüttelte es mich. Mason war schleimig und abscheulich. Ich wusste nicht, wie ich aus der Nummer wieder herauskommen würde, aber über eine Sache war ich mir absolut sicher: Mason würde ich niemals heiraten. Niemals. Verzweifelt ließ ich mich an der kühlen Wand neben meinem Bett auf den Boden sinken, während mein Kopf nach einer Lösung suchte. Doch so sehr ich auch nachdachte, mir fiel einfach nichts ein. Das Problem war, dass ich zu wenig wusste. Ich hatte überhaupt keine Informationen über …

Wie vom Blitz getroffen stand ich auf und hastete zu meinem Schreibtisch. Ich öffnete meinen Laptop hektisch und schaltete ihn an. Das Hochfahren dauerte quälend lange, und ich begann nervös, auf meinem Daumen zu kauen. Ich brauchte Informationen. Nur so konnte ich herausfinden, was Mason genau im Schilde führte und einen Weg finden, aus der Geschichte wieder herauszufinden. Wenn ich selbst etwas finden würde, was meinen Vater belastete, dann könnte ich geeignete Gegenmaßnahmen einleiten.

Mit schwitzenden Händen gab ich das sechsstellige Passwort ein und sah gebannt auf den viel zu hellen Bildschirm. Dad hatte auf unserem privaten Server einen Ordner hinterlegt, in dem er alle Unterlagen sammelte, die von seinen Anwälten stammten. Jedes noch so unwichtige Schreiben hatte er hinterlegt und das wusste ich nur deshalb, weil ich einige davon selbst eingescannt und nach Datum sortiert hatte.

Eine Vielzahl an Ordnern erschien auf dem Bildschirm und ich wusste auf einmal nicht mehr, was ich hier überhaupt tat. Wo sollte ich anfangen? Und wonach suchte ich eigentlich? Mason hatte mir nicht den geringsten Hinweis gegeben, was mein Dad verbrochen haben sollte. Also begann jetzt die Suche im Heuhaufen. Prima.

Am besten chronologisch nach Datum. Ja. So sollte ich vorgehen, um nicht ganz im Chaos zu versinken. Oder?

Zwei Stunden später klappte ich den Laptop erschöpft wieder zu. Natürlich hatte ich absolut nichts gefunden. Nicht mal einen klitzekleinen Hinweis. Das einzig Seltsame war ein leerer Ordner, der in Cathryns Todesjahr angelegt worden war, und ich hatte keine Ahnung, ob der jemals Unterlagen enthalten hatte. Aber vielleicht dachte sich mein Hirn jetzt auch nur Zusammenhänge aus, die in Wahrheit gar nicht existierten. Andererseits war es der einzige Ordner, der keine Dateien enthielt. Er wirkte fehl am Platz. Ach verdammt, möglicherweise war es auch einfach Cathryns Todesjahr, das mich überall Seltsamkeiten vermuten ließ. Bestimmt gab es einen guten Grund dafür, dass dieser Ordner komplett leer war.

Völlig erschlagen, ließ ich mich ins Bett fallen, rollte mich zusammen wie ein Baby und sehnte mich plötzlich nach Reece. Nach seinen beruhigenden Worten, nach seiner starken Schulter. Ein angenehmes Kribbeln machte sich in meiner Bauchgegend breit. Oh nein, so durfte es nicht sein. Mein Schicksal war so gut wie besiegelt, ich würde Mason heiraten müssen, einfach um meine Familie zu schützen. Die verdammten Schmetterlinge sollten verschwinden. Reece war ein Frauenheld, er war nicht gut für mich.

Diesen Satz sagte ich mir immer wieder vor, bis mein Handy klingelte. Mein Magen machte einen Salto bei dem Gedanken daran, dass es Reece sein könnte. Verdammt. Mein Körper wollte einfach nicht auf mich hören.

Ich atmete auf. Es war Melody.

»Liv«, kreischte meine Freundin, bevor ich sie begrüßen konnte, »lebst du noch? Geht es dir gut?«

Ich hielt das Telefon von meinem Ohr weg. »Äh … natürlich lebe ich noch. Und es geht mir … na ja.«

»Du hast dich seit gestern nicht bei mir gemeldet, und das, nachdem du bei Reeces Großmutter eingeladen warst. Weißt du, was ich mir für Sorgen gemacht habe? Ich habe mir vorgestellt, dass es diese ominöse Großmutter gar nicht gibt und Reece ein Menschenhändler ist, der dich entführt, und verkauft und …«

»Es geht mir gut«, sagte ich, erschöpft von Melodys Fantasien. Das stimmte zwar nicht annähernd, aber im Vergleich zu Melodys möglichen Realitätsversionen ging es mir blendend. Immerhin lag ich unverletzt in meinem Bett, weder verkauft noch entführt. »Und es tut mir leid, dass ich mich nicht eher gemeldet habe. Es ist einfach so viel in der Zwischenzeit passiert, das ich selbst noch nicht verarbeitet habe.« Bei meinen Worten hatte ich den Eindruck, dass mich Masons Klunker auf dem Nachttisch hämisch angrinste.

Immerhin schien Melody besänftigt. »Schon gut«, sagte sie und ich konnte ihrer Stimme anhören, dass sie vor Neugierde fast platzte. »Jetzt erzähl schon. Wie war es bei Reece und seiner Großmutter?«

»Bei Reece und seiner Großmutter?« Das Treffen mit den beiden fühlte sich schon so furchtbar lange her an, dass ich einen Moment nachdenken musste. »Es war schön. Es war wirklich ... seine Großmutter ist sehr nett und wir haben uns super verstanden. Und er war zuerst ein Arsch, aber später am Abend ...« Ich dachte daran zurück, wie ich mich an seine Brust gelehnt und er mich getröstet und gestreichelt hatte. Schnell verdrängte ich den Gedanken daran. Es gab Wichtigeres mit Melody zu besprechen.

»Aber das ist alles egal«, sagte ich hastig und warf einen Blick auf den Nachttisch. »Mason hat mir einen Heiratsantrag gemacht.«

Am anderen Ende der Leitung war es still. Das war so untypisch für Melody, dass ich befürchtete, unsere Verbindung wäre unterbrochen.

»Melody?«

»Ich ... du ... er hat WAS?« Okay, die Verbindung war stabil. Und mein Trommelfell kurz vorm Platzen. »Ernsthaft? Wie kommt er denn auf so was? Aber du hast dankend abgelehnt, oder?«

Ich schwieg.

»Oder? Liv? Sprich mit mir! Du hast doch nicht etwa angenommen?«

Ich seufzte. Lang und ausgedehnt.

»Oh, Liv.« Melody klang so entgeistert, dass ich beinahe angefangen hätte zu lachen. Aber nur beinahe. »Wie konntest du nur?«

»Er hat mich in der Hand. Er erpresst mich. Meine Familie.« Endlich hatte ich meine Stimme wiedergefunden und gab Melody einen ungeschönten Bericht vom heutigen Abend. Ich ließ nichts aus. Sie konnte ruhig erfahren, dass mein Vater vermutlich Mist gebaut hatte. Sie würde mit diesem Wissen nichts anfangen, solange ich sie nicht ausdrücklich darum bat. Ganz abgesehen davon, dass wir beide im Grunde überhaupt nichts wussten. Mason hatte mir nichts Konkretes gesagt. Allerdings war ich mir sicher, dass er etwas in der Hand hatte. Und dass er mir die Beweise noch unter die Nase halten würde, wenn ich es darauf ankommen ließ. Damit ich vor der Hochzeit nicht noch auf dumme Gedanken kam.

Als ich meinen Bericht beendet hatte, bot Melody an, direkt zu mir nach Hause zu kommen und bei mir zu schlafen. Aber ich lehnte ab. Nachdem ich mir alles von der Seele geredet hatte, war ich mit einem Mal so müde geworden, dass ich sowieso eingeschlafen wäre, bevor Melody bei mir angekommen wäre. Außerdem wollte ich sie so weit wie möglich vom Einfluss meines Vaters fernhalten. Er sollte möglichst nichts mit ihr zu tun haben. Nicht, dass er noch auf die Idee kam, sie wäre kein guter Einfluss für mich.

Nach dem Gespräch mit Melody fühlte ich mich viel zu kaputt, um mich umzuziehen und bettfertig zu machen. Also blieb ich einfach, wie ich war, im Abendkleid und mit verschmiertem Make-up, und schlief keine fünf Minuten später ein. Im Schlaf träumte ich von Reece und Mason, die jeder einen goldenen Ring um den Hals trugen, den sie mir aufschwatzen wollten. Ich wehrte mich gegen sie, doch sie verfolgten mich hartnäckig und verwandelten sich schließlich in zwei Tauben, die anfingen, sich gegenseitig in die Augen zu picken.

Schweißgebadet und mit einem pappigen Geschmack im Mund wachte ich auf.

Es war Sonntag und weder Uni noch Büro warteten auf mich – auch wenn ich die Wochenenden häufiger in der Firma verbrachte, wollte ich heute darauf verzichten. Ich ging ins Bad, nahm eine ausgiebige Dusche und zögerte das Anziehen so weit wie möglich hinaus. Denn Anziehen bedeutete ab heute auch, dass ich den Verlobungsring überstreifen musste.

Ich verspürte Ekel, als ich das Schmuckstück vom Nachttisch holte und über den Finger zog. Das Gewicht des Diamanten ließ meine ganze Hand schwerer werden. Was hatte Mason für diesen Ring nur ausgegeben? Ich lief nach unten und hoffte, niemandem im Haus zu begegnen, damit ich mich sofort auf den Weg zu Melody machen konnte. Aber natürlich hatte ich kein Glück. Meine Eltern saßen im Wohnbereich und schienen nur auf mich gewartet zu haben.

»Olivia, willst du schon wieder weg?«

Ich seufzte und wandte mich zu ihnen um. Mein Vater hatte seinen Laptop aufgeklappt und blickte auf seinen Bildschirm – auch, als ich an den Tisch trat. Meine Mutter saß vor einer Tasse Kaffee und schien im Gegensatz zu meinem Vater aufrichtig erfreut, mich zu sehen. Die Neuigkeiten über die Verlobung hatten ihr rosige Wangen ins Gesicht gezaubert und ein Strahlen in ihre Augen gebracht, das ich seit Cathryns Tod nicht mehr in ihnen gesehen hatte.

Immerhin freute sich eine Person über die anstehende Hochzeit.

»Ich will zu Melody. Ich muss ihr doch erzählen, dass …« Ich brachte es nicht übers Herz, die Worte laut auszusprechen. Stattdessen wackelte ich mit meiner Hand, so dass der Diamant in der hereinscheinenden Morgensonne glitzerte.

»Natürlich, das verstehe ich.« Meine Mutter nickte. »Aber heute Nachmittag sollten wir uns zusammensetzen und anfangen, die Einzelheiten zu planen. Wenn wir zu lange warten, sind die guten Locations alle ausgebucht.«

Mein Magen verkrampfte sich und ich war froh, dass ich noch nicht gefrühstückt hatte. Locations. Dieses Wort machte die Hochzeit so furchtbar real.

»Das lasst mal meine Sorge sein.« Mein Vater klappte seinen Laptop zu. »Sagt mir einfach, wo die Hochzeit stattfinden soll und ich sorge dafür, dass es funktioniert.« Er sah mich an und verzog seine Lippen zu einem Lächeln, das jedoch seine Augen nicht erreichte. Ob er wusste, dass Mason ihn in der Hand hatte? Wie gerne würde ich ihm sagen, welches Spiel mein ach-so-toller Verlobter spielte. Ihm einfach die Wahrheit sagen. Doch es würde alles noch viel schlimmer machen.

»Am Samstagabend ist die Benefizveranstaltung von Grayson, zu der ich eingeladen bin«, wechselte mein Vater das Thema. »Dies wäre ein geeigneter Rahmen, um eure Verlobung offiziell bekanntzugeben.«

Mit anderen Worten: Er erwartete von mir, dass ich mit Mason bei dieser Benefizveranstaltung auftauchte. Einen kurzen Moment lang spürte ich zum ersten Mal seit Jahren wieder eine Spur von der Rebellin in mir, die ich in meiner Jugend gewesen war. Ich wollte mich nicht immer herumschubsen lassen. Nicht immer das tun, was die anderen von mir erwarteten.

Doch der stechende Blick meines Vaters ließ mich auf den Boden schauen. »Klar«, sagte ich heiser. »Gerne.«

Melody war meine Rettung. Sie warf einen kurzen Blick auf mich und nahm mich in die Arme, noch bevor ich einen Ton gesagt hatte. Dann bugsierte sie mich in ihre Wohnung, verfrachtete mich auf einen Küchenstuhl, stellte eine Packung Papiertaschentücher vor mich auf den Tisch und kochte mir einen heißen Kakao. Und während ich ihr unter Tränen immer wieder beteuerte, wie schrecklich mein Leben war, streichelte sie mir den Rücken und redete mir gut zu.

»Liv«, sagte sie dann ernst, wahrscheinlich hatte sie das Gefühl, dass ich jetzt bereit für ihre Ansprache war, »ich verstehe, dass du grad ziemlich in der Tinte steckst, aber verdammt noch mal: Du kannst da auch wieder herauskommen. Du kannst selbst entscheiden, was du aus deinem Leben machst. Oder wen du heiratest, um beim Thema zu bleiben. Du kannst nicht immer die Selbstlose sein. Nicht wenn es darum geht, blind in dein Verderben hineinzuschlittern.«

»Ach ja?«, schniefte ich. Wenn es doch nur so einfach wäre. »Hast du nicht zugehört? Mason lässt meinen Vater auffliegen!«

Melody nahm ihren Arm von meinem Rücken und hob mein Kinn an, so dass ich gezwungen war, sie anzusehen. Noch nie in meinem Leben hatte ich sie so ernst gesehen.

»Mason erpresst deinen Vater. Und nicht dich. Mal ehrlich, Süße: Dein Vater ist der größte Arsch, den ich kenne. Er behandelt dich wie Dreck. Was wäre daran so schlimm, wenn man ihn für seine Vergehen zur Rechenschaft ziehen würde?«

Ich fuhr mir mit dem Handrücken über die Augen und lehnte mich in meinem Stuhl zurück. »Es geht mir nicht um meinen Vater.« Nun ja, nicht nur. Denn dass er mich wie den letzten Dreck behandelte, hatte schließlich einen Grund. Den Melody nicht kannte. »Aber meiner Mutter kann ich die Schande nicht antun. Seit Cathryns Tod ist sie nicht mehr glücklich gewesen. Wenn jetzt auch noch mein Vater Ärger bekommt, würde sie das nicht überleben.«

Melody nickte nachdenklich. »Ich glaube, du unterschätzt deine Mutter. Wenn du sie immer nur als hilflose Person betrachtest, dann wird sie genau das: hilflos. Ich glaube, sie verträgt mehr, als du dir vorstellst. Ganz abgesehen davon bin ich überzeugt, dass sie mehr von den Dingen ahnt, die ihr beiden ihr vorspielt, als du denkst. Sie ist nicht blöd«, fuhr sie mir über den Mund, als ich widersprechen wollte, »und es sieht wirklich ein Blinder, dass du und Mason kein Paar im klassischen Sinne seid.«

Entschieden schüttelte ich den Kopf. »Du hättest sie sehen sollen, als sie von unserer Verlobung erfahren hat. Sie war so glücklich.«

»Aber doch nur, weil sie nichts von Reece weiß! Glaubst du nicht, sie will einfach nur, dass du glücklich bist?«

»Ich …« Meine Gegenworte blieben mir im Mund stecken. Ehrlich gesagt, hatte ich meine Mutter noch nie aus dieser Perspektive betrachtet. Natürlich hatten auch wir beide nicht die beste Beziehung zueinander. Vor allem, seit sie sich nach Cathryns Tod in die Religion geflüchtet hatte. Trotzdem hatte ich den Eindruck, dass ihr durchaus etwas an mir lag. Also an mir als Person. Hatte Melody vielleicht recht mit ihrem Argument? Schnell wischte ich den Gedanken beiseite.

»Reece ist keine Option. Für ihn bin ich nur Mittel zum Zweck. Ein Spiel. Nicht mehr«, sagte ich stur. »Die meiste Zeit verhält er sich wie ein Arsch. Und die kurzen Anwandlungen von Nettheit tun ihm im Nachhinein einfach nur leid.«

»Ach was!« Jetzt grinste Melody wieder, wie ich es von ihr gewohnt war. »Gib ihm noch ein bisschen Zeit. Der Gute ist eine Frau wie dich einfach nicht gewöhnt.«

Den Rest des Wochenendes verbrachte ich größtenteils mit Melody und auch am Anfang der kommenden Woche ging ich meiner Familie und Mason so gut es ging aus dem Weg. Mason schien das nicht viel auszumachen. Wenn ich ihm in der Firma begegnete, grinste er selbstgefällig. Er wusste, dass er mich in der Hand hatte, und sein Plan schien aufzugehen. Ich verstand ihn wirklich nicht. Natürlich war er besessen von seiner Karriere und von Macht, aber dass er dazu jemanden heiratete, den er gar nicht liebte, war schon eine ganz andere Nummer. Wollte er denn nie im Leben glücklich mit jemandem werden? Oder hatte er schon diverse Geliebte eingeplant, die ihm das geben würden, wozu ich niemals in der Lage wäre? Vielleicht hatte er sie auch jetzt schon. Wenn ich es recht bedachte, war es doch wirklich erstaunlich, dass ihn das Nicht-Körperliche in unserer Beziehung so überhaupt nicht zu stören schien. Obwohl ich wusste, dass er sehr religiös aufgewachsen war, so schien er mir gar nicht der Typ zu sein, der auf Sex vor der Ehe verzichtete.

Je mehr ich darüber nachdachte, desto wahrscheinlicher erschien mir die Idee von der Geliebten. Doch erstaunlicherweise störte es mich nicht. Der Gedanke, dass Mason mich mit irgendjemandem betrog, hatte sogar etwas Tröstliches. Dann kam ich mir mit meinem Deal mit Reece nicht mehr ganz so schäbig vor.

Reece. Auch er hatte sich seit dem Abend bei seiner Großmutter nicht mehr gemeldet. Am Anfang war ich froh darüber gewesen, denn ich hatte keine Ahnung, wie ich ihm mit meiner neuen Situation unter die Augen treten sollte. So langsam bemerkte ich allerdings, dass ich ständig verstohlen aufs Handy schaute, um nachzusehen, ob er mich nicht doch mal wieder zu seiner Yacht bestellte. Aber bis jetzt schien sein Bedarf an mir erst einmal gedeckt zu sein. Und auch, wenn ich das überhaupt nicht wollte, versetzte mir der Gedanke daran einen kleinen Stich. Immerhin hatte ich ihm mein Herz ausgeschüttet, hatte ihm etwas anvertraut, was ich niemals jemandem zuvor gestanden hatte – von meinem Vater einmal abgesehen.

Umso aufgeregter war ich, als ich am Mittwoch mit Melody in der Mensa saß und mein Handy in der Hosentasche vibrierte. »Na, welcher der beiden Verlobten ist es denn?«, fragte Melody mit hochgezogenen Augenbrauen. Sie ließ nicht locker und machte sich ständig über meine »Bigamie«, wie sie es nannte, lustig. Für ihre Reaktion war ich ihr wirklich dankbar – sie half mir, nicht ununterbrochen in Sorgen und Grübeleien zu versinken. Jetzt aber runzelte ich die Stirn und hielt ihr meinen Bildschirm entgegen.

»Unbekannte Nummer«, murmelte ich und öffnete neugierig die Nachricht. »Liebe Olivia«, las ich laut vor, »Reece hat mir vor einiger Zeit ein Smartphone geschenkt und Lissy hilft mir beim Tippen. Ich wollte dich fragen, ob dein Angebot noch steht und du mir vorlesen willst. Wenn ja, dann komm doch heute Abend vorbei. Ich würde mich sehr darüber freuen. Grace.«

Ich blickte auf und sah in die geweiteten Augen von Melody. »Grace?«, fragte sie irritiert.

»Das muss Mrs Bryce sein«, murmelte ich und las die Nachricht noch einmal durch. Schließlich gab es nicht so viele Leute, denen ich angeboten hatte, vorzulesen. Vor allem keine, denen Reece Smartphones schenkte.

Melody klatschte in die Hände. »Na endlich mal etwas Erfreuliches in deinem ganzen Elend«, sagte sie grinsend.

Ich funkelte sie böse an, aber Melody merkte sofort, dass ich es nicht ernst meinte. Sie kannte mich einfach zu gut. Und es stimmte: Ich mochte Mrs Bryce und freute mich auf einen Vorleseabend mit ihr. Und außerdem – vielleicht würde Reece ja ebenfalls anwesend sein ...

»Hey, Liv, hör auf zu sabbern«, sagte Melody lachend und warf mir eine Serviette zu. Entrüstet warf ich sie zurück.

»Ich sabber nicht«, sagte ich würdevoll. »Ich denke lediglich, dass es wirklich nett wäre und mich auf andere Gedanken bringen würde, ihr heute Abend vorzulesen.«

»Nee, ist klar.« Melody nickte in gespieltem Ernst. »Denk aber dran, die Ringe auszutauschen, Süße. Oh Mann, ich hätte es ja nie für möglich gehalten, dass du mal so ein verruchtes Doppelleben führen würdest. Auch wenn es echt nicht witzig ist und eine Lösung her muss. Nur über meine Leiche wirst du diesen Spinner heiraten. Das lasse ich nicht zu.«

Ich dachte tatsächlich daran, die Ringe auszutauschen. Noch in meinem Wagen, als ich vor der Villa von Mrs Bryce stand, streifte ich Masons Klunker ab, um den schlichten Ring von Reece aufzusetzen. Eine Welle der Erleichterung durchströmte mich, als ich endlich das Gewicht des protzigen Steines loswurde, den Mason immer noch nicht hatte anpassen lassen, so dass er ständig verrutschte. Reeces Ring dagegen … fühlte sich einfach nur gut an. So natürlich. Ich schüttelte ärgerlich den Kopf. Jetzt fing das schon wieder an. Reece hatte sich seit Tagen nicht mehr bei mir gemeldet. Er hatte kein Interesse an mir. Jedenfalls keins, das über unseren Deal hinausging.

Seufzend öffnete ich die Wagentür, als ich auch schon Lissys schlanke Gestalt um die Ecke kommen sah. Ich bemerkte ein leichtes Zittern an meinen Händen, das nichts mit der Aussicht auf meine Vorlesestunde zu tun hatte.

»Miss Lancaster.« Lissy eilte mir entgegen. »Mrs Bryce wartet auf Sie.«

Ich nickte steif und folgte der jungen Frau ums Haus. Reeces Großmutter saß in einem Schaukelstuhl auf der Terrasse und hatte eine Wolldecke über ihren Schoß gelegt. Sie strahlte mich an, doch bevor ich ihr Lächeln erwiderte, scannte ich die Terrasse und den angrenzenden Strand bis hinunter zum Meer ab.

Kein Reece.

Enttäuscht umklammerte ich meine Tasche und ärgerte mich gleichzeitig über mich selbst. Ich hatte doch gewusst, dass Reece nicht hier sein würde. Warum störte mich diese Tatsache jetzt so sehr?

Weil du tief in deinem Inneren gehofft hattest, du würdest ihn wiedersehen, sagte eine Stimme in mir, die ich jedoch sofort zum Schweigen brachte. Stattdessen ging ich auf Mrs Bryce zu.

»Olivia, wie schön, dass du es einrichten konntest.« Reeces Großmutter machte Anstalten, sich aus ihrem Schaukelstuhl zu erheben, doch ich hielt sie davon ab, indem ich mich einfach auf den bereitgestellten Stuhl neben sie setzte.

»Das mache ich doch gern«, sagte ich und spürte im selben Moment, dass es stimmte. Ich freute mich auf den Abend mit Mrs Bryce. Es war eine heitere Abwechslung zu dem wirren Chaos, das ansonsten in meinem Leben herrschte.

»Hast du Reece gar nicht mitgebracht?«

Was? Wieso fragte sie mich das? Sie war doch seine Großmutter. Ich starrte Mrs Bryce mit gerunzelter Stirn an, bis mir schlagartig klar wurde, dass ich ja die Rolle der Verlobten spielte. Und als zukünftige Ehefrau wusste ich natürlich viel besser darüber Bescheid, wo sich mein Verlobter befand als seine Großmutter. Oder sollte zumindest besser darüber Bescheid wissen.

Zum Glück erschien Lissy auf der Terrasse und reichte mir ein Glas Wasser. Dankbar griff ich danach und nahm einen großen Schluck.

»Ähm, er hat keine Zeit«, sagte ich dann vage und hoffte, dass ich mit meinem Nicht-Wissen nicht alles kaputtmachen würde. Mist – über die Konsequenzen dieses Abends hatte ich wirklich nicht genug nachgedacht. »Er muss arbeiten.«

Mrs Bryce schnalzte mit der Zunge. »Der Junge arbeitet zu viel. Immer ist er in seinem Club.«

Erleichtert atmete ich auf. Also war meine Antwort zumindest glaubwürdig gewesen. »Wem sagen Sie das?«, fragte ich seufzend. »Ich wünschte, er hätte mehr Zeit für mich.«

Mrs Bryce sah mich verständnisvoll an. »Ich werde mal mit meinem Enkel reden«, versprach sie mir. »Gemeinsame Zeit ist so wichtig für ein junges Paar.«

Ich grinste in mich hinein. Das würde ich ja wirklich gern mitbekommen, wie sie Reece eine Standpauke hielt, weil er mich vernachlässigte. Trotzdem beschloss ich, zum eigentlichen Grund meines Besuchs zu kommen. Smalltalk war heikles Terrain, wie ich gerade bewiesen hatte.

»Welches Buch soll ich Ihnen denn vorlesen?«, fragte ich und sah auf den Tisch, auf dem ein ganzer Stapel offensichtlich älterer Exemplare lag. »Eines von denen?«

Mrs Bryce seufzte und lehnte sich in ihrem Schaukelstuhl zurück. »Ich konnte mich nicht entscheiden und habe Lissy einfach sämtliche Bücher holen lassen, die ich gerne mal wieder lesen würde. Warum suchst du dir nicht einfach eines aus?«

Lächelnd griff ich nach dem Stapel und zog ihn näher zu mir heran. Als mein Blick auf das oberste Buch fiel, stutzte ich. »Anne of Green Gables?«, fragte ich und sah die alte Dame an.

Mrs Bryce lächelte ein wenig verlegen. »Dieses Buch habe ich als Kind geliebt«, sagte sie. »Ich habe es ungefähr hundert Mal gelesen und mir gewünscht, wir würden nach Avonlea ziehen, bis meine Mutter mir erklärte, dass es den Ort gar nicht gibt.«

Ich starrte sie an. »Anne of Green Gables ist auch mein Lieblingsbuch!«, platzte es aus mir heraus. Als Kinder hatten Cathryn und ich uns die Geschichten um Anne Shirley gegenseitig vorgelesen. Auch wir hatten uns vorgestellt, wie es wäre, auf Prince Edward Island zu leben, und hatten Szenen aus den Büchern nachgespielt.

Mrs Bryce klatschte begeistert in die Hände. »Na dann wäre die Sache ja geklärt.«

Ehrfürchtig nahm ich das Buch in die Hand und strich über den Einband. Diese Ausgabe war um einiges älter als die, aus der Cathryn und ich gelesen hatten. Sie sah matt und zerlesen aus – eindeutig ein Buch, das geliebt worden war. Rasch schlug ich die erste Seite auf.

»Mrs Rachel Lyndes Haus stand dort, wo die von Erlen und Fuchsien gesäumte Hauptstraße von Avonlea durch eine kleine Senke führte«, begann ich, stockte jedoch sofort, als ich Mrs Bryces weit aufgerissene Augen bemerkte. »Ist alles in Ordnung?«, fragte ich. »Bin ich zu schnell?«

»Nein … nein«, stammelte die alte Dame und starrte mich immer noch an. »Es ist nur … deine Stimme. Du hast eine wunderschöne Vorlesestimme.«

»Oh ... Vielen Dank«, sagte ich verlegen. Das liegt viel-leicht daran, dass ich früher gerne gesungen habe, fügte ich in Gedanken hinzu. Mrs Bryce davon zu erzählen, würde Fragen aufwerfen, die ich nicht beantworten wollte. Meine Finger begannen zu kribbeln und ich starrte wieder in das Buch in meinen Händen.

»Ich wollte dich nicht in Verlegenheit bringen.« Aus den Augenwinkeln sah ich, wie sie mir ein warmes Lächeln schenkte.

Nach einem tiefen Atemzug begann ich weiterzulesen. Immer wieder spähte ich zu Mrs Bryce, die zufrieden in ihrem Korbstuhl saß, und konnte für einen kurzen Mo-ment einen Blick auf ihre zurückgewonnene Kindheit wer-fen, die sich in ihren sanften Gesichtszügen spiegelte. Wo-ran sie wohl dachte, während ich ihr die Geschichte von Anne, dem Waisenkind, vorlas? Verknüpfte sie auch Kind-heitserinnerungen mit diesem Buch?

»Bei diesen Worten hielt die Kleine ihre langen, glän-zenden Zöpfe hoch. Matthew war in der Beurteilung weib-licher Locken nicht gerade erfahren, aber in diesem Fall gab es keinerlei Zweifel.« Langsam klappte ich das Buch zu und sah zu Mrs Bryce. Die Sonne hing tief über der Meeresdecke, ein Zeichen, das ich bald aufbrechen musste. Lissy sollte nicht wieder in die unangenehme Situation ge-raten, mich fortzuschicken.

»Die arme Anne. Sie hasste ihr Haar.«

Verblüfft grinste ich. Sie konnte sich tatsächlich an die Geschichte erinnern, trotz ihres hohen Alters. »Stimmt. Obwohl ich es nie verstanden habe. Als Kind wollte ich gerne mein blondes Haar gegen ihr rotes tauschen.«

»Streben wir nicht immer nach Dingen, die wir nicht haben?«, fragte Mrs Bryce weise.

Nickend stimmte ich ihr zu. Wir Menschen waren tat-sächlich komisch gestrickt.

»Hast du jemals herausgefunden, was eine Alabaster-stirn ist?«, fragte sie plötzlich.

Wir begannen beide, auf Kommando zu lachen.

»Bisher nicht. Aber es ist auch wirklich schwer, nach etwas Ausschau zu halten, wenn man keine Ahnung hat, wie es aussehen soll.« Nach unserem kleinen Lachanfall erhob ich mich schwerfällig.

»Tausend Dank, Liv. Du weißt nicht, was für eine Freude du mir damit machst.«

»Es ist mir eine Ehre. Wirklich.« Meine Worte klangen vielleicht nach einer dahergesagten Floskel, aber ich meinte es ernst. Es war mir eine Ehre, ihr diesen speziellen Wunsch zu erfüllen, bevor sie dieses Leben verlassen musste. Auch wenn es nur so etwas Kleines und Alltägliches war wie vorlesen.

Auf dem Nachhauseweg war ich aufgewühlt, aber gleichzeitig breitete sich eine wohlige Wärme in mir aus wie schon lange nicht mehr. Schon beim Abendessen hatte ich diese Verbundenheit zwischen Mrs Bryce und mir wahrgenommen, die ich mir anscheinend nicht eingebildet hatte. Sie ließ mich Dinge spüren, die ich schon lange aus meinem Gedächtnis gestrichen hatte. Für ihre unbeschwerte Art beneidete ich sie, obwohl sie allen Grund hatte, traurig zu sein. All die Schicksalsschläge, die sie hatte erleben müssen ... Und trotzdem hatte sie ihr Lächeln nicht verloren. Sie war ein echtes Vorbild.

Nach einer halbherzigen Begrüßung meiner Eltern unterzog ich mich einer langen Dusche und schlüpfte mit nassem Haar ins Bett. Tausend Gedanken kreisten in meinem Kopf herum, doch keiner war so laut, dass ich ihn zu greifen bekam. Seufzend griff ich nach meinem Handy auf der Nachttischkommode. Eine neue Nachricht. Schnell wischte ich über den Bildschirm. Bestimmt war es Melody, die ihrer krankhaften Neugier nicht widerstehen konnte.

Handsome: *Die Predigt habe ich wohl dir zu verdanken?*

Ich runzelte die Stirn.

Olivia: *Habe keine Ahnung, wovon du redest!*

Handsome: *Du hast meiner Großmutter gegenüber also nicht erwähnt, dass wir zu wenig Zeit miteinander verbringen?*

Im ersten Moment verstand ich nur Bahnhof, doch dann setzte ich mich mit einem Ruck im Bett auf.

Olivia: *Es war eher so, dass deine Großmutter nach dir fragte, als ich heute bei ihr war. Eine bessere Antwort fiel mir auf die Schnelle nicht ein.*

Wie ein Kleinkind begann ich zu kichern. Ms Bryce war wirklich unfassbar. Wie gerne hätte ich gelauscht, als sie ihrem Enkel die Meinung gesagt hatte. Schade!

Handsome: *Dann muss ich wohl damit leben, dass meine Großmutter an meinen Pflichten als Verlobter zweifelt ;)*

Olivia: *Du wirst es aushalten. Dein Ego ist groß genug, da bin ich mir sicher.*

Handsome: *Mein Ego? Wusste nicht, dass ich sowas überhaupt besitze.*

Olivia: *Siehst du, da haben wir es doch.*

Handsome: *Keine Ahnung, was du meinst. Aber ich komme meinen Pflichten als Verlobter mal besser nach und erkundige mich nach deinem Befinden. Also, wie geht's dir? Was machst du?*

Olivia: *Liege schon im Bett, mein Wecker klingelt bald wieder. Und es geht mir okay.*

Erstaunt über den schnellen Themenwechsel, starrte ich weiter auf mein Handy. Sollte es ihm nicht egal sein, was ich tat, wenn ich nicht für ihn im Dienst war?

Mein Herz klopfte verräterisch.

Handsome: *Neben deinem Freund?*

Hä? Was sollte das denn jetzt?

Olivia: *Warum fragst du sowas? Das geht über unseren Deal hinaus.*

Handsome: *Granny war eben sehr deutlich. Also tue ich, nur was ein guter Verlobter so tun muss ...*

Pff! Der hatte Nerven.

Olivia: *Versteck dich nicht hinter deiner Großmutter, Reece.*

Handsome: *Liegst du neben ihm?*

Olivia: *Nein!*

Handsome: *Was macht ein Kerl um diese Uhrzeit, wenn er eine Freundin wie dich in seinem Bett liegen hat?*

Olivia: *In meinem Bett! Nicht in seinem Bett! Und wir teilen uns auch kein Bett. Ich hoffe, deine Frage ist damit beantwortet.*

Eine so intime Frage erweckte in mir die Hoffnung, Reece würde vielleicht doch mehr als nur den Deal zwischen uns sehen, auch wenn das mehr als absurd war. Zögerlich blickte ich an meinen Finger und erstarrte im selben Augenblick. Oh nein! Ich hatte vergessen, die Ringe zu tauschen. Oh nein, oh nein ...

Mit einem Satz war ich auf den Beinen und durchwühlte meine Tasche. Bitte lass meine Eltern nicht den Ring von Reece gesehen haben. Bitte nicht. Schnell tauschte ich die Ringe und somit auch mein Leben aus. Oh Gott, ich fühlte mich wie eine Spionin mit verschiedenen Identitäten. Immer auf der Lauer, damit mir auch ja kein Fehler unterlief und ich plötzlich die verschiedenen Persönlichkeiten durcheinanderwarf.

Masons Ring schlackerte kalt, schwer und viel zu groß um meinen Finger. Ganz anders als der schlichte goldene Ring, den Reece mir gegeben hatte. Beide waren, wenn man so wollte, auf einem falschen Fundament aufgebaut und doch fühlte ich mich in der Rolle als Reeces Verlobte hundert Mal wohler.

Handsome: *Das ist sie in der Tat. Gute Nacht, Liv.*

KAPITEL 17

Dankbar lächelte ich Alec zu, der es sich auf meinem Bett bequem gemacht hatte. Auch wenn es in Bezug auf ganz normale platonische Freundschaften keine Prinzipien bei mir gab, die grundsätzlich Besuche bei mir verbieten würden, lud ich nicht häufig Leute zu mir nach Hause ein. Und die wenigsten bekamen mein Schlafzimmer zu sehen. Alec war da eine absolute Ausnahme. Er war mein bester Freund und hatte mich in beinahe jeder Lebenslage gesehen. Ihm mein Schlafzimmer vorzuenthalten, wäre einfach nur lächerlich gewesen. Und am heutigen Abend wäre es dazu etwas unpraktisch, da ich dabei war, meine Garderobe herauszusuchen – und die befand sich nun mal in meinem Ankleidezimmer, das wiederum an mein Schlafzimmer grenzte. Also fläzte Alec sich jetzt entspannt auf der grauen Tagesdecke, während ich ihn etwas unsicher ansah.

»Ernsthaft, Alec. Du hast was gut bei mir«, sagte ich. Gefühle zu zeigen, war noch nie meine Stärke gewesen. Es sei denn, es ging darum einer Frau klar zu machen, dass ich sie in meinem Bett haben wollte. Zum Glück kannte Alec mich und verstand hoffentlich.

»Mach dir darüber keinen Kopf. Dafür sind Freunde da.« Alec hatte dagegen keine Probleme, über seine Emotionen zu sprechen. Wir ergänzten uns in dieser Hinsicht ganz gut.

»Und du bist dir sicher, dass du ohne Begleitung auf dieser Veranstaltung auftauchen willst?«, fragte er und kam damit wieder zum eigentlichen Thema unseres Gesprächs zurück. »Die Presse wird es sich bestimmt nicht nehmen lassen, davon zu berichten, dass der angesagteste Single von Santa Barbara ohne Frau an seiner Seite aufkreuzt. Wieso geht Olivia eigentlich nicht mit?« Mit Schwung ließ er sich nach hinten fallen und verschränkte die Arme hinter dem Kopf. Ich verzog den Mund.

»Mir ist nicht nach Gesellschaft. Und Liv ... Es ist kompliziert. Die Presse würde sie in der Luft zerreißen, wenn sie an meiner Seite wäre. Das ist nicht ihre Welt.«

Alec starrte mich aus zusammengekniffenen Augen an und ein unangenehm wissendes Grinsen umspielte seine Mundwinkel. »So, so – du willst sie also beschützen«, sagte er süffisant.

Ohne auf seine Worte zu achten, ließ ich ihn sitzen und ging in mein Ankleidezimmer, um mein Outfit für den Abend anzuziehen. Am liebsten wäre ich heute nur in Shorts und Shirt aufgekreuzt – irgendwie war mir nicht nach Anzug und Krawatte. Aber was tat man nicht alles, um sein Image zu wahren. An manchen Tagen hasste ich es, dass die Presse sich ein Bein ausriss, nur um ein Foto von mir zu ergattern. Bis heute verfluchte ich mein Interview mit dem Playboy, das noch den letzten Reporter im Umkreis von fünfzig Meilen aus seinem Loch hatte kriechen lassen, um mein Privatleben zu dokumentieren. Ohne dieses Interview müsste ich mir heute keine Gedanken darum machen, ohne Begleitung zu der Veranstaltung zu kommen. Einen Moment lang betrachtete ich Alec nachdenklich. Wenn ich ihn mitnehmen würde, schaffte ich es bestimmt aufs Titelblatt. Ich sah die Schlagzeilen schon vor mir: Reece Bryce hat das Ufer gewechselt.

»Sag nicht, die Kleine hat dir den Kopf verdreht.« Alec blieb hartnäckig.

Schnaubend griff ich nach meiner dunkelroten Krawatte und band sie mir um, während ich wieder zu Alec in mein Schlafzimmer ging. Die Frage hatte ich mir tatsächlich schon selbst gestellt, war jedoch zu keiner zufriedenstellenden Antwort gekommen. Was stellte diese Frau nur mit mir an?

»Unfassbar.« Alec grinste immer noch von einem Ohr zum anderen. »Dass ich diesen Tag noch erlebe.«

»Mach so weiter und es ist dein letzter Tag«, murmelte ich. »Olivia hat mir bestimmt nicht den Kopf verdreht. Übrigens habe ich es mir anders überlegt.« Zur Feier des Tages legte ich mir meine Patek Philippe um mein Handgelenk und überlegte, ob ich die nächsten Worte wirklich aussprechen wollte. Ich musste hier niemandem etwas beweisen. Halt, nein – das stimmte nicht. Ich musste mir selbst beweisen, dass ich immer noch der Alte war. Dass sich nichts in Bezug auf meine Prinzipien verändert hatte. »Du hast doch einen guten Draht zu dieser Escortagentur. Bestell mir die heißeste Braut, die sie haben. Sie soll bitte pünktlich sein.« Heute Abend würde ich ganz nach meinen Regeln leben und Alec zeigen, dass an diesem Mist nichts dran war, den er mir auftischte. Ich und verlieben ... Eher würde die Hölle gefrieren.

KAPITEL 18

Meine Wangen schmerzten von dem dämlichen Dauergrinsen, das ich wie eine Maske trug, seit wir den Festsaal betreten hatten. Mein kleiner Zeh hatte vor einer halben Stunde begonnen, jegliches Gefühl durch Taubheit zu ersetzen, um mir damit zu zeigen, was er von diesen unsäglichen Schuhen hielt. Hinzu kam, dass ich in einem Fummel steckte, der meine inneren Organe zerquetschte. Aber immerhin sah ich hinreißend aus.

Mason spielte seine Rolle als charmanter und smarter Verlobter ausgezeichnet. So ausgezeichnet, dass er es sogar gewesen war, der mir extra für die Benefizveranstaltung ein Outfit besorgt hatte. Mom war ja so entzückt gewesen, als er mit dem dunkelroten, asymmetrischen Kleid vor der Tür gestanden hatte. Mit Sicherheit war er auch so aufmerksam gewesen und hatte es mir aus Versehen eine Nummer zu klein gekauft. Was er sich mit den Schuhen gedacht hatte, war mir allerdings ein Rätsel. Vielleicht hatte er Angst, dass ich weglief. Mit diesen Teilen war es mir kaum möglich, einen Meter zu laufen, ohne das Gleichgewicht zu verlieren. Er hatte mir mit den Schuhen unsichtbare Fessel angelegt. Also blieb mir nichts anderes übrig, als zu lächeln und den Abend unversehrt in den höllischen Tretern zu überleben.

Masons Hand um meine Taille fraß sich förmlich in mein Fleisch. Zu gerne hätte ich sie weggeschlagen. Hoffentlich hinterließ er vor Aufregung keine Schweißflecken auf dem Stoff. Wie ein Kind im Spielparadies stolzierte er herum, ließ sich von meinem Dad der Elite vorstellen und präsentierte mich dabei wie ein Schmuckstück. Mittlerweile wohnte vom vielen Händeschütteln bestimmt eine ganze Armee von Bakterien auf seiner Handfläche. Dad ließ es sich nicht nehmen, noch dem entferntesten Bekannten gegenüber unsere Verlobung zu erwähnen. Jedes Mal drehte sich mein Magen um, wenn er Mason als meinen zukünftigen Mann vorstellte. Diese verflixten Anzugträger mit ihren perfekten Frauen an der Seite hatten es verdammt gut drauf, so zu tun, als würden sie sich für uns freuen. Aber mich täuschten sie mit ihren falschen Glückwünschen nicht.

»Ach Kindchen, wie schön, dass du den Mann fürs Leben gefunden hast. Wann wird die Hochzeit stattfinden?«, säuselte Mrs Stone, deren Lippen frisch aufgespritzt waren.

»Wir beginnen bald mit der Planung«, presste ich aus meinem schmerzhaft grinsenden Mund hervor.

»Valerie, ich hoffe doch sehr, dass ihr auch an dem großen Tag dabei seid.« Meine Mom hatte es schon immer verstanden, das Reden für mich zu übernehmen. Und heute war es mir ausnahmsweise mal ganz recht. Der Abend hatte gerade erst begonnen und ich hatte keine Ahnung, wie ich die nächsten Stunden hinter mich bringen sollte, ohne den Verstand zu verlieren. Jedes Kichern von meiner Mom und Mrs Stone bereitete mir Schmerzen. Die beiden hassten sich bis aufs Blut und doch taten sie so, als wären sie beste Freundinnen.

Es war ein ständiger Wettkampf zwischen den Frauen. Wer hatte das schönste Outfit, den teuersten Schmuck, das schönere Make-up? Und am Ende des Abends kam es dann darauf an, wer die meisten Spenden gab. Es war ein regelrechtes Machtspiel, das sich jährlich wiederholte.

Während unsere Verlobung noch immer das Thema Nummer eins war, ließ ich meinen Blick über die sündhaft teure Location schweifen. Das weinrot-goldene Ambiente musste ein Vermögen gekostet haben. Allein dieses Geld hätte man für einen guten Zweck nutzen können. Natürlich erfüllte die Bar mit dem angrenzenden Buffet sämtliche Klischees. Kaviar und Champagnerbrunnen, Trüffel und als Krönung mit Blattgold überzogenes Obst ...

Allmählich verstreuten sich die Menschentrauben und auch wir begaben uns an den uns zugewiesenen Tisch. Erleichtert ließ ich mich auf dem samtigen Stuhl nieder, den Mason mir gentlemanlike hervorzog. Meine Güte, heute Abend musste er wirklich aufpassen, dass er nicht auf seiner Schleimspur ausrutschte. Wenn ich nicht genau wüsste, welche Absichten er hegte, würde mir seine Aufmerksamkeit vielleicht schmeicheln. Aber als ich seine Hand auf meinem Oberschenkel spürte, zuckte ich zusammen.

»Lass das«, zischte ich so leise wie möglich.

»Stell dich nicht so an«, flüsterte er dicht an meinem Ohr. »Oder willst du, dass ich hier auf der Benefizveranstaltung deinen Dad auflaufen lasse?«

Dieser widerliche Mistkerl verbarg seine Drohungen hinter einem fürsorglichen Lächeln, so dass alle anderen denken mussten, er würde mir liebevolle Kosenamen ins Ohr flüstern.

Von hier aus konnte ich das Schild der Damentoilette ausmachen und sah darin meine Chance, der Situation zu entkommen. »Entschuldigt mich kurz«, sagte ich knapp und fixierte mein Ziel. So geschickt wie möglich, schlängelte ich mich zwischen den angrenzenden Tischen durch und unterdrückte den Drang, meiner Wut freien Lauf zu lassen. Mason besaß nicht das Recht, mich gegen meinen Willen anzufassen. So etwas hatte er in der ganzen Zeit, die wir jetzt schon ein Paar waren, nicht getan. Warum ausgerechnet jetzt?

Weil du jetzt seine Zukünftige bist, du Nuss, säuselte eine fiese Stimme in mir. Mein Gang wurde mit jedem Schritt wackeliger. Die Maserungen des perfekt geschliffenen Parketts verschwammen allmählich vor meinen Augen. Ich ertrug den Gedanken nicht, den ganzen Abend seine Verlobte zu spielen. Mir fiel es zunehmend schwerer, die Tränen zu unterdrücken. Du hast es gleich geschafft, Liv, redete ich mir zu. Nur ein paar Schritte und ich würde aufatmen können.

Im nächsten Augenblick durchfuhr ein heftiger Ruck meinen Körper und klebrige Flüssigkeit breitete sich auf meinem Dekolleté aus. Dann verlor ich das Gleichgewicht und landete hart mit dem Po auf dem Boden. Als ich hochsah, blickte ich in das panische Gesicht einer Frau.

»Tut mir leid … Oh nein, das schöne Kleid. Haben Sie sich wehgetan?« Hektisch fischte sie ein Tuch aus ihrer kleinen Handtasche und begann, mein Kleid abzutupfen. »Kommen Sie, ich helfe Ihnen auf«, stammelte sie weiter und griff unter meinen Arm.

Erst als ich auf den Beinen stand, verabschiedete sich die Schockstarre aus meinen Knochen und ich fand meine Stimme wieder. »Halb so wild. Ich hätte auch besser aufpassen können.« Alkoholgeruch stieg mir in die Nase und ich wagte einen Blick nach unten. Die klebrige Flüssigkeit hatte einen riesigen dunklen Fleck genau auf Höhe meiner Brüste hinterlassen. So konnte ich unmöglich zurück an unseren Tisch.

»Nein, das war mein Fehler«, sagte die Frau. »Entschuldigen Sie. Natürlich bezahle ich die Rechnung für die Reinigung.« Ihre Wangen färbten sich rot, als sie wieder begann, mit ihrem Tuch an meinem Dekolleté herumzufuchteln.

Irgendwie tat sie mir leid. Ich war nicht ansatzweise sauer auf sie. Im Gegenteil, im Grunde hatte sie mir einen Gefallen getan. Denn das war meine Chance, von hier zu verschwinden. Weg von Mason.

»Es ist wirklich nicht schlimm!«, versuchte ich sie zu beruhigen und hielt ihre Hand dabei fest, damit die endlich mit dem blöden Tupfen aufhörte. Mit Sicherheit meinte sie es gut, doch sie konnte mein Kleid nicht retten. Ihre braunen Augen ruhten auf mir und sie schien sich langsam zu entspannen. Doch als ich fest davon überzeugt war, dass die Situation sich gleich auflösen würde, erstarrte ich ein weiteres Mal.

»Amanda, alles okay?«

Die dunkle Stimme in meinem Rücken bescherte mir eine Gänsehaut. Unfähig mich umzudrehen, weiteten sich meine Augen. Diese Stimme würde ich unter tausenden wiedererkennen.

»Ja. Ich meine nein. Ich war so dumm und habe beim Laufen nach hinten gesehen. Dabei sind wir zusammengestoßen und ich habe ihr wunderschönes Kleid mit meinem Cocktail ruiniert.« Theatralisch zeigte sie auf meine Brüste. Super, Amanda. Sollte er sie jetzt begutachten? Oder was sollte das Spektakel?

Ich spürte förmlich, wie sich seine Blicke in meinen Rücken bohrten. Ob er mich ebenfalls erkannt hatte?

»Es ist alles in Ordnung. Und ich muss dringend weiter«, sagte ich und zeigte dabei auf das Schild der Damentoilette. Die Situation war so absurd, dass ich das Bedürfnis hatte, hysterisch zu lachen. Und für einen Moment hatte ich mir doch tatsächlich eingeredet, er würde mehr für mich empfinden als für all die anderen Frauen. Ich schüttelte den Kopf. Wie hatte ich nur so dumm sein können? Mir war doch von Anfang an klar gewesen, dass es ein Spiel war!

»Olivia?« Obwohl ich noch immer mit dem Rücken zu ihm stand, hatte er mich offensichtlich erkannt. Genau wie ich ihn.

Kurz überlegte ich, ob ich ihn einfach wortlos stehenlassen sollte. Bestimmt wäre das die sinnvollste Entscheidung, die ich an diesem Abend treffen konnte. Doch mir war nicht nach sinnvollen Entscheidungen. Dafür war es wahrscheinlich sowieso schon zu spät.

Entschlossen drehte ich mich um. Amanda war um mich herumgegangen, hatte sich neben Reece gestellt und fordernd ihre dünnen Finger um seinen Unterarm geschlungen. Miststück.

»Reece«, sagte ich knapp. Wütend über mich selbst, straffte ich meine Schultern. Es war egal, dass er mich hintergangen hatte. Betrogen. Verraten. Mein Stolz verbot es mir, dass er merkte, wie sehr mich der Anblick der beiden verletzte.

Mit erhobenem Kopf sah ich ihn an. Unsere Blicke verschmolzen für einen Moment ineinander, bis Amanda sich wieder einschaltete. »Ihr kennt euch?«, fragte sie, nun eine Oktave höher. Ha, sie verstellte sogar ihre Stimme für ihn. Dieses arme Ding. Wahrscheinlich hatte sie keinen Schimmer, wer ich war. Beziehungsweise, wen ich darstellte.

Gerade als ich mir die richtigen Worte zurechtgelegt hatte, kam Reece mir zuvor.

»Olivia ist eine alte Freundin.«

Whämm. Das hatte gesessen. Eine alte Freundin. Mein Schmerz wurde von dunkler Wut verdrängt, die sich in meinem ganzen Körper wellenförmig ausbreitete. Doch bevor ich ihr nachgeben und ihn anschreien konnte, fiel mir ein, wo ich mich im Moment aufhielt. Mason und meine Eltern saßen keine zehn Meter von uns entfernt. Meine beiden Verlobten in einem Raum. Heilige Mutter Gottes! Glücklicherweise musste ich mir keine Gedanken darüber machen, ob mein Doppelleben nun aufflog. Die Sorge hatte mir Reece gerade genommen. Denn offensichtlich hatte er selbst ein Interesse daran, meine Beziehung zu ihm vor Amanda und den anderen Gästen geheim zu halten.

»Genau. Reece und ich kennen uns von früher«, sagte ich an Amanda gewandt und schenkte ihr ein falsches Lächeln. »War schön, dich zu sehen, aber ich muss weiter. Mein Verlobter wartet bestimmt schon auf mich.«

Seine Gesichtszüge verhärteten sich, als ich hinter mich zeigte.

»Dein Verlobter?«

»Genau. Wir sind ganz frisch verlobt.« Lächelnd hielt ich ihm meine Hand entgegen, damit er einen Blick auf meinen Proletenring werfen konnte. Amanda war, wie alle Frauen bisher, sofort entzückt und sah verliebt zu Reece. Der anscheinend Schwierigkeiten hatte, seine Fassung zu wahren. Was für eine lächerliche Showeinlage.

Sein Arm legte sich sanft um Amandas Schulter. Atemlos verfolgte ich jede seiner Bewegungen und ließ langsam meine Hand sinken, als er Amanda fest an sich zog und einen flüchtigen Kuss auf ihre Stirn drückte. Sein Blick wanderte wieder zu mir und er verzog seine vollen Lippen zu einem selbstgefälligen Grinsen. »Dann solltest du den Glücklichen nicht länger warten lassen.«

Ich erstarrte bei seinen Worten und konnte mich immer noch nicht bewegen, als er Amanda mit sich zog und ein paar Schritte zurückwich, ohne mich dabei aus den Augen zu lassen. Erst Amandas aufgedrehtes Kichern brachte mich zur Besinnung und ich drehte mich um. Eigentlich hatte ich ja zur Damentoilette gehen wollen, doch im Moment wollte ich nur weg von den beiden.

»Olivia.« Masons Stimme ging mir unter die Haut wie tausend Nadelstiche. Verdammt! Wie viel Pech konnte ein Mensch nur haben? Obwohl mir bewusst war, dass Reece immer noch hinter mir stand, hoffte ich, er hätte sich zusammen mit Amanda in Luft aufgelöst. Oder wäre zumindest mit ihr zurück zu ihrem Tisch gegangen.

Tief durchatmend drehte ich mich wieder um. Nein, ich hatte kein Glück gehabt. Reece hatte sich weder in Luft aufgelöst, noch war er anderweitig verschwunden. Er stand immer noch am selben Ort wie vor drei Sekunden, Amanda an seiner Seite. Und neben ihm, keine zwei Meter entfernt, stand Mason. Meine persönliche Hölle hatte sich heute zum zweiten Mal aufgetan. Reece und Mason in einem Bild.

Meine Lunge war unfähig, neuen Sauerstoff zu produzieren. »Ähm ... Mein Kleid. Ich muss nach Hause.« Hektisch blickte ich zwischen meinen beiden Verlobten hin und her. Während Mason pikiert auf meinen Ausschnitt starrte, schien Reece die ganze Situation zu amüsieren. Zumindest hatte er ein ironisches Lächeln im Gesicht und bemerkte Amandas Versuche nicht, ihn mit sich zu ziehen. Oder wollte sie nicht bemerken.

»So was Dummes.« Mason trat näher an mich heran und begutachtete das Desaster. »Dann bestell dir ein Taxi und fahr nach Hause. In diesem Aufzug kannst du unmöglich unter die Gesellschaft.«

Ich schluckte meinen Groll herunter und nickte mechanisch. Ich wollte schließlich nicht, dass Mason mich vor allen Leuten bloßstellte. Wobei – im Grunde hatte er genau das gerade getan.

Peinlich berührt drehte ich mich um, ohne Mason oder Reece eines Blickes zu würdigen, bahnte mir meinen Weg durch die Gäste und verschwand endlich nach draußen in die Dunkelheit. Glücklicherweise war hier niemand, der meinen katastrophalen Zustand mitbekam, und ich streifte mir die Schuhe ab. Für einen Moment schloss ich die Augen. Was für eine Wohltat, endlich aus diesen Höllentretern zu schlüpfen.

Mein Blick wanderte ziellos herum, während ich mich dazu entschloss, mir doch kein Taxi zu rufen. Mir war nicht danach, mich in einen Wagen zu setzen. Ich war froh, endlich den offenen Himmel über mir zu haben – das wollte ich so schnell nicht wieder ändern. Also lief ich los. Mir war bewusst, dass ich nicht allein in dieser abgelegenen Gegend durch die Nacht streifen sollte, und trotzdem tat ich genau das. Anscheinend hat sich sowieso die ganze Menschheit gegen mich verschworen. Noch immer haderte ich mit meinen Tränen und unterdrückte sie krampfhaft. Ich wollte nicht schon wieder in Selbstmitleid baden.

In mir staute sich Wut. Wut gegenüber Reece. Gegenüber Mason. Und mir. Reece musste nicht hochintelligent sein, um bemerkt zu haben, das Mason nicht der Vorzeige-

Verlobte war, den ich ihm vorgespielt hatte. So behandelte kein Mann eine Frau, die er liebte. Es wäre selbstverständlich gewesen, mich heimzufahren, zu warten, bis ich mir etwas anderes angezogen hatte und wieder mit mir zur Benefizveranstaltung zurückzufahren. Reece hätte so gehandelt – da war ich mir sicher.

Aber so etwas tat Mason natürlich nicht.

Als ich eine verlassene Parkbank erreichte, hielt ich an und setzte mich, um meinen geschundenen Füßen eine Minute Erholung zu gönnen. Mittlerweile war ich in einer eher heruntergekommenen Wohngegend angekommen und hatte keine Ahnung, wo ich mich befand. Das hatte ich jetzt davon.

»Sieht nach einem miserablen Abend aus«, riss mich eine dunkle Stimme aus meinen Gedanken. Vor Schreck keuchte ich auf und blickte nach oben.

»Nicht so schreckhaft. Ich beiße nicht.« Lachend ließ sich ein junger Mann mit Dreadlocks neben mir nieder. Automatisch rückte ich ein Stück zur Seite und sah in sein Gesicht, das mich freundlich angrinste.

»Was macht ein Mädchen wie du in einer Gegend wie dieser hier?« Lässig lehnte er sich zurück und sah mich an.

Überfordert zuckte ich mit den Schultern. »Ich hab einen kleinen Spaziergang gemacht«, antworte ich.

Seine grünen Augen musterten mich einen Augenblick ungläubig. »In dem Aufzug?«

Ich seufzte. »Eigentlich sollte ich auf einer Benefizveranstaltung sitzen«, sagte ich und wunderte mich zugleich, warum mein Fluchtinstinkt mich im Stich ließ. Sollte ich mich nicht vor einem Fremden fürchten? Und dann noch in so einer Gegend? Doch in meinen Schuhen hätte ich sowieso keine Chance bei einer Flucht. Selbst ein Dreijähriger würde mich einholen können. »Bis vor einer halben Stunde war ich auch genau dort. Doch dann hat mir die Freundin meines Verlobten auf Zeit versehentlich ihren

Cocktail aufs Kleid geschüttet und dann stieß zu allem Elend mein anderer Verlobter hinzu.«

Die Mundwinkel des Fremden zuckten amüsiert, als ich einen Blick in sein Gesicht wagte.

»Das hört sich ...«, begann er, doch ich schnitt ihm das Wort ab.

»... bescheuert, absurd und unnormal an. Das weiß ich selbst.« Müde senkte ich den Blick.

»Aufregend, war eher das Wort, das ich gesucht habe«, erwiderte der Typ allen Ernstes.

Schnaubend sah ich wieder hoch. »So würde ich es wirklich nicht bezeichnen.«

»Dann musst du was ändern.« Er zog eine zerknitterte Schachtel aus seiner schwarzen Jeans und zündete sich eine Zigarette an. Mit gerundeten Lippen blies er den Qualm in die Dunkelheit, der meine Nase zum Jucken brachte.

»Wenn das nur so leicht wäre«, sagte ich – mehr zu mir selbst.

Der Fremde lächelte. »Eigentlich ist es das. Der Wille muss da sein. Dann fügen sich die Dinge von selbst.«

»Wie gesagt: Nicht so einfach«, sagte ich und atmete schwer aus. Wann hatte ich zuletzt einen eigenen Willen besessen? Über all die Jahre war ich zur Marionette mutiert. Und alles nur deshalb, weil ich mich schuldig fühlte.

Der Typ musterte mich nachdenklich. »Phil«, sagte er dann mit einem breiten Lächeln und streckte mir seine Hand entgegen, die ich einen Moment lang anstarrte, dann aber ergriff. Er war kaum älter als ich und doch wirkte er viel reifer.

»Olivia. Aber alle nennen mich Liv.«

Phil zwinkerte mit den Augen. »Freut mich, Liv.« Er nahm einen Zug von seiner Zigarette und betrachtete mich von oben bis unten. »Es geht mich zwar nichts an, aber du siehst aus, als solltest du dein Kleid wechseln und dich nicht mitten in der Nacht mit Fremden unterhalten.«

Ich lachte. Zuerst zaghaft und verhalten, doch dann wurde mein Lachen immer lauter und befreiter. Ich hatte keine Ahnung, wann ich das letzte Mal so gelacht hatte. Und Phil schien es mir zumindest nicht übel zu nehmen.

»Die ganze Situation erscheint plötzlich so absurd, nicht wahr?«, fragte er grinsend.

Ich nickte japsend. Ja, das war sie wirklich. Wenn mein Leben den Stoff für einen Film liefern würde, würde ich mich kugeln vor Lachen. Mit zwei Verlobten auf einer Party. Das hörte sich doch echt nach einer billigen Rom-Com an.

»Du hast recht«, sagte ich schließlich und wischte mir die Tränen aus den Augenwinkeln. »Ich sollte mir ein Taxi besorgen und schleunigst nach Hause gehen.« Ich erhob mich von der Bank und sah Phil lächelnd an. »Danke dir. Du hast es geschafft, mich zum Lachen zu bringen.«

Phil verbeugte sich mit einer großen Geste. »Immer wieder gerne«, sagte er. »Und noch viel Spaß bei deinem aufregenden Leben.«

Lachend winkte ich ihm zu und machte mich auf den Rückweg. Ich wollte zurück zur Benefizveranstaltung. Dort hatten einige Taxis gestanden, die die Gäste wohlbehalten nach Hause bringen sollten.

Es war seltsam, aber das Zusammentreffen mit Phil hatte meine Gefühlslage komplett auf den Kopf gestellt. Es war nicht so, dass ich jetzt die Lösung für sämtliche meiner Probleme hatte. Aber zumindest fühlte ich mich nicht mehr hilflos und allein, sondern war mir der Komik meiner Situation bewusst. Und das war doch schon mal ein Riesenschritt vorwärts.

Ich konnte schon die Lichter des Parkplatzes erkennen, als mein Handy in der Handtasche vibrierte. Mit Sicherheit war es Mason, der mich kontrollieren wollte. Deswegen ließ ich es einfach klingeln, ohne einen Blick drauf zu werfen. Gerade als ich das erste Taxi im Visier hatte und die Straßenseite überqueren wollte, schnitt mir eine Luxuskarre den Weg ab. Fluchend sprang ich zurück, als das Auto direkt vor mir stehenblieb. Langsam fuhr die Scheibe des schwarzen Sportwagens hinunter und niemand anderes als Reece blickte mich an. Das hatte mir gerade noch gefehlt. Als wäre der Abend nicht schon verrückt genug gewesen.

»Ich hab dich angerufen«, sagte er aufgebracht. Hatte er noch alle Latten am Zaun? Wenn jemand sauer sein sollte, dann war ich es.

»Schön ...«, sagte ich und setzte mich wieder in Bewegung, um den Wagen zu umrunden und endlich zu meinem Taxi zu gelangen. Keine Ahnung, was Reece mit der Nummer bezwecken wollte, ich war jedenfalls nicht in Stimmung dafür. Was heute Abend passiert war, stand zwar immer noch zwischen uns, aber jetzt war nicht der richtige Zeitpunkt, um darüber zu reden. Außerdem gab es im Grunde nichts zu reden. Eigentlich war alles okay. Er hatte Amanda und ich Mason. Wozu auch immer Reece mich brauchte, ich würde weiterhin meinen Deal einhalten. Doch zumindest war mir nun endgültig klar, dass niemals mehr aus uns beiden werden würde.

»Doktor Harrison hat mich angerufen, ich soll sofort vorbeikommen. Granny ... ihr Zustand ist schlecht.«

Abrupt blieb ich stehen und drehte mich um. Erst jetzt fiel mir auf, dass Reeces Augen weit aufgerissen und gerötet waren. Seine Hände umklammerten das Lenkrad und zitterten. Er sah wirklich fertig aus.

»Sie hat nach dir gefragt.«

In meinen Ohren rauschte es, als ich die Beifahrertür aufriss und mich in das kühle Leder sinken ließ. Was erzählte Reece denn da? Der Doktor hatte doch gemeint, sie hätte noch ein paar Wochen. Ein paar Wochen. Nicht wenige Tage.

Die ganze Fahrt über schwiegen wir. Reece schaute starr auf die Straße und saß steif wie eine Statue auf dem Fahrersitz. Lediglich seine pulsierende Halsader verriet mir, dass es in ihm arbeitete. Viel zu gerne hätte ich ihm tröstliche Worte zugesprochen und beruhigend seinen Nacken gestreichelt. Aber nichts von dem brachte ich zustande. Mein Körper gehorchte mir nicht.

»Es tut mir leid«, durchbrach er irgendwann die furchtbare Stille im Auto und ich zuckte leicht zusammen.

»Was tut dir leid?«

»Der Abend. Amanda.« Räuspernd fuhr er sich durchs Haar.

Ich blickte weiter auf die Straße, biss mir auf die Innenseite der Wange und erwiderte so kalt wie möglich: »Muss es dir nicht. Schon vergessen, dass ich ebenfalls verlobt bin?«

Er schnaubte. »Nein, habe ich nicht. Trotzdem solltest du wissen, dass Amanda und ich kein Paar sind. Wir haben uns heute das erste Mal gesehen.« Seine Stimme klang beiläufig und trotzdem schwang ein Unterton mit, den ich nicht richtig deuten konnte.

»Reece ...« Mein Kopf drehte sich und ich war unfähig, das alles hier einzusortieren. »Mich interessiert es nicht. Weder wer Amanda ist, noch wann ihr euch kennengelernt habt. Du bist mir keine Rechenschaft schuldig.«

Das war er tatsächlich nicht. Auch wenn ich mich hintergangen fühlte. Aber hatte ich ein Recht, so zu fühlen? War nicht ich diejenige, die zwischen zwei Verlobten pendelte?

»Verdammt, Liv«, sagte er plötzlich aufgebracht, »machen wir uns doch nichts vor. Die Nummer ist total nach hinten losgegangen. Ich hab keine Ahnung, was du mit mir anstellst. Mit meinen Prinzipien. Es ist, als wären sie gegen dich resistent. Dabei will ich nichts anderes, als mich von dir fernzuhalten, aber das klappt nicht, weil ich gleichzeitig in deiner Nähe sein will.« Er seufzte und fuhr dann leiser fort. »Hörst du, wie dämlich das klingt?«

Mein Herz begann bei seinen Worten, unkontrolliert zu schlagen. Er wollte sich von mir fernhalten und mir gleichzeitig nah sein. Was, verdammt, taten wir hier nur? Warum musste alles so kompliziert sein? Ich konnte nichts auf seine Worte erwidern. Einfach gar nichts. Ich wusste nicht mehr, wo links und rechts war. Oder oben und unten.

Wir fuhren in die Einfahrt von Graces Haus. Schluckend legte ich meine Hand auf seine, die immer noch das Lenkrad umklammerte, und gab ihm damit zu verstehen, dass es im Moment Wichtigeres gab als unser Dilemma. Mein Magen zog sich schmerzhaft bei dem Gedanken zusammen, gleich das Haus betreten zu müssen. Cathryns Tod drängte sich wieder in meinen Kopf, doch ich verdrängte die Bilder meiner Schwester. Ich musste im Hier und Jetzt bleiben. Reece brauchte jemanden, der fest an seiner Seite stand und ihn stützte. Genauso wie ich damals jemanden an meiner Seite gebraucht hätte.

Als wir anhielten, zögerte Reece, auszusteigen. Nach seinem kurzen, emotionalen Ausbruch hatte er kein Wort mehr gesagt. Doch das musste er auch nicht. Ich wusste, wie er sich fühlte.

Ich drückte seinen Arm, bevor ich mich von ihm löste und aus dem Wagen stieg. Das sanfte Schlagen der Fahrertür verriet mir, dass Reece mir gefolgt war. Wie selbstverständlich griff er nach meiner Hand, bevor wir schweigend die Stufen zur Veranda hochgingen.

Hand in Hand betraten wir das Haus und ließen uns auf dem ganzen Weg bis zu Graces Zimmer nicht los. Wir klammerten uns aneinander wie Ertrinkende, hoffnungslos auf den anderen angewiesen. Als wir vor der verschlossenen Zimmertür anhielten, zögerten wir beide. Fremde Stimmen drangen durch die Tür. Ein erstickter Seufzer entfuhr Reeces Kehle, bevor er langsam die Türklinke hinunterdrückte. Ich verstärkte den Druck meiner Hand. Mir war nicht klar, was mich erwarten würde und ich wusste nicht, ob ich schon bereit dafür war, es herauszufinden. Was, wenn sie schon tot war? Das Bild würde ich niemals im Leben mehr loswerden. Es würde mich in meine Träume begleiten und mir zusätzliche Schmerzen bereiten.

Doch entgegen aller Vernunft trat ich hinter Reece in das spärlich beleuchtete Zimmer, heftete meinen Blick auf den Boden und versuchte, halbwegs rhythmisch zu atmen, um nicht zu hyperventilieren.

»Ihre Großmutter hat uns einen Riesenschreck eingejagt«, begrüßte uns der grauhaarige Mann, der an ihrem Bett stand. Er nahm seinen Blick nicht von den Monitoren, die über dem Bett hingen. »Ihre Lunge hat sich mit Wasser gefüllt. Sie wäre fast daran erstickt. Wir mussten ihr eine Drainage legen, damit das Wasser abfließen kann.«

Sofort entspannte sich Reeces Griff und der offensichtlich mühsam angehaltene Atem entwich ihm in einem lauten Stoßseufzer. Mit zwei großen Schritten trat er ans Bett seiner Großmutter und zog mich hinter sich her. Er ließ sich neben ihr auf die Bettkante sinken und gab endlich meine Hand frei, um seiner Großmutter über die Wangen zu streicheln. Etwas befangen blickte ich hinunter auf Mrs Bryce. Sie sah erschöpft und mitgenommen aus. Nichts erinnerte mehr an die Frau, der ich in der Sonne vorgelesen hatte. Ihre Wangen waren tief eingefallen, ihre Haut grau.

»Wir konnten sie stabilisieren und wenn das Wasser komplett abfließt, wird es ihr wieder besser gehen. Wir haben ihr unterstützende Medikamente in die Infusion gegeben.« Zuversichtlich blickte der Arzt uns an. »Ihre Großmutter braucht jetzt Ruhe. Wenn Sie morgen nach ihr schauen, wird sie sich bestimmt freuen.«

Reece nickte, ohne seinen Blick zu heben. Es zerriss mich, wenn ich daran dachte, was ihm noch bevorstand. Für heute jedoch war alles gut ausgegangen. Dafür war ich Grace mehr als dankbar. Obwohl wir uns erst kurze Zeit kannten, war ich noch nicht bereit, sie gehenzulassen.

»Danke«, flüsterte ich dem Arzt zu, der dabei war, das Zimmer zu verlassen.

»Alles okay?«, fragte ich nach ein paar Minuten der Stille. Wir waren kurz nach dem Arzt aus Graces Schlafzimmer gegangen, um ihr die nötige Erholung zu geben, und traten nach draußen. Wie ferngesteuert ging Reece die Stufen der Veranda hinab und lief einfach weiter.

»Mhh, ich glaube schon«, sagte er abwesend.

»Wohin willst du?«, fragte ich. Erst jetzt bemerkte ich, dass wir nicht zu seinem Wagen liefen, sondern Richtung Meer.

»Lass uns ein wenig spazieren gehen. Ich will noch nicht nach Hause.«

Ohne eine Antwort folgte ich ihm. Auch ich fühlte mich noch nicht bereit, allein zu sein. Mit jedem Schritt, den wir machten, wurde mein Kopf klarer und mir wurde schlagartig bewusst, wie schnell das Leben vorbei sein konnte. Mir kam Phil in den Sinn. Unsere Begegnung war genauso absurd gewesen wie der gesamte Abend und doch hatte ich das Gefühl, ihm nicht umsonst begegnet zu sein. Sagte man nicht, dass jeder Mensch, den man traf, eine Lektion war? Lag der Schlüssel zu meinem Schicksal darin, dass ich genau jetzt hier sein musste?

Die letzten Jahre zogen in Gedanken an mir vorbei. Mein Leben hatte mit Cathryns Tod aufgehört. Weil ich es so gewollt hatte. Alles, was in der Zwischenzeit geschehen war, war im Grunde nur ein schwarzes Loch. Als wäre ich nie richtig anwesend gewesen. Und dann hatte es wieder an dem unsäglichen Abend im R&B begonnen. Als hätte Reece mich reanimiert und aus einem tiefen Koma herausgeholt.

Jetzt lag es an mir. Ich brauchte nur den Willen, wieder zu leben. Und wenn ich tief in mich hineinhörte, glaubte ich sogar, Cathryn zu hören, die mir zustimmte. Eine Gänsehaut überzog meinen gesamten Körper, als ich meine Schwester mit einem Mal so deutlich wahrnahm. Als würde sie den viel zu festen Knoten um meine Brust lösen. Jede Faser meines Körpers reagierte auf sie. Ich konnte wieder frei atmen. Sie wollte, dass ich anfing zu leben. Meinen eigenen Willen zu haben.

»Ist dir kalt?« Reece streifte sein Jackett ab und legte es mir um die Schultern.

Mir war kein bisschen kalt, im Gegenteil, mich durchströmte eine wohlige Wärme. Doch ich nickte, denn ich genoss seine Berührungen. Mein Körper knisterte, als mein Blick den seinen fand.

»Setzen wir uns kurz?« Er führte mich zu einer kleinen Bucht, die versteckt zwischen den Felsen lag. Angestrahlt vom Mond hatte sie etwas Magisches, so als würden wir einen geheimen Ort entdecken. Im Schutz der Felsen ließen wir uns in den warmen Sand nieder und vergruben zeitgleich die Füße im Sand.

»Ich dachte wirklich, ich würde sie heute Abend verlieren.« Reece löste seine Krawatte, als würde sie ihm die Luft zum Atmen nehmen. »Es war ein Fehler dich mitzunehmen. Es muss schlimm für dich sein.« Seine Augen verfinsterten sich, als er mich ansah. Es tat weh, ihn so leiden zu sehen.

»Es ist okay. Ich mag sie sehr.«

Nur schwach nickte er und mir war klar, dass er sich mit meiner Antwort nicht zufriedengeben würde. Also sprach ich direkt weiter.

»Natürlich erinnert es mich sehr an Cathryn. Aber es ist etwas anderes. Deine Großmutter hat ein langes und schönes Leben gehabt. Auch wenn ich sie vermissen werde.« Ich holte tief Luft und sammelte meinen neugewonnenen Mut zusammen. »Was wird aus uns, wenn sie nicht mehr bei uns ist? Werden sich unsere Wege trennen?«

»Sag du es mir, Liv«, sagte er und sah dabei auf den Ring von Mason an meinem Finger. Schluckend nahm ich ihn ab und steckte ihn in meine Handtasche. Der Ring war so falsch wie der Mann dazu.

»Wenn ich das wüsste.« Gedankenverloren sah ich auf das Meer hinaus. »Bis jetzt habe ich es meinen Eltern die letzten Jahre immer recht machen wollen. Ihnen die beste Tochter sein wollen, die sie sich nur wünschen können.« Ich nahm eine Handvoll Sand und ließ ihn durch meine Finger rieseln. »Aber ich habe in meiner Trauer und in meinen Schuldgefühlen vergessen, zu leben. Dabei wäre es sowieso egal gewesen, was ich getan hätte, denn mein Dad lässt mich täglich spüren, dass er mir die Schuld an Cathryns Tod gibt. Deshalb bin ich auch in die Beziehung mit Mason geschlittert.« Kopfschüttelnd sah ich ihn an. Versuchte, aus seinen Gesichtszügen zu lesen. »Er erpresst mich«, sagte ich schließlich leise. »Wenn ich ihn nicht heirate, wird er meinen Vater anzeigen.«

Reeces Kopf zuckte zu mir herüber und er zog scharf die Luft ein. »Wie bitte?«

Ich schloss die Augen und ließ mich auf meine Unterarme sinken. »Mein Vater hat irgendwelchen Dreck am Stecken. Und Mason offensichtlich belastendes Material. Und da ich nicht freiwillig seine Frau werden wollte, dachte er sich, dass er sich diesen Umstand doch zunutze machen könnte, um sein Ziel zu erreichen.« Meine Stimme klang unbeteiligt, als wäre es irgendeine Geschichte, die ich erzählte. Als ich meine Augen wieder öffnete, sah ich, dass Reece mich immer noch anstarrte.

»Aber ... Warum?«, stammelte er schließlich. »Was verspricht er sich davon?«

Seufzend richtete ich mich wieder auf. »Er hofft darauf, dass er durch mich irgendwann an die Firma meines Vaters kommt. Keine Ahnung, was er sich genau vorstellt. Es hat mich ehrlich nie interessiert. Wir haben nie viel Zeit miteinander verbracht. Wir sahen uns in der Uni und auf der Arbeit. Und als ich mich von ihm trennen wollte, meinte er, er würde sich durch mich nicht seine Zukunft versauen lassen.« Seufzend sah ich in seine ernsten Gesichtszüge und verzog meinen Mund zu einem Lächeln. »Alles verrückt, oder?«, sagte ich aus Scham.

Reece schüttelte den Kopf. »Das ist nicht verrückt, Liv, das ist kriminell. Das ist …« Er fuhr sich durch die Haare, sichtlich erschüttert über meine Geschichte. »Das kannst du doch nicht einfach so hinnehmen. Du musst etwas unternehmen. Mit deinem Vater sprechen. Diesen Typen anzeigen. Oder …«, er hielt inne und ich konnte die unterdrückte Wut in seiner Stimme hören, »oder ich kümmere mich darum. Ich kenne genug Leute in der Stadt, die …«

»Nein«, fiel ich ihm hastig ins Wort. Was auch immer ich mir davon erhofft hatte, als ich ihm von Mason berichtet hatte, so hatte ich bestimmt nicht vorgehabt, dass Reece sich in Selbstjustiz übte. Ich zweifelte keine Minute daran, dass Reece entsprechende Leute kannte, aber ich wollte nicht, dass er wegen mir in irgendwelche illegalen Aktivitäten involviert wurde. Oder irgendjemand anderes. Hier war schon zu viel Illegales passiert.

»Ich … ich kümmere mich darum, okay?«, sagte ich flehend.

Einen Moment lang sah Reece so aus, als wollte er mir widersprechen. Doch dann holte er tief Luft und blickte zum Meer, das friedlich im Mondlicht schimmerte.

»Versprich mir, dass du ihn nicht heiraten wirst. Zumindest nicht, weil er dich erpresst.«

Ich zögerte einen Augenblick. Wie würde ich jemals ein solches Versprechen halten können?

»Ich verspreche es«, flüsterte ich trotzdem, einfach, weil ich nicht anders konnte. »Erzähl mir von dir. Von welchen Prinzipien hast du gesprochen?« Ich wollte Reece keine Gelegenheit geben, noch weiter über das Thema Mason zu sprechen und sich wieder in Rage zu reden. Ich war mir nicht sicher, ob Reece auf meinen Themenwechsel eingehen würde, doch sein Kiefer entspannte sich und er warf mir einen kurzen Blick zu, bevor er anfing zu sprechen.

»Wir waren eine ganz normale Familie, als ich klein war. Meine Mom schmiss den Haushalt und sorgte sich um mich, während mein Dad für uns sorgte. Uns ging es nie schlecht. Aber dann ... Eines Tages verschwand sie und hinterließ einen Zettel auf dem Küchentisch. Sie war gelangweilt von ihrem Leben.« Er räusperte sich, als seine Stimme zu brechen drohte.

Jetzt war ich es, die ihn anstarrte. Meine Familie war ja schon nicht gerade zum Vorzeigen, wenn es um emotionale Stabilität ging. Doch im Gegensatz zu Reeces Eltern schienen meine Mom und mein Dad geradezu Bilderbucheltern zu sein.

Reece atmete tief durch, bevor er fortfuhr. »Und so saß ich von heute auf morgen mit meinem Dad allein da. Er hatte von Kindererziehung keinen Plan. Völlig überfordert begann er, seine Sorgen im Alkohol zu ertränken. Alles lief drunter und drüber. Und ich schwor mir, dass ich niemals eine Frau so nah an mich ranlassen würde, dass sie mich so würde zerstören können. Dass ich niemals so enden würde wie mein Dad.« Er schluckte und ich wusste, dass er mir noch nicht mal die Hälfte der Geschichte erzählt hatte. Dass er immer noch mit den Dämonen der Vergangenheit kämpfte. Trotzdem klang seine Stimme deutlich entspannter, als er weitersprach. »Deshalb verbringe ich niemals mehr als eine Nacht mit einer Frau. Nehme niemals eine mit nach Hause.«

Mir fehlten die Worte, doch irgendetwas musste ich sagen.

»Das ist echt traurig«, brachte ich schließlich hervor.

Reece lachte bitter auf. »Was genau von dem findest du traurig? Dass meine Mutter uns sitzen ließ oder dass mein Dad sich totgesoffen hat?«

Ich hob meine Hände. »Alles daran ist traurig. Vor allem, dass du dir die Schuld dafür gibst und dass du dein Frauenbild auf diese Weise geformt hast. Aber eigentlich ... Einfach alles.« Ich blickte auf und sah in seine ozeanblauen Augen, in denen Reece seine Trauer und seine Angst nicht hinter der Wut verbergen konnte.

Wir waren uns ähnlicher, als ich gedacht hatte. Genauso wie er es schon kurz nach unserer ersten Begegnung gesagt hatte. Jeder von uns trug die Last der Vergangenheit mit sich herum.

»Du hast mich geküsst. Das war gegen deine Prinzipien«, sagte ich und brachte ihn damit zum Lächeln.

»Bei dir ... Ach verdammt, Liv ...« Er beugte sich so schnell zu mir, dass ich seine Bewegung erst realisierte, als seine Lippen auf meine trafen. Warm und fordernd drängte er sich mir entgegen, so dass ich mich mit den Händen abstützen musste, um nicht hintenüber zu fallen.

Einen Moment verharrte ich in meiner Überrumpelung, bevor ich meine Lippen öffnete und seinen Kuss erwiderte. Es war mir egal, dass ich die offizielle Verlobte eines anderen Mannes war. Und es war mir egal, dass Reece mir keine Erklärung geliefert hatte, warum er bei mir ständig gegen seine Prinzipien verstieß.

In diesem Augenblick zählte nur unser Kuss. Seine Lippen auf meinen. Und sonst nichts.

Ich verlagerte mein Gewicht nach vorn, zu ihm, nahm meine Hände vom Sand und suchte stattdessen Halt an seinem Oberkörper. Reece umfasste meinen Rücken und führte meine Bewegung fort, indem er mich zu sich zog, ohne unseren Kuss zu unterbrechen. Ein Keuchen verließ seinen Mund, als ich plötzlich auf seinem Schoß saß, laut und heiß übertönte es das Rauschen des Meeres und ließ ein verlangendes Prickeln in meinem Unterleib entstehen.

Er löste sich von mir, schob mich sanft ein Stück nach hinten, bis er mir ins Gesicht sehen konnte. In seinen Augen spiegelte sich das pure Verlangen, doch sein angespannter Kiefer verriet, dass er sich zurückhielt.

»Liv«, sagte er heiser. »bist du sicher, dass ...«

Bevor er irgendetwas sagen konnte, das unseren Moment zerstörte, legte ich ihm meine Hand auf die Lippen. Ich war mir sicher. So sicher, wie ich noch nie gewesen war.

Ein sanftes Stöhnen entfuhr ihm, als ich mit der Hand über seinen Mund nach unten fuhr, sein raues Kinn entlang, und auf seiner Brust liegenblieb. Einen Augenblick lang verharrte ich dort, bis sich sein Kiefer entspannte und er mich mit geschlossenen Augen wieder zu sich heranzog, um unseren Kuss fortzusetzen.

Mein Herz pochte, als ob es nicht genug Platz in der Brust hätte, und schickte mit jedem Schlag kleine Stromstöße in jede einzelne Zelle meines Körpers. Von meiner Körpermitte aus breitete sich feuriges Begehren aus, bis in meine Fingerspitzen, die sich in seine Schulterblätter krallten. Ich drückte mich an ihn, presste meinen Oberkörper gegen seinen, und war ihm doch nicht nah genug.

Reece schien ähnlich zu empfinden wie ich, denn ich spürte, wie er den festen Druck seiner Hände von meinem Rücken löste, um den Reißverschluss meines Kleides zu öffnen. Er streifte die dünnen Träger über meine Schultern und ich löste meine Hände für einen kurzen Moment von seinen Schultern, um die Träger über meine Finger gleiten zu lassen.

Ich ließ meinen Kopf in den Nacken fallen, als seine Lippen abwärts wanderten, jeden Zentimeter meines Halses liebkosten und Küsse auf meinen Schlüsselbeinen verteilten. In meinem Kopf herrschte zum ersten Mal seit Jahren Stille – eine wunderschöne, verheißungsvolle Stille – und ich konnte mich endlich fallenlassen.

Als er seinen Kopf hob, trafen sich unsere Blicke und ich hoffte, er konnte sehen, wie sehr ich ihn begehrte. Ich wollte mehr von ihm und ich wollte, dass er das wusste. Dass er es spürte. Und dass er genau dasselbe wollte.

Ermutigt von seinem flammenden Blick tastete ich mich zu seinem Hemd vor und begann blind, einen Knopf nach dem anderen zu öffnen. Ich konnte nicht auf meine Hände sehen, viel zu sehr fesselten mich seine Augen, die im Mondlicht funkelten.

»Liv«, flüsterte er rau. Seine Stimme hörte sich an, als hätte er sich kaum noch unter Kontrolle. »Mein Gott, Liv!«

Um nicht von seinem Verlangen überrollt zu werden, richtete ich meinen Blick auf seine Brust, streifte das Hemd von seinen Schultern und betrachtete seine Tattoos, die sich dunkel und geheimnisvoll über seine Haut wanden. Mit dem Finger begann ich, die schwarzen Konturen nachzuziehen, fuhr über seinen Oberarm, die harten Muskeln seiner Brust. Sein Atem ging schneller, als ich über seinen Bauchnabel glitt und schließlich an seinem Hüftknochen innehielt, wo eine verschlungene Linie in seiner Hose verschwand.

Ein Stöhnen entfuhr ihm, bevor er mich fest um die Hüften packte und uns drehte, bis ich unter ihm lag. Mein Körper war gebettet in Sand, eingehüllt von dem Rauschen des Meeres und ich blickte in die schönsten Augen dieser Welt. Ich stand in Flammen.

Und ich wollte nichts sehnlicher, als mit ihm zusammen zu brennen. Die ganze Nacht!

Eine zarte Berührung weckte mich aus meinem Trancezustand. Keine Ahnung, wie lange wir schon hier lagen, doch die Sonne ging langsam auf und tauchte den Horizont in ein sanftes violettes Licht. Mir war klar, dass wir nicht ewig hier liegen konnten – irgendwann würden wir aus unserer Blase heraus müssen. Trotzdem wollte ich mich nicht von ihm lösen, vergrub mein Gesicht tiefer in seine Brust und sog seinen Duft ein. Es war berauschend und so surreal, dass ich Angst hatte, dass es schon bald vorbei sein könnte. Konnte ich nicht für immer in diesem Moment verharren?

Seine Finger streichelten meinen nackten Rücken und führten dazu, dass mein Körper wieder auf ihn reagierte. Reece schien meine Körpersprache zu lesen und zog mich auf sich, um mich sanft zu küssen. Seine Finger erforschten aufs Neue jeden Zentimeter meines Körpers.

»Noch nicht genug?«, fragte ich atemlos und löste mich von ihm, um ihm ins Gesicht zu sehen. In seinem Blick lag pure Qual.

»Noch lange nicht.«

Wärme durchströmte mein Inneres, hüllte mich ein und benebelte meine Sinne. Er wollte mich genauso sehr wie ich ihn. Ich wusste, dass uns die Realität bald einholen würde. Doch ich ließ nicht zu, dass sie uns diesen Moment zerstörte. Er gehörte ganz uns. Ein letztes Mal würde ich mich ihm hingeben, mit allem, was ich ihm geben konnte.

Ihm geben wollte.

Er ließ mich fühlen, füllte mich mit Leben aus, ließ mich lebendig sein.

Dafür würde ich ihm ewig dankbar sein. Diese Nacht würde mir niemand nehmen können.

KAPITEL 19

Der komplette Sonntag verflog förmlich und ich schwebte die meiste Zeit auf Wolke sieben, während Reece und ich immer wieder Sprachnachrichten austauschten. Zwischenzeitlich fühlte ich mich wie ein hormongeladener Teenie und schmunzelte selbst darüber, wie verrückt alles war. Reece informierte mich auch, wie es Grace ging, wie sie sich langsam erholte und der Doktor wieder ihr geballtes Temperament abbekam.

Am Montagmorgen wurde ich schließlich unsanft in die Realität zurückkatapultiert, als mein Professor mir mitteilte, dass meine Zwischennote miserabel aussah. Wenn ich nicht langsam begann, die Betriebswirtschaft als meinen Freund anzuerkennen, sah er schwarz für das nächste Semester.

Nach meinem Höhenflug kam nun sprichwörtlich der harte Fall. Lustlos knabberte ich an meinem Apfel und genoss die Stille im nahegelegenen Park der Uni. Mir war nicht nach Mensatrubel und vor allem wollte ich Melody aus dem Weg gehen. Als meine beste Freundin würde sie sofort wittern, was los war, und anlügen wollte ich sie nicht. Aber, »Hey Melody, ich hatte wahnsinnig guten Sex mit Reece, nachdem wir einen etwas seltsamen Abend hinter uns hatten«, war auch keine Option, deshalb ging ich ihr einfach aus dem Weg, bis ich bereit war, ihr von der Nacht zu erzählen. Oder besser gesagt, bis ich mir darüber klar geworden war, was ich wollte. Das ganze Doppelspiel und der Deal nagten an mir und der gemeinsamen Nacht mit Reece. Meine chronischen Zweifel waren verlässlich zusammen mit dem Alltag zurückgekehrt. Was, wenn die Nacht nur ein weiteres Spiel für Reece gewesen war?

Mein Plan war also, mich allein mit meinen Gedanken auseinanderzusetzen und mir zu überlegen, wie ich am besten aus dieser immer verfahreneren Situation herauskam. Das klappte so leidlich, bis ich Melody von weitem sah, die mir hektisch zuwinkte und mit zusammengekniffenen Augen auf mich zukam. Sie stemmte ihre Hände in die Hüfte, als sie die frisch gemähte Wiese überquert hatte und direkt vor mir anhielt.

»Olivia Lancaster. Was zum Teufel ist in dich gefahren?« Ihre Locken wippten noch immer im Takt ihrer Schritte, obwohl sie schon längst stehengeblieben war.

»Weiß nicht, wovon du redest.« Schulterzuckend biss ich in meinen Apfel.

Melody beugte sich mit einem teuflischen Blick zu mir herunter. »Spinnst du? Seit wir diese Uni besuchen«, sie zeigte auf das alte Backsteingebäude in der Ferne, »essen wir jeden verdammten Tag zusammen. Und heute warst du nicht da. Weißt du, wie ich mich gefühlt habe? Nein, offensichtlich nicht. Denn du sitzt ja entspannt hier im Park.«

»Ich hätte krank sein können«, sagte ich zu meiner Verteidigung und amüsierte mich gleichzeitig über die wilde Art meiner Freundin. Sie hatte wirklich einen Drang zum Drama.

»Heuchlerin. Du warst noch nie krank.« Wie ein nasser Sack ließ sie sich neben mich auf die Bank fallen, nahm ihr Sandwich aus der Tasche und biss genüsslich hinein. Ihre Wut schien verflogen zu sein, als sie mich einige Sekunden später wieder ansah. Aha. Sie hatte Hunger gehabt. Damit wäre ihre schlechte Laune erklärt.

»Was ist los, Liv?«, fragte sie. »Mir brauchst du echt nichts vorzumachen. Du versteckst dich hier, nicht wahr?«

Nervös spielte ich an den Fransen meiner Shorts und versuchte, Worte zu finden, die meine Situation einigermaßen erklären konnten, doch es fiel mir nichts ein.

»Ich werde den Großteil des Semesters wiederholen müssen, wenn ich kein absolut miserables Abschlusszeugnis bekommen will«, sagte ich schließlich. Das war noch nicht einmal gelogen. Genauso hatte mein Professor es mir erklärt.

»Und jetzt erzähl mir bitte was Neues, zum Beispiel, was dir wirklich zu schaffen macht«, sagte Melody trocken und ohne jeglichen Rat für meine akademischen Probleme.

»Hast du mir überhaupt zugehört?«, fragte ich empört und schmiss meinen Apfel zielsicher in den Mülleimer. Meine schlechten Noten würden jedem zu schaffen machen. Ein bisschen mehr Mitgefühl hätte ich schon von meiner besten Freundin erwartet.

»Ach, Liv, komm schon. Du hast seit drei Jahren keine guten Noten geschrieben. Und bisher hat dir das auch nichts ausgemacht. Wieso ausgerechnet jetzt? Irgendetwas muss vorgefallen sein – und so wie ich das sehe, war das nichts, das mit deinem Studium zu tun hatte.«

Mit hochgezogenen Augenbrauen musterte ich sie. Wie immer hatte sie recht – mir war es egal, welche Noten ich bekam – und doch hatte ich dadurch ein Problem mehr auf meinen Schultern lasten. »Wenn ich es vermassle, dann kann ich nicht in die Firma einsteigen.«

»Dann lass es doch einfach. Du hasst es, dort zu arbeiten.« Aus ihrem Mund klang alles so leicht. Manchmal beneidete ich sie für ihre Willensstärke, ihren Mut. Doch ich war nicht sie.

»Vielleicht hast du recht« sagte ich zögerlich, »ich muss nur noch herausfinden wie.« Was Samstag geschehen war, verschwieg ich ihr weiterhin. Ich war froh, dass sie doch auf das Thema Uni und Karriere eingestiegen war, denn ich war noch nicht bereit, über das emotionale Chaos in meinem Inneren zu sprechen. Melody würde sich zweifellos mit mir freuen, wenn sie von der Nacht erfahren würde, aber ich wusste genau, dass sie mich auch mit der Wahrheit konfrontieren würde. Und diese Wahrheit hieß Mason.

Der Tag verlief schleppend. Nach der Uni fuhr ich ohne Pause ins Büro und erledigte die Arbeit, die mein Dad mir zugeteilt hatte. Immer wieder spähte ich zu meinem Smartphone, in der Hoffnung, eine Nachricht von Reece zu erhalten, aber auch nach dem hundertsten Mal zeigte mein Handy keine neue Mitteilung an.

Ein unangenehmes Gefühl überkam mich und meine notorischen Zweifel machten es sich in meinem Herzen gemütlich. Ständig öffnete ich den Chat, tippte einen Satz ein, nur um ihn gleich darauf wieder zu löschen. Die letzte Nachricht von Reece war gestern Abend gekommen, als er mir eine gute Nacht gewünscht hatte.

Seufzend rieb ich mir die Augen. Vielleicht übertrieb ich einfach nur. Immerhin hatte ich absolut keine Ahnung, wie man sich nach so einer Nacht verhielt. Ich wusste im Grunde überhaupt nichts. Was bedeuteten die gemeinsamen Stunden für Reece und mich? Hatte sich irgendetwas an unserer Beziehung geändert? Wobei mir im Grunde gar nicht klar war, wie unsere Beziehung vorher gewesen war. Es lagen so viele ungelöste Probleme zwischen uns, dass mir schwindelig wurde.

Das einzig Gute an diesem Tag war, dass ich Mason und Dad nicht über den Weg lief. Beide waren nicht in ihrem Büro gewesen und ich hatte mir nicht die Mühe gemacht, nach ihnen zu fragen. Dafür war ich schlicht und ergreifend zu froh gewesen.

Völlig ausgelaugt lenkte ich meinen Wagen nach der Arbeit in die Einfahrt meines Elternhauses.

»Oh. Bitte. Nicht!«, fluchte ich, als ich Masons schwarzen SUV sah, der direkt hinter Moms rotem Sportwagen stand. Am liebsten hätte ich den Rückwärtsgang eingelegt und wäre einfach wieder weggefahren. Zu Melody. Oder an den Strand. Doch meine Mom stand im Vorgarten und goss die Blumen und sah in genau dem Moment zu mir hoch, als ich meine Fluchtgedanken hegte.

Mit der Gießkanne in der Hand winkte sie mir zu. »Hallo, Schatz«, rief sie, als ich schwerfällig aus dem Wagen stieg.

»Hallo«, brummelte ich.

»Langen Tag gehabt?«, fragte sie und sah mich abschätzend an. Mit ihrem viel zu großen Sonnenhut stellte sie die Gießkanne neben sich ab, lächelte und streifte die Gartenhandschuhe ab. »Lass uns reingehen, Mason wartet schon sehnlichst auf dich. Er hat Neuigkeiten, die dich bestimmt freuen.«

Mein Magen zog sich zusammen und nur mit größter Mühe konnte ich ein halbherziges Lächeln aufsetzen. Wortlos folgte ich ihr ins Haus, bis ins Wohnzimmer. Neuigkeiten? Dass ich nicht lachte.

Meine Augen suchten den großen Raum ab und fanden das Objekt des Schreckens auf der Couch, genau in dem Augenblick, als mein Dad Mason herzlich lachend auf die Schulter klopfte. Ich hatte Mühe, meinen Mund geschlossen zu halten bei diesem Anblick. Wann hatte Dad das letzte Mal so gelacht? Das musste ewig her sein. Und es tat verdammt weh, zu sehen, wie sein Lachen erstarb, als er Mom und mich bemerkte. So höllisch, dass ich Mason und seine Neuigkeiten fast vergessen hätte.

»John, kommst du?«, rief meine Mom, die in der Zwischenzeit wieder in die Eingangshalle gegangen war. Sie erschien im Türrahmen – ohne überdimensionalen Hut, aber dafür mit Handtasche. Hatten die beiden etwa noch etwas vor und wollten mich mit Mason allein lassen? Entsetzt schaute ich Mom an, die meine stumme Frage sofort verstand. »Wir sind zum Barbecue eingeladen, Liebes.«

Ich nickte mechanisch und setzte mich auf die freie Couch. Dort wartete ich schweigend ab, bis meine Eltern das Wohnzimmer verlassen hatten und ich schließlich die

Haustür ins Schloss fallen hörte. Dann wandte ich mich zu Mason um, der mir direkt gegenübersaß.

»Neuigkeiten?« Ich hatte Mühe, nicht hysterisch zu klingen, doch Masons Anblick brachte mein Blut zum Kochen. Trotzdem musste ich mich zusammenreißen. Dad zuliebe.

»Wir haben einen Termin für die Hochzeit.« Seine manikürte Hand strich über sein perfekt gebügeltes Hemd.

»Was?«, fragte ich völlig überrumpelt. Damit hatte ich dann doch noch nicht so schnell gerechnet. Schnell murmelte ich ein stummes Stoßgebet. Bitte, lass es erst in einem Jahr sein, oder von mir aus in einem halben Jahr ...

»In zwei Wochen«, durchbrach Mason meine Gedanken und ich ließ mich stöhnend ins Sofa zurückfallen. Zwei Wochen. Das konnte nicht sein Ernst sein. In so einem kurzen Zeitraum würde er nie im Leben seine prunkvolle Bilderbuchhochzeit auf die Beine stellen können.

Und ich würde innerhalb von zwei Wochen bestimmt keine Lösung finden, wie ich mich aus dieser Lage befreien konnte. Zwei Wochen würden niemals reichen, um meine halbherzigen Rechercheversuche weiterzuführen und meinen Vater zu entlasten. Oder um irgendeinen anderen Plan zu erstellen und auszuführen.

Meine Gedanken fuhren Karussell, weil mir einfach nicht einfallen wollte, wie ich Zeit rausschlagen konnte. Wie ich es auch drehte und wendete, ich würde Mason heiraten müssen. Und das würde bedeuten, Reece aus meinem Leben zu streichen. Ihn fortzuschicken. Für immer. Eine eiskalte Faust griff um mein Herz und drückte zu. Immer und immer fester.

»Nicht verzweifeln, Darling. So schlimm wird's nicht mit mir.« Und ausgerechnet dieser dumme Spruch schaffte es, das Chaos in meinem Inneren zu sortieren. Plötzlich sah ich glasklar. Es ging nicht. Ich konnte Mason nicht heiraten. Nicht, um Dad zu retten. Nicht, um meine Schuldgefühle zu ersticken.

Es ging nicht, weil mein Herz einem anderen Mann gehörte. Ich hatte es an Reece verloren.

Auch wenn es bedeutete, meinen Dad auffliegen zu lassen. Ich konnte Mason nicht heiraten. Phils Worte hallten in meinen Ohren nach. Man musste nur wollen, oder? Dann regelte sich der Rest von selbst? Mit zugeschnürter Kehle sammelte ich meinen Mut, meinen Willen und alles, was ich besaß, zusammen.

»Ich werde dich nicht heiraten, Mason«, sagte ich fest. »Nicht in zwei Wochen, nicht in zwei Jahren. Niemals.«

Ich wartete seine Antwort nicht ab und sah ihn nicht an, sondern stand auf und lief aus dem Zimmer. Mason nahm mir die Luft zum Atmen und bevor ich erstickte, oder mich gar umstimmen ließ, rannte ich raus zu meinen Wagen, drehte den Schlüssel um und rauschte davon. Alles drehte sich und ich begann, gegen meinen Verstand zu kämpfen, gegen meine Vernunft. Gleichzeitig fühlte ich mich so frei wie schon lange nicht mehr. Es war verrückt, wie viele Emotionen mich durchströmten. Aber was wirklich guttat, war, dass ich mich unfassbar leicht fühlte. Eine Last war gerade buchstäblich von mir abgefallen. Phil war also ein Geschenk und eine Lektion zugleich gewesen. Hoffentlich konnte ich ihm irgendwann einmal dafür danken.

Ohne Ziel streifte ich durch die Nacht und fuhr immer wieder dieselbe Strecke, bis ich letztendlich vor Reeces Yacht zum Stehen kam. Ich musste ihn sehen, ihm sagen, dass ich Mason abserviert hatte, und irgendwie brauchte ich jemanden, der mich aufmunterte. Mir sagte, dass alles gut werden würde, denn langsam überkamen mich Zweifel, das Richtige getan zu haben.

»Reece«, rief ich in die Dunkelheit.

Keine Antwort.

Ich ging die Stufen zum Deck hinauf, nur um festzustellen, dass hier auch niemand war. Was nicht weiter verwunderlich war – immerhin wohnte er nicht hier und es war schon weit nach dreiundzwanzig Uhr. Seufzend verließ ich die Yacht, während ich überlegte, ob er vielleicht irgendwann mal seine Adresse erwähnt hatte. Doch natürlich hatte er das nie. Er hatte ja seine Prinzipien.

Also blieb mir nur übrig, ins R&B zu fahren und dort nach ihm zu suchen oder zumindest nach jemandem, der mir seinen Wohnort verraten konnte. Es war mir egal, dass ich damit seine Regeln brechen würde. Wir hatten miteinander geschlafen. Das hatte so ziemlich jede Regel gebrochen, die er aufgestellt hatte.

Froh, dass ich endlich ein Ziel vor Augen hatte, fuhr ich weiter zum Club, vor dem sich eine lange Schlange gebildet hatte. Ich parkte meinen Wagen und lief an den wartenden Menschen vorbei, die mich stirnrunzelnd musterten. Nicht nur, dass ich mich gerade dreist an ihnen vorbeidrängelte – nein, ich war in meinen Shorts und dem luftigen Top auch noch völlig unpassend gekleidet. So war ich vielleicht für den Strand gerüstet, nicht aber für einen noblen Nachtclub, bei dem der Eintritt teurer war als mein gesamtes Outfit. Melody würde mich steinigen, hier so aufzukreuzen.

»Hallo«, rief ich über die Absperrung hinweg und erntete einen finsteren Blick des Türstehers. »Ist Mister Bryce hier?« Angestrengt lehnte ich mich ein Stück nach vorne, damit er mich bei dem Lärm besser verstehen konnte. Doch jedes Mal, wenn sich die Eingangstür öffnete, wurden meine Worte von der lauten Musik verschluckt.

Mit einem abschätzigen Blick zog er die Augenbrauen zusammen, schüttelte kurz den Kopf und wandte sich wieder den wartenden Leuten zu. Dieser Mistkerl.

»Mister Bryce ist mein Verlobter«, rief ich. »Denken Sie, ihm würde es gefallen, wenn Sie mich hier stehenlassen?« Inzwischen war mir wirklich nichts mehr heilig. Aber offensichtlich hatte meine Masche Erfolg, denn der Türsteher hielt in seiner Bewegung inne, sagte irgendetwas zu den aufgebrezelten Damen, die ihm gerade ihre Eintrittskarten reichten, und kam wie ein Roboter auf mich zu. Seine Gestalt machte mir Angst. Dieser Glatzkopf war irgendwie gruselig.

»Mister Bryce mag es nicht, wenn sich Frauen als seine Freundin ausgeben«, grummelte er, als er mich bis auf einen Meter erreicht hatte. Schnell nestelte ich in meiner Tasche und betete, dass dem Kerl nicht aufgefallen war, dass ich mir gerade einen Ring über den Finger gestreift hatte. Mit einem arroganten Lächeln hob ich die Hand und brachte ihn damit zum Verstummen.

»Seine Verlobte. Nicht seine Freundin«, sagte ich mit felsenfester Stimme. Oh Gott, hoffentlich war Reece wenigstens da. Sonst würde ich ziemlich blöd dastehen. Oder zumindest dieser Alec – der wusste immerhin, wer ich war.

Mit zusammengekniffenen Augen musterte mich der Türsteher, bevor er sich von mir wegdrehte und in sein Headset sprach. Anscheinend wollte er die Verantwortung für die Entscheidung, ob er mich reinlassen oder wegschicken sollte, nicht selbst übernehmen. Keine Sekunde später erschien ein zweiter Typ, ebenso bullig wie der andere, aber mit einem blonden Bürstenhaarschnitt, nickte dem Glatzkopf kurz zu und ließ mich durch die Absperrung herein.

»Dann schauen wir mal, was der Boss dazu sagt.«

Mit einem triumphierenden Lächeln folgte ich ihm an den Leuten und dem Glatzkopf vorbei, straffte meine Schultern und war einfach nur erleichtert, mein Ziel erreicht zu haben. Gleich würde ich Reece treffen, ihm von dem plötzlichen Ende meiner Verlobung erzählen und in seine Arme fallen. Denn die würde er bestimmt weit für mich öffnen nach meiner Verkündung. Oder?

Der Bürstenhaarschnitt führte mich durch den kleinen Dschungel im Eingangsbereich, vorbei an den Themenbereichen und blieb vor einer riesigen schwarzen Tür mit der Aufschrift »Privat« stehen. Ohne sich nach mir umzudrehen, drückte er die Türklinke hinunter und ich lief wie ein Hündchen hinter ihm her. Meine Trommelfelle begannen augenblicklich im Rhythmus der lauten Basstöne zu wummern. Meine Augen brauchten dagegen ein paar Sekunden, bis sie sich an das bunte Licht gewöhnt hatten. Dann jedoch wurde mein Mund mit einem Mal staubtrocken. Was war denn das hier bitte für ein Bereich?

Auf der gegenüberliegenden Seite des Saales befanden sich einige kleine Bühnen. Auf jeder einzelnen von ihnen tanzten eine oder mehrere Frauen, an Stangen, auf Stühlen oder ... einfach miteinander. Eine war spärlicher bekleidet als die andere und allesamt waren erstaunlich akrobatisch. Allerdings war es wohl kaum ihre Beweglichkeit, die die Zigarre rauchenden Männer an den Frauen interessierte, die rund um die Bühnen saßen und sich an den Tänzerinnen erfreuten. Bei einigen ging die Freude so weit, dass sie Geldscheine in die einzigen Kleidungsstücke der Frauen steckten – ihre Slips.

Ich schüttelte den Kopf. Wo war ich hier denn gelandet? Ich war mir ziemlich sicher, dass ich das erste Mal in diesem Bereich war – auch wenn ich bei meinem ersten Besuch im R&B einigermaßen betrunken gewesen war.

Entschlossen wandte ich mich von den Frauen ab und heftete meinen Blick auf die breiten Schultern des Türstehers. Die Atmosphäre hier ließ mich unsicher werden. Die Luft roch nach Zigaretten, Sex und zu vielen notgeilen Männern auf einem Haufen.

»Warte hier«, wies der Bürstenhaarschnitt mich an.

Die Arme um meinen Oberkörper geschlungen, blieb ich stehen, ohne meinen Begleiter aus den Augen zu lassen. Er steuerte eine große weiße Lounge in der hintersten Ecke des Raumes an, die ich kaum einsehen konnte. Aus der Ferne erkannte ich Frauen, die sich sichtlich amüsierten. Ihre schlanken Körper, die nur in Spitzenunterwäsche steckten, räkelten sich lasziv auf den Männern, die dort ebenfalls saßen. Als der Bürstenhaarschnitt einem von ihnen vorsichtig auf die Schulter tippte, blieb mein Herz für einen Moment stehen. Das konnte nicht wahr sein. Ich musste mich geirrt haben.

Aber nein – auch nach mehrmaligem Zwinkern änderte sich der Anblick nicht, der sich mir bot. Der Mann war niemand anderes als Reece, der gleich zwei Frauen in seinen Armen hatte. Mein Herzschlag setzte für einen Sekundenbruchteil aus, als seine Lippen sich auf die der Blondine legten. Er küsste sie stürmisch, verlangend. Erneut tippe der Bürstenhaarschnitt seinem Boss auf die Schulter.

Endlich reagierte Reece. Er drehte sich um.

Unsere Blicke trafen sich. Für einen Moment wurde alles still um mich herum, so als hätten die Bässe aufgehört zu wummern. Nur mein Herz hämmerte in der Brust. Meine Sicht verschwamm, als sich Tränen in meinen Augen sammelten. Was tat ich nur hier? Aber obwohl alles in mir danach schrie, diese Hölle hier zu verlassen, hatten meine Beine offensichtlich vergessen, wie sie ihren Job erledigen sollten.

Reeces Augen hatten sich in der Zwischenzeit zunehmend verengt. Wütend schob er beide Frauen von sich. Genau in dem Moment fand ich aus meiner Starre, drehte mich um und durchquerte den Raum mit schnellen Schritten. Ich hatte das Gefühl, als ob er mir irgendetwas hinterherbrüllte, doch zum Glück konnte ich seine Stimme durch die laute Musik nicht hören. Ich wollte seine Stimme nie wieder hören. Ich wollte ihn nie wieder sehen. Alles, was ich wollte, war weg von hier. Weg von Reece.

KAPITEL 20

Einen Moment lang war ich wie gelähmt. Liv. Das war Liv in den viel zu knappen Shorts. Liv, die mich mit so einem schmerzverzerrtem Blick angesehen hatte, dass es mich innerlich zerriss. Liv, die schon beinahe die Tür zum Außenbereich erreicht hatte.

Endlich realisierte ich, dass ich etwas tun musste, um die Situation noch zu retten. Ich schob Christie ... Christin? ... Kirsten? ... zur Seite, die sich schon wieder an mich geschmiegt hatte, und versuchte, mir einen Weg durch die sitzenden und stehenden Männer und Frauen zu bahnen. Doch das war gar nicht so leicht. Während Liv geschmeidig wie eine Katze zwischen den Besuchern hindurchglitt, wurde ich von jeder zweiten Person aufgehalten. Hände legten sich auf meine Schultern, lachende Gesichter schoben sich in mein Blickfeld, Drinks wurden mir gereicht. Alle wollten mit mir sprechen, wollten meine Gesellschaft. Verdammt! Warum konnten sie mich nicht einfach in Ruhe lassen? Sahen sie nicht, dass ich in Eile war?

»Liv?« Mein Schrei ging in dem ohrenbetäubenden Lärm der Musik unter. Eine Hand schmiegte sich an meine Schulter, doch ich schob sie zur Seite, ohne darauf zu achten, wem sie gehörte.

»Liv!« Einen Moment lang bildete ich mir ein, sie hätte mein Rufen doch noch gehört. Sie hielt inne, wirkte unschlüssig, ob sie wirklich gehen oder sich noch einmal umdrehen sollte. Doch im nächsten Augenblick huschte sie durch die Tür, die diesen Bereich von den anderen abteilte, und war aus meinem Blickfeld verschwunden.

»Liv!« Mein Herz machte einen schmerzhaften Satz, als ich sie plötzlich nicht mehr sehen konnte. Mir war nicht klar, wieso, aber ich verspürte die irrationale Panik, dass diese beschissene Tür mein Leben von ihrem abtrennte. Und dass sie soeben aus meinem Leben getreten war. Weil sie mich mit einer anderen Frau gesehen hatte. Beziehungsweise mit zwei anderen Frauen. Nur weil ich Idiot gedacht hatte, sie damit aus meinen Gedanken streichen zu können. Ihren perfekten Körper zu vergessen, der sich an mich geschmiegt hatte, als wäre er nur für mich gemacht.

Ich war ein verdammter Narr gewesen. Und das wurde mir in genau dieser beschissenen Sekunde klar. Ich spannte all meine Muskeln an und sprintete los. Diesmal ließ ich alle Rücksicht fallen – ich rempelte meine eigenen Kunden gnadenlos an, trat auf Füße, verschüttete diverse Getränke auf offenherzige Dekolletés und blendete die empörten Rufe aus, die mir folgten. Ich wusste endlich, was ich wollte, was ich wirklich wollte. Und das war Liv. Nicht Sex mit namenlosen Frauen, nicht Unmengen an Geld. Es war schlicht und einfach Liv. Ich wollte Liv. Und sonst niemanden. Wie hatte ich nur so blind sein können? Wieso hatte ich das nicht eher erkannt? Aber es half nichts, mich für meine eigene Dummheit zu bemitleiden. So würde sie bestimmt nicht wieder auftauchen. Ich musste hinter ihr her, ihr alles erklären.

Ich mobilisierte meine letzten Kräfte, stieß einen meiner Angestellten aus dem Weg und hechtete mit einem verzweifelten Sprung durch die Tür. Schwer atmend rappelte ich mich auf und sah mich in dem überfüllten Eingangsbereich um.

Nichts.

Alles war voller Menschen und doch hätte der Raum genauso gut leer sein können. Die Frau, die sich aus welchen Gründen auch immer in meiner Gegenwart wohlfühlte, die Frau, die sich in mein kaltes lebloses Herz geschlichen hatte, war nicht mehr da. Und mein Herz fühlte sich kälter denn je an. Liv war verschwunden.

KAPITEL 21

Beinahe mechanisch nahm ich den hellen Streifen am Himmel wahr, der den Sonnenaufgang ankündigte. Müde betrachtete ich das farbenfrohe Schauspiel am Horizont. War ich wirklich schon die ganze Nacht unterwegs? Ich konnte mich kaum daran erinnern, wo ich überall gewesen war. Nachdem ich aus dem R&B abgehauen war, war ich einfach drauflos gelaufen, kreuz und quer durch die Stadt gewandert, bis mich meine wunden Füße gezwungen hatten, eine Pause zu machen. Ich hatte schließlich den Weg zum Strand eingeschlagen und mich in den weichen Sand fallen lassen, der von der Hitze des Tages immer noch angenehm warm war. Hier saß ich nun, seit Stunden vermutlich, und ließ meinen Gedanken freien Lauf.

Wie hatte ich nur so blöd sein können? Wie hatte ich ernsthaft annehmen können, Reece Bryce würde wirklich etwas für mich empfinden? Würde mich als etwas anderes betrachten als all die Frauen, mit denen er sich sonst abgab?

Doch ich war nichts anderes. Ich war nur eine dieser Frauen. Austauschbar. Ersetzlich. Nichts Besonderes eben. Nur ein bescheuertes Mädchen, das sich für einen Moment zu sehr ihren Empfindungen und Gefühlen hingegeben hatte.

Ich schloss die Augen und blendete damit den Sonnenaufgang bewusst aus. So etwas Schönes wie die aufgehende Sonne hatte nichts in meinem Leben verloren. Noch weniger als normalerweise schon. Warum war ich nur an diesem verfluchten Abend zusammen mit Melody ins R&B gegangen? Warum hatte ich mich auf diesen teuflischen

Deal eingelassen? Und warum hatte ich danach nicht meine Finger von Reece gelassen? Mir war doch von Anfang an klar gewesen, dass man von diesem Typen besser die Hände ließ. Aber nein, ich hatte mir eingebildet, dass es mit mir anders war. Dass er es mit mir ernst meinte.

Was für ein Quatsch. Ein Reece Bryce würde sich niemals ändern. Das wurde mir immer klarer. Reece, Frauen, der Club. Das war sein Leben, das er lebte und liebte. Was sollte ich da schon ausrichten können? Wahrscheinlich war unsere gemeinsame Nacht völlig bedeutungslos für ihn. Wer wusste schon, wen er sonst so flachlegte? Niemals könnte ich mit diesen Plastikweibern mithalten. Aber das wollte ich auch nicht. Und deshalb war es an der Zeit, mir Reece aus dem Kopf zu schlagen. Es gab kein *wir*. Nicht heute, nicht morgen.

Langsam öffnete ich die Augen, die Sonne war bereits weit über dem Horizont, so dass mir die Gefühlsduselei erspart blieb. Seufzend erhob ich mich aus dem Sand und griff in meine Tasche, um mein Handy herauszufischen. Sechs verpasste Anrufe von Reece. Mein verräterisches Herz machte sofort einen wilden Satz. Schell entsperrte ich den Display und entdeckte die letzte Nachricht von ihm, die er vor dreißig Minuten an mich gesendet hatte. Kurz zögerte ich, doch dann öffnete ich sie.

Handsome: *Kannst du zu Grace kommen? Sie will dich sprechen.*

Enttäuscht ließ ich mein Handy sinken. Eine Bitte! Keine Entschuldigung. Keine Erklärungen. Nur eine weitere Bitte. Immer noch verlangte er von mir, dass ich den Deal einhielt. Das war das Einzige, was für ihn zählte. Dieser bescheuerte Deal.

Wieder schlichen sich Tränen in meine Augenwinkel, die ich schnell wegwischte, obwohl niemand in der Nähe war, der meinen Moment der Schwäche mitbekommen könnte. In meinem Geist tauchte das Bild der Blondine auf, wie sie sich an Reece drängte. Übelkeit gesellte sich zu den unerträglichen Schmerzen in meinem Brustkorb.

Eine neue Nachricht ging ein, die ich, ohne den Bildschirm zu entsperren, lesen konnte.

Handsome: *Es ist wichtig.*

Noch immer war meine Sicht nicht klar – getrübt durch die dämlichen Tränen, die rücksichtslos ihr Eigenleben führten. Erneut las ich seine Worte und merkte selbst, dass ich unbedingt mehr darin lesen wollte als die einfache Bitte, Grace zu besuchen.

Grace! Erst jetzt drang der Sinn seiner Nachricht zu mir durch. Was um Himmels willen machte er um diese Uhrzeit bei ihr? Das konnte doch nur eins bedeuten, oder? Mein Herz machte einen schmerzhaften Sprung. Oh nein, nein, nein. Was, wenn es ihr wieder schlechter ging? Ach verdammt. Mir stand wirklich nicht der Kopf danach, Grace in einem kritischen Zustand zu sehen, doch mein Mitgefühl siegte und meine Beine setzten sich in Bewegung.

Obwohl ich stundenlang unterwegs gewesen war, brauchte ich nur eine halbe Stunde, um zurück zu meinem Auto zu gelangen. Entkräftet ließ ich mich auf den Fahrersitz gleiten und startete den Wagen.

Die Straßen waren um diese Zeit noch ziemlich leer, weshalb ich Graces Strandhaus ohne Verzögerung erreichte. Mit zitternden Beinen stieg ich aus, strich meine zerknitterten Shorts glatt und atmete ein. Weder wusste ich, was mich erwartete, noch war ich bereit, Reece gegenüberzustehen und seine Verlobte zu spielen. Aber Deal war Deal. Imaginär richtete ich mein Krönchen, straffte die Schultern und wappnete mich. Wofür auch immer.

Die Holzstufen kündigten meine Anwesenheit an. Bevor ich klopfen konnte, öffnete sich die Tür und ein vertrautes Paar ozeanblauer Augen blickte mich müde an.

Sein Blick ruhte auf mir, als ich in meiner Armbewegung innehielt und die Hand sinken ließ. Liebend gern hätte ich ihm all meinen Frust an den Kopf geworfen, doch dafür war jetzt eindeutig nicht der richtige Zeitpunkt. Stattdessen setzte ich mein Pokerface auf, auch wenn sich hinter meinen Augenlidern erneut Tränen ankündigten.

»Geht es ihr gut?«, fragte ich schnell, bevor sich die Tränen wieder selbstständig machen konnten.

»Ja«, sagte er sofort und schloss die Tür hinter sich.

»Wo ist sie?« Seine Anwesenheit brachte mich aus dem Konzept und ließ mein Blut schneller durch die Adern schießen, während mein verräterisches Herz nur eines wollte. Den Mann, der mich aus diesen unverschämt blauen Augen ansah, als wäre ich alles für ihn. Doch das war nur eine Projektion meiner eigenen Wünsche.

»Sie schläft noch«, sagte er heiser.

Irritiert sah ich ihn an. Was sollte das? Hatte der Doktor ihr wieder ein Schlafmittel gegeben? War ihr Zustand jetzt stabil?

»Ich ... Ich wollte mit dir reden.« Mit hängendem Kopf sah Reece mich an und langsam dämmerte es mir. Rückwärts ging ich die Stufen wieder herunter.

»Du wolltest mit mir reden?«, fragte ich mit verschränkten Armen. »Und was ist mit Grace? Warum wollte sie mich sprechen?«

Reeces Schultern sackten nach unten und obwohl ich seine Antwort ahnte, kam ich ihm nicht zur Hilfe. Ich wollte es hören. Aus seinem Mund.

»Sie ... Sie wollte dich gar nicht sprechen«, flüsterte er. »Aber ich hatte Angst, du würdest nicht kommen, wenn ich dir die Wahrheit sagen würde.«

Kopfschüttelnd über so viel Dreistigkeit drehte ich mich um und ging zurück zu meinem Wagen.

»Da hast du ganz richtig gedacht«, rief ich ihm zu, ohne meinen Kopf zu drehen, und stapfte wütend weiter.

»Warte bitte, Liv, ich will es dir erklären!« Seine Hand legte sich auf meine Schulter und ich stoppte. Mein Atem ging stockend und verzweifelt schloss ich die Augen. Immer noch keine Entschuldigung. Nur eine verdammte Erklärung.

»Die kannst du dir sonstwo hinstecken.« Ich riss mich von ihm los und ging weiter. »Ich habe alles gesehen, was ich wissen muss. Denkst du wirklich, eine Erklärung würde das ungeschehen machen?« In meiner Wut wusste ich nicht mehr, wo mein Autoschlüssel war, und ich musste in meiner Handtasche kramen. Als ich ihn endlich gefunden hatte, setzte ich meine Schimpftirade fort. Diesmal sah ich Reece dabei an.

»Unser Deal läuft natürlich weiter«, sagte ich, wobei mir inzwischen egal war, ob Lissy uns hören konnte. »Immerhin halte ich mein Wort und mache niemandem etwas vor. Deine Großmutter wird niemals merken, dass ich nur eine unbedeutende Poker-Trophäe in deinen Augen bin. Die nur deinen eigenen egoistischen Zwecken dient!«

»Wie bitte?«

Reece und ich rissen unsere Augen vor Schreck auf, als wir die brüchige, aber deutlich verärgerte Stimme aus Richtung des Hauses hörten. Langsam hob ich meinen Blick, während Reece – ebenso langsam – seinen Kopf drehte.

Vor der geöffneten Haustür stand Grace, in einen flauschigen Bademantel gehüllt, und blickte ihren Enkel wütend an.

»Ein dummes Spiel also … Wusste ich es doch.«

Unfähig, mich zu rühren, hielt ich meinen Schlüssel so fest umschlossen, dass er mir schmerzhaft in die Handfläche schnitt.

Reece dagegen war aus seiner Erstarrung erwacht und ging zügig zurück zur Veranda. »Granny, ich kann dir alles erklären.«

Bevor er die Stufen hinaufschritt, wandte er sich noch einmal zu mir um. In seinem Blick lag so viel, und doch sah ich nur die plötzlich aufkommende Wut darin. »Warum müsst ihr Frauen immer alles so beschissen kompliziert machen?«, fragte er, als er die Stufen hinaufging. »Ja, wir hatten einen Deal. Einen Deal, der nur zustande kam, weil ich unfair gespielt habe. Nur deshalb. Aber die Sache ist aus dem Ruder gelaufen.« Reeces Oberkörper bebte, als die letzten Worte seinen Mund verließen.

Für mich war an dieser Stelle alles geklärt. Der Deal war geplatzt. Wie ein Kartenhaus klappte alles in mir zusammen, das ich mir mühsam aufgebaut hatte. Alles, was vorher einen Sinn ergeben hatte, war plötzlich nur noch ein heilloses Durcheinander. Selbst mit Mason Schluss zu machen, erschien mir auf einmal völlig falsch. Langsam sickerte die Tatsache zu mir durch, dass ich niemals das Spiel hätte gewinnen können.

Tränen sammelten sich in meinen Augenwinkeln. Wie hatte ich nur so dumm sein können? Natürlich hatte Reece mit falschen Karten gespielt. Ein Mann wie er verließ sich nicht auf den Zufall.

Reece ging an Grace vorbei ins Haus, donnerte die Tür zu und ich zuckte zusammen. Das war es also. Traurig nickte ich Grace zu, die mich intensiv musterte. Ich hatte keine Ahnung, was sie jetzt über mich dachte, doch es war bestimmt nichts Gutes.

»Es tut mir leid«, flüsterte ich, als ich auf sie zuging. Noch nie zuvor hat mein Herz auf die Art und Weise geschmerzt. Zittrig legte ich ihr den Verlobungsring ihn ihre zierliche Hand und es tat so weh, als hätte ich ihr den Finger gleich mit dazu gegeben.

Irgendwie hatte ich mich daran gewöhnt, Reeces Verlobte zu sein, hatte mich an Grace gewöhnt. Einfach an alles. Tränen sammelten sich auch in Graces Augen, doch ich wollte sie nicht sehen. Ich machte auf dem Absatz kehrt und lief zu meinem Wagen zurück.

»Liv.« Erschrocken drehte ich mich um. »Wenn es dein Terminkalender zulässt, würde ich mich sehr über eine weitere Lesestunde freuen.« Sie zwinkerte mir zu und ich nickte völlig überrumpelt, während sich die Tränen schließlich aus meinen Augenwinkeln lösten. Erst als ich meinen Wagen aus der Einfahrt lenkte, fragte ich mich, ob es wirklich eine gute Idee war, Grace wiederzutreffen.

KAPITEL 22

Wie ein Irrer tigerte ich im Esszimmer meiner Großmutter auf und ab und ballte jedes Mal die Fäuste, wenn ich den unbändigen Drang verspürte, auf etwas einzuschlagen. In welche Scheiße hatte ich mich da nur reingeritten? Und jetzt verachtete mich nicht nur Liv, nein – meine eigene Großmutter konnte meine Anwesenheit kaum ertragen. Mein ganzer Plan war astrein nach hinten losgegangen.

Ich hatte sehen wollen, ob es mir immer noch einen Kick gab, wenn ich mich mit fremden Frauen umgab. Und nein – das hatte es nicht. Diese Frage hatte mein kleines Experiment eindeutig beantwortet. Die beiden Frauen, die mir Gesellschaft geleistet hatten, hatten so absolut gar nichts in mir ausgelöst. Stattdessen hatte ich nur an Liv gedacht.

Aber gut – auf Liv musste der Anblick meines Feldversuchs natürlich anders gewirkt haben. Und zugegeben, moralisch einwandfrei war das Ganze auch nicht gewesen. Und ich hatte auch echt keine Ahnung gehabt, wie ich ihr die Geschichte erklären sollte. Die ganze Nacht lang hatte ich über dem Handy gesessen, Nachrichten angefangen und wieder gelöscht. Selbst in meinen Ohren hatte sich jede Entschuldigung einfach nur dämlich angehört.

Aber so etwas geschah eben, wenn ein Gefühlskrüppel wie ich testen wollte, ob seine Emotionen echt waren. Verdammt, woher sollte ich denn wissen, wie sich diese Liebesscheiße anfühlte? Für mich gab es Sex, guten, schlechten und geilen. Mehr hatte es nie gegeben. Und das hatte mir auch gereicht – bis zu dem Tag, als Liv in mein Büro spaziert war und den Jäger in mir geweckt hatte. Den Jäger, von dem ich nicht gewusst hatte, dass er zu mehr fähig war, als seine Beute zu fangen, zu erlegen und mit ihr alles anzustellen, was er wollte. Nein, sie hatte etwas ganz anderes in mir erweckt. Etwas, das herausfinden wollte, welche Frau sich hinter der zerbrechlichen Fassade versteckte.

Und verdammt, ich hatte es herausgefunden und auf sämtlichen Ebenen versaut. Sie hatte sich mir geöffnet, mich teilhaben lassen. Wir waren so verschieden und doch so gleich. Und genau aus diesem Grund hasste ich mich mehr denn je. Und wäre die Situation nicht schon abgefahren genug, musste ich Arsch ihr noch an den Kopf knallen, dass unser Deal von Anfang an ein Riesenbluff gewesen war. Warum mussten die Worte nur so unüberlegt aus mir heraussprudeln, als wäre ich ein Typ, dem es Spaß machte, die Frauen zu enttäuschen und zu verletzen, die mir was bedeuteten. Wie hatte ich es nur so versauen können?

Bevor ich weiter meinen selbstzerstörerischen Gedankenschleifen folgen konnte, schnitt meine Großmutter mir den Weg ab. Abrupt hielt ich in meinen Bewegungen inne, um sie nicht umzurennen. Seit wann konnte Granny sich so anschleichen? Oder lag es nur daran, dass ich meine gesamte Umgebung ausgeblendet hatte?

Mein Blick folgte ihr, wie sie sich schwerfällig an den großen Tisch bewegte und sich auf einen der Stühle setzte. Es musste sie extrem viel Kraft kosten, so lange auf den Beinen zu stehen. Und schon fühlte ich mich noch elender als zuvor.

»Setz dich«, befahl sie mir und schob gleichzeitig die Vase mit den frisch geschnittenen Rosen zur Seite, damit sie freien Blick hatte. »Ein Deal also. So bringt man eine Frau dazu, bei einer Verlobung mitzuspielen?«

Es war mir unmöglich, ihr in die Augen zu schauen. Zu groß war die Angst vor der Enttäuschung, die ich darin sehen würde.

»Wie sonst hätte ich auf die Schnelle eine Frau finden sollen?«, fragte ich und setzte mich ihr gegenüber. Es hatte keinen Sinn, sie weiter anzulügen. Sie hatte genug mitbekommen.

»Und dann?«, fragte Granny scharf. »Dann hat Liv sich in dich verliebt, nicht wahr?«

Ich schluckte und zuckte mit den Schultern. Hatte sie das? Hatte Liv sich in mich verliebt? Obwohl ihr von Anfang an klar gewesen war, wie meine Prinzipien waren? Andererseits – was waren meine Prinzipien heutzutage schon wert?

»Ich ... Vielleicht«, sagte ich lahm und hob vorsichtig den Blick.

Granny nickte mit geschürzten Lippen. Dann beugte sie sich zu mir herüber. »Und du?«, fragte sie. »Hast du dich auch in sie verliebt?«

Ich atmete tief durch und drückte Daumen und Zeigefinger gegen meinen Nasenrücken. Verliebt. Allein darüber nachzudenken, bereitete mir Kopfschmerzen. Aber sie hatte recht – wenn ich weiterkommen wollte, musste ich mich wohl oder übel mit meinen Gefühlen auseinandersetzen.

»Bist du in sie verliebt, Reece?«, wiederholte sie ihre Frage. Ihre Stimme klang um einiges sanfter als zuvor und ich hatte den Eindruck, als würde sie mich nicht mehr ganz so abweisend betrachten wie noch vor wenigen Sekunden.

»Ich ... Das wäre ... möglich«, stammelte ich. Doch Granny schien mein Gestotter auszureichen. Vielsagend nickte sie und lehnte sich wieder in ihrem Stuhl zurück.

»Und was hast du getan, damit sie so außer sich war?«

Okay, endlich betraten wir ein Terrain, in dem ich mich auskannte. »Sagen wir einfach, ich habe Mist gebaut. Ein ... kleines Experiment, das sie möglicherweise missverstanden hat.«

Sie schnaubte bei meinen Worten und schaffte es damit tatsächlich, mir ein kleines Grinsen zu entlocken. Sie hatte schon so manches meiner »Experimente« wieder ausbügeln müssen, als ich ein Kind gewesen war. Sie hatte wahrscheinlich relativ gute Vorstellungen von dem, was zwischen Liv und mir vorgefallen war.

Dann wurde sie jedoch wieder ernst. »Du liebst sie.« Das war keine Frage. Sie klang so sicher, dass ich überrascht aufsah.

»Denkst du, ich bin überhaupt in der Lage zu lieben?« Ich fühlte mich wie der kleine Junge, der ich einmal gewesen war, als Granny mich bei sich aufgenommen hatte. Unsicher und zu Tode verängstigt.

Sie machte eine energische Handbewegung. »Natürlich«, sagte sie mit voller Überzeugung. »Jeder Mensch kann lieben. Es ist das, was uns am Leben hält, die schönsten Momente schenkt, uns höher fliegen lässt.« Traurig lächelte sie, legte ihre Hand auf meine und streichelte sie. »Liebe ist das Schönste auf der Welt. Du musst nur aufhören, zu glauben, alle Frauen seien wie deine Mom.«

»Wenn das so einfach wäre.« Meine Hand umschloss ihre und drückte sie sanft. Sie hatte so viel Geduld mit mir, als Kind, als rebellischer Teenager, als erwachsener Mann.

Energisch schob sie meine Hand weg und erhob sich. »Wenn du sie zurückgewinnen willst, dann musst du endlich deine Denkmuster durchbrechen.«

»Und wie soll ich das anstellen?«

»Dafür musst du nur in dich hineinhören. Frauen sind so anspruchslos, Reece, wir brauchen keinen Luxus, kein Kunststück, keine Magie. Nur aufrichtige und bedingungslose Liebe. Lass sie das, was auch immer geschehen ist, verarbeiten und dann zeige ihr, wie viel sie dir bedeutet.«

KAPITEL 23

Die Tage zogen wie Nebel an mir vorbei. Nur die immer tiefer werdenden Schatten unter meinen Augen verrieten mir, wie viel Zeit schon vergangen war. Funktionieren stand an oberster Stelle. Essen, schlafen, alles tat ich, damit ich nicht noch schwächer wurde. Die Nächte, in denen ich mich in den Schlaf weinte, laugten mich aus. Nur Melody bekam die Kurzform der letzten Ereignisse. Ich erzählte ihr endlich von Reeces und meiner gemeinsamen Nacht und von seinem nachfolgenden Auftritt im R&B. Ich rechnete es ihr hoch an, dass sie sich jeglichen Kommentar verkniff und einfach nur für mich da war.

Ansonsten fiel es mir nicht schwer, so zu tun, als wäre alles wie immer. Niemand hatte eine Ahnung von Reece. Allerdings war da noch diese weitere Last, die auf meinen Schultern lag und mich mit jedem Tag, der verstrich, weiter in den Abgrund drückte. Ich wusste, dass ich dem Druck nicht ewig würde standhalten können. Also nahm ich irgendwann meinen ganzen Mut zusammen und ging zu Masons Büro. Der Arbeitstag war sowieso an mir vorbeigezogen, ohne dass ich hätte sagen können, was ich eigentlich gemacht hatte. Da würde Mason zumindest etwas Abwechslung hineinbringen.

Ich trat durch die geöffnete Bürotür. Mason und ich hatten uns nach meiner Absage nicht mehr unter vier Augen gesprochen – dafür hatte ich gesorgt. Ich hatte keine Ahnung, was er in der Zwischenzeit unternommen hatte, und hoffte einfach, dass ich nicht zu spät kam.

»Darf ich?«, fragte ich und deutete auf den freien Stuhl vor seinem perfekt aufgeräumten Schreibtisch. Sein Blick glitt von den Unterlagen zu mir hinauf und wieder zurück. Sollte das jetzt ein Nicken darstellen? Räuspernd zog ich den Lederstuhl zurück und setzte mich. »Können wir reden?«

Mein Herzschlag beschleunigte sich, als er mich mit einem herablassenden Blick ansah. Den hatte er wirklich gut drauf. Ich fühlte mich schäbig.

»Ich höre«, kam es gelangweilt von ihm und er schmiss theatralisch seine Unterlagen auf den Schreibtisch. Wie immer hatte er ein perfekt gebügeltes Hemd an, dessen Farbe heute jedoch den gewohnten Rahmen sprengte. Ananas? War das sein Ernst? »Sehe ich aus, als hätte ich Zeit für dein Schweigen?«

»Tut mir leid.« Ich schüttelte den Kopf, um sein Hemd aus meinen Gedanken zu verdrängen, und sah zu ihm auf. Das arrogante Lächeln war ihm nicht aus dem Gesicht gewichen. Tief atmete ich ein. »Ich habe einen Fehler gemacht.«

»Das fällt dir erst jetzt ein?« Er legte seine Fingerkuppen aneinander und sah mich stirnrunzelnd an.

»Ja. Nein ...« Das hier fühlte sich an, als würde ich mich prostituieren. Und trotzdem – es musste sein. Meiner Familie zuliebe. »Mason, ich will wieder deine Verlobte sein. Falls du meinen Dad noch nicht angezeigt hast.«

Mason schnaubte, doch er ließ sich Zeit mit seiner Antwort. Er genoss es ganz offensichtlich, am längeren Hebel zu sitzen, und er ließ es mich spüren. Und obwohl mir das bewusst war, gelang es mir nicht, meine Beine ruhig zu halten, die ungeduldig zappelten.

»Weißt du, Olivia, nach deinem Abgang neulich bin ich dir gefolgt«, sagte er schließlich und eine Gänsehaut überzog meinen Rücken. Er war mir gefolgt. Wie gruselig war das denn bitte! »Bis zu diesem Club. Ich habe dich gesehen, wie du auf den Parkplatz gerannt bist. Völlig aufgelöst. Beinahe wäre ich zu dir gegangen, denn du brauchtest definitiv Hilfe. Doch dann sah ich, wie niemand anderes als der

Typ aus dem Playboy, Reece Bryce, aus dem Gebäude kam, der deinen Namen rief und sich nach dir umsah. Und da wurde mir einiges klar.« Er ließ seine Hände auf den Schreibtisch sinken und beugte sich zu mir herüber. Nervös begann ich, auf meiner Unterlippe zu kauen. Er hatte Reece gesehen, wie er hinter mir hergerannt war. Und Mason war nicht blöd. Er hatte sicherlich eins und eins zusammengezählt.

»Irgendwas läuft da zwischen dir und diesem Typen«, fuhr Mason leise fort und es fiel mir schwer, seinem Blick standzuhalten. »Oder lief. Denn offensichtlich leidest du im Moment beträchtlich. Und das bestimmt nicht wegen mir.« Er lehnte sich wieder zurück. »Ich vermute mal, er hat dich abserviert. Und nur deswegen bist du hier. Du bist nur zu mir gekommen, weil auch dieser Kerl dasselbe in dir sieht wie jeder andere auch. Nämlich nichts. Gar nichts. Du bist ein Nichts, Olivia, und du wirst es immer bleiben. Eine leere Hülle, mit der man machen kann, was man will. Die man nur für seine eigenen Zwecke einsetzen kann, bis man sie nicht mehr braucht.«

Das Zittern, das von meinem ganzen Körper Besitz ergriffen hatte, konnte ich nicht mehr unterdrücken. Masons Worte hatten mich getroffen. Genau dorthin, wo es schmerzte. Er hatte recht. Er hatte absolut recht. Ich war nichts. Ich hatte keine eigene Persönlichkeit. Andere Menschen benutzten mich nur, um ihre eigenen Ziele zu erreichen. Mein Dad. Mason. Und natürlich auch Reece.

Ich hielt meine Hand vor den Mund, um wenigstens das Stöhnen daran zu hindern, meine Kehle hinaufzugleiten. Ich wollte vor Mason keine Schwäche zeigen. Und doch war mir klar, dass er mich durchschaute.

Mason stand auf und drehte sich zum Fenster um. Er blickte mich nicht einmal mehr an, als er weitersprach.

»Ich habe alle Beweise, die deinen Vater belasten, so gestreut, dass man denken wird, dass du es warst, die ihn an die Polizei verraten hat. Ich muss nur einen einzigen

Anruf tätigen und eine Kette von Ereignissen wird in Gang gesetzt, an deren Ende dein Vater im Gefängnis landet.« Endlich drehte er sich zu mir um. Sein Grinsen wurde breiter, als er in mein Gesicht blickte. Wahrscheinlich konnte man mir meine Panik ohne Probleme ansehen. Ich hatte es aufgegeben, meine Emotionen zu verstecken. Wozu auch? Die Hölle war bereits eingetreten. Ich musste niemandem mehr etwas vormachen.

»Alle werden denken, dass du deine Familie zerstört hast«, fuhr Mason unbarmherzig fort. »Deine Schwester tot, dein Vater im Knast, deine Mutter ...«, er machte eine dramatische Pause, »um deine Mutter würde ich mich kümmern. Sie frisst mir sowieso schon aus der Hand. Ich wäre ihr Anker. Und gleichzeitig würde ich mich darum kümmern, dass die Firma nicht den Bach runtergeht. Und ehe ich mich versehe, werde ich den Laden hier übernehmen, der unter meiner Führung erblühen wird. Und das ganz ohne Ehefrau an meiner Seite.« Er machte einen Schritt nach vorn, bis er direkt vor dem Schreibtisch stand, und griff nach dem Telefon. »Nur ein Anruf und das Schicksal wird seinen Lauf nehmen«, sagte er lächelnd und nahm den Hörer ab.

Wie gelähmt saß ich auf meinem Stuhl und sah ihm zu. Obwohl mir klar war, dass er gerade dabei war, die schreckliche Zukunft meiner Familie zu besiegeln, war ich unfähig, mich zu bewegen. Das konnte er doch nicht ernst meinen! Er musste bluffen. Das war ... so hinterhältig war doch niemand im wirklichen Leben.

Mason drückte eine Nummer und wartete, während er mich keine Sekunde aus den Augen ließ.

»Margret, verbinden Sie mich bitte mit Mister Coleman.« Sein Lächeln hatte sich in seine Züge eingebrannt. Nur ein paar Sekunden, dachte ich panisch, ein paar Sekunden blieben mir, bis dieser Mr. Coleman am anderen Ende der Leitung erschien und das Leben meiner Familie zerstörte. Ein paar Sekunden, in denen ich irgendetwas unternehmen musste, doch ich konnte es einfach nicht. Es ging nicht.

Mason legte die Hand auf den Hörer und beugte sich zu mir herunter. »Schade, Liv. Aus uns wäre wirklich ein schönes Paar ...«

Er verstummte abrupt, als das Telefon plötzlich mit voller Wucht gegen die Wand flog. Einen Moment lang starrten wir beide auf seine rechte Hand, in der bis vor wenigen Augenblicken noch der Telefonhörer gelegen hatte, bis mir bewusst wurde, dass wir nicht mehr allein im Büro waren.

»Du!« Ich wirbelte herum. Niemand anderes als mein Vater hatte sich neben dem Schreibtisch aufgebaut. Er musste das Telefon gegen die Wand geschleudert haben und blickte Mason mit solch einer kalten Mordlust in die Augen, dass dieser zurückwich.

»John ... ich«, begann Mason zu stammeln, doch mein Vater ließ ihn nicht zu Wort kommen. Er holte aus und schlug Mason die rechte Faust mitten ins Gesicht. Mason taumelte, stolperte blind über die Schreibtischkante und landete mit seinem ganzen Gewicht auf mir.

»Rick, bring ihn in mein Büro«, hörte ich meinen Vater rufen, als Mason auch schon wieder von mir heruntergerissen wurde. Mit fest zusammengekniffenen Augen hörte ich, wie er stöhnend und fluchend aus dem Büro geschleift wurde. Er war weg. Doch meine Arme nahm ich immer noch nicht herunter.

»Olivia.« Dads Stimme drang in meine Ohren. Ich traute mich nicht, die Augen zu öffnen, aus Angst, Mason wieder vor mir zu sehen. Eine warme Hand legte sich auf meinen Kopf. »Alles wird gut.« Es klang wie eine Beschwörung und ich wusste nicht, wem mein Vater hier gut zuredete – mir oder sich selbst.

Endlich öffnete ich die Augen und sah meinen Vater panisch an. »Dad. Mason hat dich in der Hand. Er will jemanden anrufen und ...«

»Beruhige dich«, sagte mein Vater. Seine Krawatte hing schief und sein Jackett war unter dem Arm eingerissen. Hatte er tatsächlich Mason das Telefon aus der Hand gerissen und ihn überwältigt? »Ich habe alles mitangehört. Der Kerl wird unsere Familie nicht zerstören.«

Ungläubig sah ich ihn an. »Aber wie?«, fragte ich. Ich war mir sicher, dass Mason nicht gelogen hatte, als er die belastenden Beweise erwähnt hatte. Und dieser leere Ordner, den ich bei meinen Recherchen gefunden hatte, hatte mit Sicherheit auch etwas zu bedeuten.

Mein Vater schluckte, doch er wirkte fest, als er mir antwortete. »Ich werde mich selbst anzeigen«, sagte er heiser. »Ich habe einen Fehler gemacht und ich werde dafür geradestehen. Unsere Firma hat ausgezeichnete Anwälte – ich glaube nicht, dass ich ins Gefängnis muss.« Er sah mir in die Augen. »Wir werden es schaffen«, sagte er.

Und dann geschah etwas, von dem ich nicht mehr gewusst hatte, wie es sich anfühlte. Dad trat auf mich zu und schloss seine Arme um mich. Steif ließ ich es über mich ergehen und atmete schwerfällig gegen seine Brust. Langsam kam die Erinnerung zurück und ich ließ die tröstende Umarmung zu. Es tat so verdammt gut, dass ich beinahe vergaß, weshalb wir hier kauerten.

»Lass uns nach Hause gehen.«

Schwach nickte ich ihm zu. Das war das Schönste, was er die letzten Jahre zu mir gesagt hatte.

KAPITEL 24

»Nimm dir all die Zeit, die du brauchst, Liebes. Niemand drängt dich.« Sanft legte Mom ihre warme Hand auf meine Schulter und ich genoss das Gefühl von Geborgenheit.

Nach einer Woche hatte ich es geschafft, mich so weit sicher zu fühlen, um wieder meinen Alltag zu bestreiten. Die Demütigung, die mir widerfahren war, machte es fast unerträglich, zurück in die Firma zu gehen. Alles erinnerte mich an den Tag in Masons Büro. Zum Glück war alles erst einmal gut ausgegangen, auch wenn niemand sagen konnte, wie es genau weitergehen würde. Zumindest war Mason entlassen worden – ohne Referenzen und mit einer Anzeige wegen Erpressung am Hals. Und mein Vater ... Er hatte Wort gehalten und sich der Polizei gestellt. Offensichtlich war alles nur halb so schlimm, wie Mason behauptet hatte, und die Anwälte der Firma würden ihr übriges tun. Wahrscheinlich würde nur eine saftige Geldstrafe auf meinen Vater zukommen.

Für heute hatte ich mir vorgenommen, Grace zu besuchen. Allein der Gedanke daran, ihr vorzulesen, erfüllte mich mit Wärme. Dankbar lächelte ich Mom an und schloss sie in die Arme.

»Es geht mit wirklich gut«, sagte ich, schob ihr blondes Haar zur Seite und gab ihr einen Kuss auf die Wange. Seltsam, wie sehr uns der Vorfall zusammengeschweißt hatte. Selbst Dad begann sich mir gegenüber langsam zu öffnen. Er fragte mich häufiger nach meinem Befinden und allein das bescherte mir immer wieder wohlige Schauer.

Moms Finger legten sich auf meine Oberarme und schoben mich ein Stück von ihr weg. »Bist du dir sicher?« Lächelnd nickte ich und löste mich von ihr.

Ja, ich war mir sicher. Sicherer denn je. Denn ich hatte die Tage genutzt, um mir über einige Dinge klar zu werden. Mason sollte keine Macht mehr über mich und mein Leben haben. Das sollte niemand mehr, außer ich.

»Liebes, hier liegt ein Brief für dich«, sagte sie beiläufig, während sie weiter das Essen zubereitete. Stutzig warf ich einen Blick auf die Anrichte. Eigentlich bekam ich nur selten Post, weshalb ich umso neugieriger wurde. Mit klopfendem Herzen betrachtete ich den Absender. Die Stiftung!

Meine Beine wurden weich und am liebsten hätte ich den Brief einfach weggeschmissen. Wenn mich die Stiftung anschrieb, dann konnte das nur eins bedeuten: Cathryns Traum würde ein für alle Mal sterben. Bestimmt reichte das Geld nicht aus, um den Bau länger aufzuschieben.

»Alles okay? Du siehst aus, als hättest du ein Gespenst gesehen«, hörte ich Moms Stimme gedämpft zu mir durchdringen.

Schnell begann ich zu nicken, bevor sie weitere Fragen stellte, und setzte ein halbherziges Lächeln auf. Ihr jetzt zu erklären, warum ich am Boden zerstört war, würde nichts bringen. Damit wollte ich erst selbst fertig werden. Mit zittrigen Fingern öffnete ich den Briefumschlag.

Sehr geehrte Ms Lancaster,
hiermit möchten wir Ihnen mitteilen, dass wir mit der erhaltenen Summe von einhunderttausend Dollar mit dem Bau des Kinderheims beginnen können. Über den genauen Starttermin werden wir Sie informieren, sobald der Projektplan abgeschlossen ist.

Meine Augen flogen kreuz und quer über die wenigen Zeilen. Die Stiftung hatte einhunderttausend Dollar erhalten.

Das stand dort schwarz auf weiß. Die Frage war nur, von wem?

Immer wieder las ich den Brief durch, in der Hoffnung einen Hinweis darauf zu finden, wer die Summe gezahlt hatte. Nach dem zehnten Mal gab ich auf und ließ mich auf einen der Barhocker sinken.

»Sicher, dass alles gut ist?« Misstrauisch trat meine Mutter neben mich und ich konnte nicht anders, als ihr den Brief in die Hand zu drücken. Auch, wenn ich ihr dann wohl alles andere ebenfalls erklären müsste.

Ich hatte keine Ahnung, wer hinter der Zahlung steckte. Was, wenn alles nur eine Verwechslung war? Solange mir nicht klar war, was hier vor sich ging, wagte ich es nicht, mich zu freuen, denn es gab niemanden, der von der Stiftung wusste. Außer Melody, aber die hatte keine hunderttausend Dollar übrig. Also musste es ein Missverständnis sein, um das ich mich schnellstmöglich kümmern sollte. Doch vorher erzählte ich meiner Mom alles. Bis ins kleinste Detail erzählte ich ihr von den Träumen ihrer verstorbenen Tochter.

»Liv, hast du kurz Zeit?« Dad lehnte an der Terrassentür, die Hände tief in seinen Hosentaschen vergraben. Er wirkte beinahe unsicher.

»Ähm ... Natürlich.« Immer noch aufgewühlt griff ich nach meiner Handtasche und ging zur Tür. Dad hatte sich bereits abgewandt und schritt langsam zu der Sitzecke neben unserem kleinen Teich, den Cathryn und ich vor vielen Jahren angelegt hatten. Unser Ferienprojekt, wie wir es genannt hatten. Es war eine Ewigkeit her, seit ich das letzte Mal hier gewesen war.

Mein Vater blickte mit einem traurigen Lächeln in das trübe, algige Wasser. »Ihr habt mich damals mit dem Teich an den Rand meiner Verzweiflung gebracht.«

Ich setzte mich ihm gegenüber in einen Sessel und folgte lächelnd seinem Blick. Bei seinen Worten kamen Erinnerungen an jenen Sommer in mir hoch – Erinnerungen, wie Cathryn und mir jeden Tag eine neue Idee für unser Projekt eingefallen war.

»Die Mitarbeiter im Baumarkt dachten, ich sei verrückt. Jeden Tag habt ihr mich mit einer neuen Liste losgeschickt. Mich! Den Mann mit den zwei linken Händen, den, der kein Werkzeug beim Namen nennen kann.« Er schüttelte den Kopf. »Was habe ich mich für euch zum Affen gemacht.« Sein Lächeln erreichte seine Augen und mir wurde warm ums Herz. Es war ein seltsames Gefühl, an Cathryn zu denken, ohne fast zu ersticken. Doch ich genoss es in vollen Zügen. »Ich vermisse sie schrecklich. Jeden Tag, jede Minute«, sagte er leise.

»Ich auch ...« Meine Stimme war nicht mehr als ein Flüstern. Dads Stirn legte sich in Falten, seine Hände krallten sich in die Armlehnen, so dass seine Knöchel hervorstachen.

»Als Mason dich beleidigte ... Es war, als würde er auch mich verletzten. Als würde ich den Schmerz, der dir gelten sollte, zehnfach abbekommen.« Er atmete schwer ein und ich schluckte. Ich hatte mit Dad nicht mehr über den Vorfall gesprochen und ich wusste nicht, ob ich jetzt schon bereit dafür war. Gleichzeitig war mir bewusst, dass ich gerade das intimste Gespräch mit meinem Vater führte, das wir jemals hatten. Also schwieg ich und ließ ihn fortfahren.

»Es war, als würde ich aus einem Taubheitszustand aufwachen. Alles, was mir durch den Kopf ging, war, dass er mein Mädchen in Ruhe lassen sollte. Es war schrecklich. Und mir wurde bewusst, wie sehr ich als Vater versagt hatte.«

Tränen sammelten sich hinter meinen Lidern, doch ich wagte es nicht, sie wegzublinzeln. Es brach mir das Herz, ihn so leiden zu sehen. Gleichzeitig hatte ich Angst, aus einem viel zu realen Traum aufzuwachen. In diesem Moment gab es nichts Schöneres, als hier zu sitzen. Mit Dad.

»Die ganzen Jahre habe ich dich von mir fortgedrängt«, fuhr er heiser fort. »Ich dachte, es wäre das Beste, nichts mehr zu fühlen, dich so weit wie möglich fernzuhalten, damit ich niemals mehr so einen Schmerz spüren musste wie in dieser Nacht, als ... als sie starb.« Seine Stimme brach und ich beugte mich vor.

»Nicht, Dad«, sagte ich leise. »Du brauchst nicht ...«

Doch mit einer sanften Handbewegung brachte er mich zum Schweigen. »Nein, es ist schon gut«, sagte er. »Es war dumm von mir zu denken, ich könnte aufhören, dich zu lieben. Es soll keine Entschuldigung sein, keinesfalls, denn ich verstehe es selbst nicht mehr.« Seine Hand legte sich über seinen Mund und er weinte stumm.

Seine Worte brachten etwas in mir zum Einstürzen. Tränen rannen haltlos und tropften auf meine nackten Beine. Mein Körper bebte. Ich weinte um die letzten vier Jahre. Verlorene Jahre, in denen ich geglaubt hatte, er würde mir die Schuld an ihrem Tod geben. Eine Last fiel von mir ab, von der ich nicht gewusst hatte, wie schwer sie gewesen war.

»Bevor Cathryn zu dir fuhr, hatte sie ein Telefonat zwischen mir und einem meiner damaligen Anwälte mitangehört. In diesem Gespräch ging es um ... Nun ja, sagen wir, es hatte die steuerlichen Begebenheiten zum Thema, die Mason akribisch aufgearbeitet hat. Es waren halblegale Dinge, von denen mir schon damals klar war, dass sie mich in Schwierigkeiten bringen konnten. Doch mein Anwalt meinte, Schlupflöcher zu kennen ... Egal – auf jeden Fall war dieses Gespräch nicht für Cathryns Ohren bestimmt gewesen. Ich wusste nicht, wie viel sie mitbekommen hatte, doch anstatt sie zu fragen, schickte ich sie einfach aus meinem Büro.« Er schluckte. »Und dann ist sie ins Auto eingestiegen.« Seine Stimme brach und ich starrte ihn irritiert an. Was erzählte er mir da gerade? Was sollte das? Ich verstand überhaupt nichts mehr. Nur, dass hier irgendetwas überhaupt nicht so war, wie es sein sollte.

»Dad …?«, begann ich hilflos, doch ich wusste noch nicht einmal, was ich fragen sollte.

»Verstehst du nicht, Liv?« Mein Vater sprach weiter. Seine Stimme klang wieder fest und gleichzeitig flehend. »Sie war aufgewühlt von dem Gespräch, das sie mit angehört hatte. Deswegen war sie unaufmerksam, als sie dich von der Party abgeholt hat.« Er machte ein ersticktes Geräusch. »Ich bin schuld an Cathryns Tod.«

Langsam wurde mir die Bedeutung seiner Worte klar. Mein Körper versteifte sich, Tränen brannten wie Feuer in meinen Augen. Dads Silhouette verschwamm, ich sah nichts mehr, hörte nur das Rauschen in meinen Ohren und den viel zu lauten Herzschlag. Die ganzen Jahre voller Schuldgefühle und Selbsthass. Voller Erniedrigung und Demütigungen.

Sie waren umsonst gewesen.

»Warum?«, fragte ich atemlos und krallte meine Hände fest in den Stoff der Sitzunterlage.

»Was meinst du?«, fragte er mich mit belegter Stimme und ich hörte wie er zu mir herübertrat.

Automatisch zuckte ich zurück. Er sollte nicht zu mir kommen. Nicht jetzt, wo sich Wut, Erleichterung und der angestaute Schmerz zu einem Cocktail vermischten, der mich in die Knie zwang.

Ruckartig hob ich die Hand und gab ihm damit zu verstehen, dass ich seine Berührung nicht wollte. »All die Jahre dachte ich, ich wäre schuld an ihrem Tod. Ich dachte, sie wäre wegen mir so aufgewühlt und unvorsichtig gewesen.«

»Es tut mir leid, mein Schatz«, war alles, was er sagte. Doch es reichte nicht, um all die Wunden der letzten Jahre zu schließen. Ungläubig schüttelte ich den Kopf.

»Dich trifft keine Schuld«, fuhr mein Vater fort. »Wäre das Telefonat nicht gewesen, hätte ich sie nicht fortgeschickt. Dann wäre sie jetzt vielleicht noch bei uns.«

Und neben all dem Schmerz waren es genau diese Worte, die etwas in mir reparierten. Etwas, das die letzten Jahre über kaputt in mir gelegen hatte und das sich nun zu einem Bild zusammenfügte. Dad empfand den gleichen Schmerz, den ich all die Jahre mit mir herumgeschleppt hatte. Die gleiche Schuld. Doch es gab keinen Schuldigen. Endlich ergaben Reeces Worte einen Sinn für mich. Ich hatte sie schon damals verstanden, doch erst jetzt spürte ich ihre Wahrheit körperlich.

»Nein Dad, so darfst du nicht denken ... Mach nicht denselben Fehler wie ich!«

Es war ein Unfall. Niemand hätte ihn verhindern können.

»Es tut mir so leid, Engel. So verdammt leid. Ich habe dich leiden lassen, dabei hättest du mich gebraucht.« Seine Hand umfasste meine, streichelte sanft über den Handrücken. Es lagen so viele ungesagte Dinge zwischen uns und so viel emotionale Arbeit vor uns, aber ich war mir sicher, wir würden auch das schaffen. Daran glaubte ich fest.

Wir blieben noch eine ganze Weile einfach nur regungslos sitzen. Jeder in seinen Gedanken gefangen, ließen wir uns den Freiraum, den wir brauchten. Und klammerten uns gleichzeitig in unserem Schmerz aneinander, um uns gegenseitig zu retten.

KAPITEL 25

»Ach, ich bin so froh, dass sie hübsch ist! Wenn man selbst hässlich ist, dann tut es doppelt so gut, eine hübsche Busenfreundin zu haben«, beendete ich den Satz, legte das Buch zur Seite und sah zu Grace, die mit nassem Haar entspannt in ihrem Sessel im lichtdurchfluteten Wohnzimmer lag. Erst nach ein paar Sekunden linste sie zu mir.

»Bist du nicht sauer auf mich?«, fragte ich aus einer inneren Eingebung heraus. Das Thema Reece hatten wir bis jetzt vermieden, doch ich wollte nicht, dass er ewig zwischen uns stand. Er war ihr Enkel. Und er hatte sie belogen.

Nein.

Wir hatten sie belogen.

Abwägend sah sie mich an und legte den Kopf schief. Ein warmes Lächeln schlich sich auf ihre Lippen und ließ ihr Gesicht gleich um Jahre jünger wirken. »Nein, das bin ich nicht.« Sie seufzte. »Und ich hätte es mir denken müssen. Reece wäre nicht Reece, wenn er unter normalen Umständen eine so tolle Frau wie dich kennengelernt hätte.« Über ihre Augen legte sich ein trauriger Schleier, als sie aus dem Fenster sah und dann weitersprach. »Seine Mutter hat ein riesiges Loch hinterlassen, als sie so plötzlich verschwand. Und auch, wenn ich es nicht will, so hasse ich Linda dafür, was sie Reece und meinem Sohn angetan hat. Sie hat dafür gesorgt, dass ich meinen Jungen beerdigen musste. Wobei ich ihr diese Last nicht aufschultern möchte, denn mein Sohn hat sich für diesen Weg selbst entschieden. Er hätte nach vorne schauen können, sein Leben mit Reece weiterleben können. Aber er ist einen anderen Weg gegangen.« Sie schluckte gegen die aufkommenden Tränen an und atmete tief durch.

Ich wusste nicht, ob ich zu ihr gehen sollte, oder nicht, doch ich entschied mich, meiner Intuition zu folgen. Langsam setzte ich mich in den Stuhl neben sie und nahm sie in die Arme.

»Reece hat durch sie ein völlig falsches Frauenbild bekommen«, fuhr Grace zwischen meinen Armen fort. »Ich habe es nie wirklich geschafft, ihn vom Gegenteil zu überzeugen. Leider.« Sie lachte kurz auf und löste sich von mir. Lächelnd strich sie mir die Haare aus dem Gesicht. »Als Reece dich das erste Mal mitbrachte, habe ich nach Anzeichen gesucht, die darauf hindeuteten, dass eure Beziehung nicht echt sei. Aber ich fand keine. Die Blicke, die ihr euch zugeworfen habt, erinnerten an eine frische, zarte Liebe, die gerade anfing, zu wachsen.« Sie spitzte energisch die Lippen. »Auch wenn Reece Mist gebaut hat, gib ihn nicht auf. Er ist ein kleiner verletzter Junge, der aus Angst keine Liebe zulässt, der sich wehrt. Liv ...« Zittrig beugte sie sich vor, ergriff meine Hand und ich schluckte schwer, als ich den Schmerz, die Hoffnung und die Liebe in ihren Augen sah. »Er mag dich. Sehr.«

Zu gerne hätte ich ihren Worten Glauben geschenkt. Reece mochte mich. Genau wie alle anderen Frauen. Das war ja genau das Problem. Aber wie sollte ich Grace widersprechen, ohne ihr den letzten Funken Hoffnung zu nehmen? Nein, das brachte ich nicht übers Herz, auch wenn es mir schwerfiel.

Graces Worte ließen mich noch Stunden nach meinem Besuch nicht los. Sie fesselten mich, schlichen sich in mein Herz und umklammerten es mit aller Wucht.

Gedankenverloren starrte ich auf den vollen Teller, den mir Melody vorgesetzt hatte. Es roch sündhaft köstlich, doch mein Magen drehte sich im Kreis. Und das lag nicht an ihren Kochkünsten, denn Melody war eine Göttin in der Küche. Und verdammt, sie hatte extra mein Lieblings-essen gekocht, Paella. Ihre spanischen Gerichte verrieten immer wieder ihre Wurzeln und egal wie oft ich versuchte, es nachzukochen – es gelang mir nicht.

»Was ist? Hab ich verkackt?« Ihre Gabel sank langsam auf den Teller. Auch wenn mir überhaupt nicht danach war, musste ich lachen.

»Was ist so lustig?«, fragte sie irritiert.

»Dein Wortschatz ist wirklich ladylike, Melody.« Schul-terzuckend nahm sie eine Gamba und begann, sie zu schä-len. »Nein, du verkackst nie beim Kochen.« Klirrend ließ ich meine Gabel fallen und erntete nur einen verwirrten Blick aus ihren dunklen Augen. »Ach verdammt – vergiss einfach, dass ich sagte, ich will nicht reden. Ich will doch reden«, sagte ich entschieden. In mir hatte sich eine Ge-fühlsmischung angestaut, die ich nicht in Worte fassen konnte. Die Ereignisse der letzten Tage brachten meine Muster zum Einbrechen. Und irgendwie gelang es mir nicht mehr, alles mit mir selbst auszumachen. Ich drehte mich im Kreis. Immer und immer wieder. Das konnte doch nicht so weitergehen.

Mit vollem Mund und hochgezogenen Augenbrauen sah Melody von ihrem Teller auf. »Finde ich gut«, sagte sie undeutlich und nickte dabei. »Und?«

Mir war klar, dass sie diese Abgebrühtheit nur spielte. Mir zuliebe. Doch an dem Zucken ihrer Augenlider er-kannte ich, dass sie nur darauf brannte, alles brühwarm mit mir auszudiskutieren.

»Keine Ahnung, wo ich anfangen soll«, sagte ich etwas hilflos. »Meinen Dad wiederzuhaben, ist ein unbeschreib-liches Gefühl. Wir nähern uns langsam an und es ist nicht leicht, aber so viel mehr, als ich mir jemals erhofft hatte. Doch dann ist da diese Lücke. Cathryn kommt nicht mehr zurück ... Ich muss damit klarkommen, dass es ein Unfall war, den niemand hätte verhindern können.« Ich hatte Me-lody schon vor einigen Tagen die Wahrheit über die Nacht erzählt, in der Cathryn gestorben war. Die Wahrheit, die ich all die Jahre geglaubt hatte. Und die Wahrheit, die mein Vater mir gebeichtet hatte.

»Und dann noch Reece ... Es fühlt sich alles so verdammt seltsam an.« Meine Stimme versagte, während mir noch so viele Sachen durch den Kopf wirbelten, die ich nicht zu fassen bekam. In der einen Minute war ich voller Zuversicht, Freude und Optimismus und in der anderen hatte mich mein Schwarzweißdenken im Griff. Dabei war mir in den letzten Tagen bewusst geworden, wie sehr ich aus diesen Denkmustern ausbrechen wollte.

»Süße, es ist vollkommen normal, wie du dich fühlst. Und es freut mich, dass dein arschiger Vater endlich wieder zu sich gekommen ist und sieht, was für eine tolle und fantastische Tochter er hat.« Sie schenkte mir ein warmes, zuversichtliches Lächeln. »Und was Reece angeht – rede mit ihm, sage ihm, wie du fühlst. Auch wenn du jedes Recht hast, sauer auf ihn zu sein – wenn du noch irgendetwas für ihn empfindest, wirst du dich ihm stellen müssen.«

Ich schnaubte und stocherte mit meiner Gabel in der Paella. War ja klar, dass sie so etwas sagte. Sie hatte die Hoffnung auf mich und Reece nicht aufgegeben, dafür war sie einfach zu sehr Romantikerin. Auch wenn sie selbst noch nie eine richtige Beziehung geführt hatte, die diesen Namen verdiente.

Okay, trotzdem hatte sie eine romantische Ader. Das lag auf der Hand.

»Du weißt, dass ich recht habe«, sagte Melody ernst.

Ich fuhr mir über die Stirn. Hatte Melody wirklich recht? Ich wusste es nicht. Denn es änderte nichts an den Tatsachen. Es war eine schöne, aufregende Zeit gewesen und ich hatte es nur Reece zu verdanken, wie sich mein Schicksal die letzten Wochen gefügt hatte. Doch unsere Zeit schien abgelaufen zu sein, auch wenn ich gerne mehr davon gehabt hätte.

Er hatte sich mit Frauen vergnügt, Frauen die so ganz anders waren als ich. Vielleicht gehörte ich nicht in sein Beuteschema und würde mich nur zum Affen machen, wenn ich ihm meine Gefühle auf dem Tablett servierte. Bestimmt hatte er es ebenso als Spiel angesehen, mit mir zu schlafen.

»Nein, das halte ich für keine gute Idee.«

»Warum?«

»Weißt du, wie demütigend es war, Reece mit den beiden halbnackten Frauen im Club zu sehen? Es war, als hätte mir jemand ein Messer in die Brust gesteckt und es langsam herumgedreht. Er hat sich nach anderen gesehnt. Er braucht die Abwechslung.«

»Hör einfach auf dein Herz. Es weiß am besten, was gut für dich ist«, sagte Melody aufrichtig und überraschte mich erneut. Keine Diskussion? Kein Widerspruch?

Dankend schenkte ich ihr ein Lächeln und widmete mich meinem vollen Teller zu. Mein Herz. Wusste es wirklich, was gut für mich war?

Wenn ja, warum sehnte es sich nach Reece?

KAPITEL 26

»Hey Schatz, du kommst genau richtig«, flötete Mom und balancierte mit einer Flasche Wein und zwei Gläsern in der Hand in Richtung Wohnzimmer. »Komm zu uns, wir haben es uns gerade gemütlich gemacht.«

Schnell schlüpfte ich aus meinen Schuhen und hängte meine Handtasche an der Garderobe auf. Unschlüssig, ob ich schon bereit dazu war, ihnen zu verkünden, was ich heute getan hatte, folgte ich ihr.

»Hey«, begrüßte mich Dad und sah mich lächelnd an. Ich ließ mich ins Sofa sinken, während ich nach Worten suchte. Doch dann sprudelten sie aus mir heraus, bevor ich überhaupt realisierte, was ich sagte.

»Ich hab mein Studium hingeschmissen.«

Mom stoppte in ihrer Bewegung, stellte die Weinflasche ab und sah mich mit großen Augen an. Schweißperlen bildeten sich auf meiner Stirn, als ich in das ebenfalls überraschte Gesicht meines Dads blickte.

»Du hast was?«, fragte er mit gerunzelter Stirn.

»Ihr wisst, wie sehr ich die Musik liebe. Wirtschaftswissenschaften waren nie mein Wunsch, ich habe es nur euch zuliebe studiert. Ich wollte euch glücklich machen. Aber ich will endlich das machen, was mich erfüllt.« Es kostete mich mehr Kraft, als ich gedacht hatte, die Worte laut auszusprechen. Doch es fühlte sich nur halb so schlimm an, wie ich es mir den ganzen Tag lang ausgemalt hatte.

Mein Dad räusperte sich. »Und ... was ist mit der Firma?«

Für einen Moment schloss ich die Augen und holte tief Luft. Jetzt kam der wirklich schwierige Teil. Ich würde meinen Vater enttäuschen müssen – und das, wo wir gerade dabei waren, uns wieder aneinander anzunähern.

»Ich werde natürlich weiter für dich arbeiten, solange du mich brauchst«, sagte ich dann mit fester Stimme. »Aber langfristig gesehen werde ich nicht in die Firma einsteigen, sondern meinen eigenen Weg gehen.«

Als ich endlich einen Blick zu meinem Vater wagte, sah dieser mich offen an. In seinem Blick konnte ich Wehmut ausmachen, aber auch Verständnis ... und ... war da tatsächlich so etwas wie Freude?

Mit einem bedächtigen Nicken legte er die Fingerkuppen aneinander. »Das ist ... das ist ein mutiger Schritt von dir«, sagte er dann. »Und genau der richtige.«

»Wirklich?« Ich hatte gar nicht gemerkt, dass ich vor Anspannung die Luft angehalten hatte. »Du bist nicht enttäuscht?«

Mein Vater zuckte die Achseln. »Wenn ich ehrlich bin, hatte ich so etwas schon vermutet. Doch ich habe es wahrscheinlich nicht wahrhaben wollen. Wie so vieles andere auch nicht.« Gedankenverloren schweifte sein Blick in die Ferne. »Aber egal«, sagte er dann entschlossen. »Hast du dich schon für eine Uni entschieden?« Dad führte sein Weinglas an den Mund und nahm einen großzügigen Schluck.

Mit aufgeplusterten Backen ließ ich meinen Blick umherschweifen. Darüber hatte ich mir keine Gedanken gemacht.

»Das ist meine Liv«, sagte er lachend. »Du hast keine Ahnung, stimmt's?«

»Ja«, gab ich kleinlaut zu. Den Schritt zu wagen, das Studium hinzuschmeißen, war gewaltig gewesen und hatte meine ganze Energie in Anspruch genommen. Bis jetzt hatte ich weder die Zeit noch den Kopf gehabt, mir Gedanken um die weitere Zukunft zu machen. Wer wusste schon, was morgen passierte?

»Überstürze nichts, du hast Zeit«, sagte mein Vater, als er meinen ratlosen Gesichtsausdruck sah. »Wir könnten uns Unis anschauen, gleich morgen«, warf meine Mutter ein.

»Silvia«, mahnte Dad sie, »Liv wird schon eine passende Uni finden. Die *sie* aussucht.«

»Stimmt. Das wird sie.«

Wärme durchströmte jede einzelne Zelle meines Körpers. Jeden Augenblick sog ich in mir auf, aus Angst, diesen Moment zu vergessen. Ihn nur geträumt zu haben. Gerade jetzt konnte ich nicht glücklicher sein. Eine ganz normale Familie waren wir wohl immer noch nicht. Aber auch nicht mehr meilenweit davon entfernt.

»Entschuldigt mich kurz.« Dad nahm sein klingelndes Telefon aus der Hosentasche, legte seinen Zeigefinger auf die Lippen, als Zeichen, dass wir kurz still sein sollten. »Verstehe. Seltsam. Hm. Normalerweise passiert mir so etwas nie. Ich muss heute wohl nicht ganz bei der Sache gewesen sein.«

Aufmerksam verfolgten Mom und ich das Gespräch und tauschten fragende Blicke aus, doch keine von uns wusste, was los war.

»Ein Kunde.« Er fasste sich an die Stirn. »Ich habe Unterlagen bei ihm vergessen, die ich eigentlich für das Meeting morgen brauche. Fahren kann ich aber nicht mehr.« Er hielt sein Weinglas hoch und sah es mit gerunzelter Stirn an.

»Ich hab nichts getrunken, ich kann sie abholen«, sagte ich grinsend. Das fühlte sich jetzt wirklich nach normalem Familienleben an.

»Hast du mir nicht eben gekündigt?« Lachend leerte er sein Glas, lehnte sich zurück und genoss es, mich aufzuziehen.

»Ich mache heute eine Ausnahme«, neckte ich ihn. »Schick mir die Adresse.«

In meinem Bauch machte sich eine wohlige Wärme breit und ich wagte es, das Radio aufzudrehen. Der Takt der Musik riss mich mit sich und wiegte mich sanft, bis ich das altbekannte Gefühl zuließ, das mich früher immer überkommen hatte, wenn ich Musik hörte. Wie sehr hatte ich es vermisst. In diesem Moment durchströmte mich so viel Glück, dass ich am liebsten die Zeit angehalten und mich dem rhythmischen Strom hingegeben hätte. Zögerlich begann ich, die ersten Takte mitzusingen. Zwar waren die ersten Strophen etwas wackelig, aber ich fand schneller hinein, als ich gedacht hatte. Meine Stimme wurde sicherer, fester. Und schließlich auch lauter. Ehe ich mich versah, sang ich aus vollem Hals mit und grinste dabei in mich hinein.

Viel zu schnell unterbrach das Navi meine kleine Gesangseinlage. Fast enttäuscht sah ich mich um, denn links von mir sollte sich mein Ziel befinden. Eine dunkelgraue Fassade, riesige weiße Fenster und ein üppig angelegter Vorgarten schoben sich in mein Blickfeld. Wow – wer auch immer hier wohnte, hatte es geschafft. Und es musste sich um Dads Kunden handeln, denn weit und breit stand kein anderes Haus in der Nähe.

Mit großen Schritten ging ich die wenigen Steinstufen zu der atemberaubenden Villa hinauf. Die kleinen Lichter im Boden navigierten mich an Palmen und Hibiskussträuchern vorbei bis zur Tür, die eher ein Portal war als eine gewöhnliche Haustür. Es fehlte nur noch der rote Teppich und ich würde mir wie bei der Oscar-Verleihung vorkommen. Als ich die Klingel betätigte, setzte ich mein freundliches »Ich bin immer für Sie da«-Lächeln auf, das nur für unsere Kunden reserviert war.

Ein paar Sekunden später öffnete sich die Tür.

Und mein Lächeln gefror.

»Hey.«

Ein Paar ozeanblaue Augen blickte mich so intensiv an, dass ich das Gefühl hatte, sie würden direkt in mein Herz sehen. Taumelnd hielt ich mich am Geländer fest. Das konnte nicht sein. Dieser Begegnung war ich noch nicht gewachsen. Nicht jetzt und nicht irgendwann.

»Entschuldige. Ich sollte was abholen. Aber ich muss mich in der Adresse geirrt haben.« Mir fiel einfach nichts anderes ein, also hielt ich mich krampfhaft an meinem Kunden-Skript fest, während ich rückwärts die Treppe hinunterwich.

»Du bist genau richtig hier«, sagte er leise, öffnete die Tür ein Stück weiter und trat mit nackten Füßen nach draußen. Zwei widerstreitende Gefühle hielten mich an Ort und Stelle. Am liebsten wäre ich gerannt, weit weg und doch sehnte ich mich danach, in seine Arme zu fallen.

Aber so durfte ich nicht fühlen. Nicht nachdem er mich belogen und hintergangen hatte. Und immer noch fiel mir nichts anderes ein als der Kunde, der mit Sicherheit auf mich wartete.

»Tut mir leid, Reece, das muss ein Missverständnis sein. Mein Dad braucht Unterlagen, die ich bei einem Kunden abholen soll. Ich ... Irgendwie bin ich dann hier gelandet.« Ich atmete tief durch und fuhr mir durch die Haare. Langsam erlangte ich meine Fassung zurück, die ich in seiner Anwesenheit bitter benötigte.

Reece stand unverändert vor der riesigen Haustür, sein Blick auf mir ruhend. »Dein Dad hat dir die richtige Adresse gegeben.« Er machte einen weiteren Schritt nach vorn, während sich ein vorsichtiges Lächeln auf sein Gesicht schlich.

Ich runzelte die Stirn. Was sollte das heißen, Dad hätte mir die richtige Adresse gegeben? War Reece etwa jetzt unser Kunde? Brauchte er für das R&B eine Unternehmensberatung?

»Würdest du bitte hereinkommen?«, fragte er beinahe schüchtern und trat einen Schritt zur Seite. »Dann könnte ich dir alles erklären.«

»Was soll das alles?«, fragte ich völlig überfordert.

Resigniert zuckte Reece mit den Schultern. Wahrscheinlich sah er ein, dass ich ohne weitere Erklärung nirgendwohin gehen würde. »Dein Dad hat mich angerufen. Er hat gehört, wie Mason meinen Namen genannt hat. Und bei aller Bescheidenheit – wenn man meinen Namen erst einmal kennt, ist es nicht sonderlich schwierig, zu mir Kontakt aufzunehmen. Er wollte wissen, wer ich bin und na ja ... ich hab ihm alles erzählt.«

Einen Moment lang starrte ich ihn an. »Du hast was getan?«, fragte ich ihn entsetzt. Das musste ein mieser Scherz sein, denn mein Dad würde mir den Kopf abreißen, wenn er wüsste, was ich getan hatte.

Beruhigend hob Reece die Hände. »Keine Sorge, dein Dad war ziemlich entspannt.« Er schluckte und legte den Kopf schief. »Bitte, Liv. Komm einfach rein, ja?«

Seine Worte waren flehend und erst jetzt bemerkte ich die tiefen Schatten unter seinen sonst so leuchtenden Augen. Sie strahlten – doch lange nicht so, wie ich es in Erinnerung hatte. Und zum ersten Mal kam mir der Gedanke, dass auch Reece vielleicht unter der Situation litt. Aber nein, so einen Gedanken durfte ich gar nicht erst zulassen. Entschlossen schüttelte ich den Kopf. Reece hatte mich benutzt, ich war nur Mittel zum Zweck gewesen. Ich durfte gar nicht erst wieder anfangen, mich an irgendwelche Strohhalme zu klammern.

Und dann fiel bei mir endlich der Groschen.

»Ihr beide habt das hier also geplant? Du und mein Vater? Hinter meinem Rücken«, stellte ich fest und konnte es nicht fassen. Und ich wusste nicht, ob ich über diese Tatsache lachen oder weinen sollte. Mein Vater und Reece schmiedeten heimlich Pläne. Das war absurd.

Seufzend schloss ich für einen Moment die Augen. Ich wusste, dass ich eigentlich sofort umdrehen und zurück zu meinen Eltern fahren sollte. Um meinem Vater gehörig die Meinung zu sagen. Was mischte er sich überhaupt ein?

Ich stutzte bei dem Gedanken. Ja – was mischte sich mein Vater ein? Er hatte mit Reece gesprochen. Und irgendetwas musste bei dem Gespräch passiert sein, das ihn bewogen hatte, ihn zu unterstützen. Irgendetwas musste ihn überzeugt haben.

»In Ordnung«, sagte ich mit zusammengekniffenen Augen und wusste nicht, ob das jetzt gerade das Dümmste war, das ich jemals getan hatte. Andererseits – vielleicht konnte ich auf diese Weise ein für alle Mal mit ihm abschließen und sogar Frieden mit der ganzen Geschichte schließen.

Stumm folgte ich ihm und sah mich in seinem Haus um, das genauso stilvoll eingerichtet war, wie das R&B und seine Yacht. Die hellen Möbel und die weiten, offenen Räume verliehen dem großen Gebäude eine Leichtigkeit, die man von außen nicht vermutet hätte. Durch die Glasfronten auf der Rückseite des Hauses sah man den Strand, der direkt an Reeces Grundstück zu grenzen schien und offensichtlich zu seinem Privatbesitz gehörte.

Meine Hände begannen zu schwitzen, als mir plötzlich bewusst wurde, dass ich gerade in seinem Haus stand. Das war ganz klar gegen seine Prinzipien. Was er mir wohl zu sagen hatte? Immerhin hätte er mich an jeden x-beliebigen Ort bestellen können. Oder von mir aus auf seine Yacht – dort war ich schließlich schon gewesen! Warum war ich ausgerechnet in seinem Haus, in dem keine Frau etwas zu suchen hatte? Verdammt, die ganze Situation begann nun doch, mich zu überfordern.

Bei jedem Schritt atmete ich seinen Duft ein und betrachtete seinen angespannten muskulösen Rücken, der nur in einem dünnen, schwarzen Shirt steckte, das viel zu viel von seinen Tattoos freilegte. Schluckend folgte ich ihm in die obere Etage, die geradewegs auf eine riesige, zartbeleuchtete Dachterrasse führte. Der Blick auf den Ozean, der sich vor mir erstreckte, raubte mir den Atem. Mit angehaltener Luft blickte ich an Reece vorbei. Ein Meer aus

Kerzen und Rosenblättern legte sich über die Terrasse wie ein bunter, federleichter Teppich.

»Ich hoffe, es gefällt dir. Ich bin nicht besonders gut ...« Verlegen kratzte er sich über seinen gestutzten Bart. Ernsthaft? Reece war unsicher. Dass ich das noch erlebte.

»Es ist wunderschön«, fiel ich ihm ins Wort, einfach, weil es die Wahrheit war. Ja, es war schön. Es war wirklich wunderschön. Doch immer noch nicht wollte ich mir eingestehen, was das alles zu bedeuten hatte.

Zögernd folgte ich ihm zu der gemütlichen Lounge und setzte mich mit offenem Mund neben ihn. Unsere Beine berührten sich für einen Moment und es war, als würden sich tausende von kleinen Stromschlägen in meinem Inneren in Bewegung setzen und mein Herz daran erinnern, dass es weiterschlagen sollte.

»Warum?«, flüsterte ich, während meine Augen immer noch an der atemberaubenden Kulisse hingen.

Fahrig rieb er sich abermals über seinen kurzen Bart, sah mich an und griff nach meiner Hand, die ich ruckartig wegzog. Es fühlte sich an, als hätte ich mich gerade an einem offenen Feuer verbrannt. Ich sollte nicht hier sein. Nicht hier bei ihm.

»Weil ich ein Feigling bin«, seufzte er und blickte traurig meiner Hand hinterher. Dann schien er sich einen Ruck zu geben. »Mit den Frauen in der Bar hab ich nichts gehabt, das musst du mir glauben«, sagte er beschwörend, so dass ich gar nicht anders konnte, als ihm zuzuhören. »Ich hatte mir selbst beweisen wollen, dass ich nichts für dich empfinde und was soll ich sagen ... Die Aktion ist absolut nach hinten losgegangen.« Seine Augen verfinsterten sich, als er sich mit angespannter Miene übers Gesicht fuhr, als wollte er die Bilder jener Nacht aus seinen Gedanken wischen.

»Die letzten Jahre habe ich nach meinen Prinzipien gelebt. Keine Frau hat es jemals geschafft, mir so sehr unter die Haut zugehen, wie du, Liv.« Langsam näherte er sich und umfasste mein Kinn.

Automatisch senkte ich den Blick. Ich schaffte es nicht, ihn anzusehen. Sein rauchiges Lachen jagte mir eine Gänsehaut über den Rücken, gleichzeitig klang es wie die wunderschönste Melodie, die ich in Dauerschleife hören könnte. Sanft strichen seine Lippen über meine und sein heißer Atem schlug mir entgegen. Doch ich zwang mich, stark zu bleiben, auch wenn ich nichts anderes wollte, als seinen Worten glauben zu schenken. »Du brichst wieder die Regeln, Reece. Ich bin in deinem Haus.«

»Seit wir uns kennen, breche ich andauernd irgendwelche Regeln und um ehrlich zu sein, scheiße ich auf meine Regeln. Du bist mir wichtiger als jede beschissene Regel.« Sein Blick hing flehend an mir. Es schmerzte so sehr, dass ich ihm am liebsten in die Arme gefallen wäre.

Doch hatte eine Beziehung mit Reece überhaupt eine reale Chance? Wir waren beide kaputt, beide gebrannte Kinder der Vergangenheit. Würden wir es schaffen, uns gegenseitig zu heilen? Vielleicht würden wir uns auch gegenseitig in den Abgrund ziehen. Ach verdammt, warum gab es dafür kein Skript, das ich jetzt runterrattern konnte?

»Du willst mich bluten lassen, stimmt's?« Seine belegte Stimme riss mich aus meinen Gedanken.

»Reece, ich will ehrlich sein, du hast mich hintergangen, mich für deine Zwecke ausgenutzt und ich weiß nicht, was ich davon halten soll. Es fühlt sich elend an, zu wissen, dass man nur Mittel zum Zweck ist. Und die Sache im Club ... Wir waren kein Paar, also konntest du tun und lassen, wonach dir der Sinn stand. Aber es wäre gelogen, wenn du mir nicht verdammt wehgetan hättest. Ich dachte wirklich, das mit uns beiden wäre etwas Besonderes. Aber leider wurde ich eines Besseren belehrt.« Ich schluckte hart, als sich die Bilder der halbnackten Frauen in mein Gedächtnis schoben.

Der Seufzer, den Reece ausstieß, schien aus dem Tiefsten seiner Seele zu kommen. »Das alles kann ich leider nicht rückgängig machen«, sagte er dann leise. »Trotzdem will ich versuchen, es in Zukunft besser zu machen. Ich werde mein Bestes geben, um dir irgendwann der perfekte Mann zu sein.«

Mein Herz begann verräterisch zu klopfen bei seinen Worten. Zukunft? Bestes geben?

»Du musst dich nicht für mich verbiegen«, sagte ich aufrichtig. Nervös begann ich meine Hände zu kneten. Wo würde unser Gespräch enden? Ich konnte nicht mehr klar denken, pures Verlangen flammte in mir auf. Der Drang nach seiner Nähe, seiner Wärme, ihn unter meinen Fingern zu spüren, wuchs ins Unermessliche. Er machte mich glücklich, auch wenn ich eigentlich stinksauer auf ihn sein sollte.

»Dann ... dann war es das also«, sagte er trocken. Seine Muskeln spannten sich an. Vielleicht wäre es klug gewesen aufzustehen und es dabei zu belassen, aber tief in mir wusste ich, dass ich einen schlimmen Fehler begehen würde. Wer gab mir das Recht, so hart zu urteilen? Jeder Mensch hatte eine zweite Chance verdient, nein, jeder Mensch hatte ein Recht auf eine zweite Chance! Außerdem war da das Ding in meiner Brust, das sich verräterisch meldete. Mein Herz. Es schlug für den Mann, der vor mir saß.

Für Reece.

Meine Mundwinkel begannen zu zucken und ich suchte nach seinem Blick. »Wenn du deine Worte aufrichtig meinst, dann sollten wir bei Null beginnen. Den Deal abhaken und ...«

Weiter kam ich nicht, seine Arme schlangen sich um meine Taille, mit nur einem Ruck hatte er mich auf seinen Schoß gezogen und ich quietschte laut auf, als er dabei tausende von Küssen auf meinem Gesicht verteilte, hauchend, drängend, fordernd.

Und endlich löste sich der Knoten, der sich viel zu fest um meine Brust geschlungen hatte. Ich hatte das Gefühl, als wäre ich nach einer langen Reise wieder zu Hause angekommen.

»Oh Gott, hab ich das vermisst«, sagte er atemlos. Meine Hand vergrub sich in seinem Haar und zog ihn näher. Unsere Lippen trafen aufeinander und beinahe fieberhaft küssten wir uns, stürmisch, voller Wildheit und verlangen. Es war, als würden Raum und Zeit nicht existieren – nur er und ich. Das letzte Puzzleteil fügte sich ein und ergab endlich das richtige Bild.

Atemlos löste er sich von mir und ich sah ihn fragend an.

»Ich bereue es kein bisschen, damals unfair gespielt zu haben. Ich würde es immer wieder so machen.«

Mit gespielter Erschütterung schlug ich ihm gegen seinen Arm. »Du bist tatsächlich noch stolz darauf?«, fragte ich empört und versetzte ihm gleich noch einen Hieb in die Rippen.

»Hey«, sagte er lachend und umfasste meine Handgelenke, damit ich ihn nicht noch weiter attackieren konnte. »Ich habe meine Spielschulden beglichen«, sagte er mit einem schelmischen Lachen und ich horchte auf. Er hatte seine Schulden beglichen? »Meine Sekretärin hat die Bewegung deines Schecks nachverfolgt und mit ein bisschen Recherche habe ich herausgefunden, dass du das Geld an eine Stiftung überwiesen hast«, erklärte er. »Nachdem ich Cathryns Namen gesehen hatte, wurde mir einiges klar. Du hast in der Nacht nur mit mir gespielt, weil du die Stiftung auszahlen wolltest.«

Sprachlos starrte ich ihn an. »Du warst es, der die Summe gezahlt hat?«, fragte ich schließlich. Das war ... unglaublich. Und vor allem konnte ich es nicht annehmen. Auch wenn er in der Nacht unfair gespielt hatte, war er mir nichts schuldig.

»Liv, zerbrich dir nicht den Kopf. Das Geld ist längst dort, wo es hingehört, der Bau hat bestimmt schon begonnen.«

»Aber … das geht nicht. Ich meine, das kann ich nicht annehmen. Das war eine Menge Geld, das ich dir so schnell nicht zurückzahlen kann.«

»Das Geld würde ich auch niemals annehmen. Ich habe Mist gebaut und es war das Mindeste, deiner Schwester und dir diesen Wunsch zu erfüllen.« Ein warmes Lächeln legte sich auf seine Lippen, während er meine Handgelenke losließ und mir sanft durchs Haar strich.

Ich wusste nicht, was ich sagen sollte, nicht, wie ich reagieren sollte. Reece hatte dafür gesorgt, dass Cathryns Traum in Erfüllung ging. »Tausend Dank«, flüsterte ich schließlich.

Für eine ganze Weile verharrten wir genau so, bis mein Kopf endlich leise wurde und ich das Ausmaß von Reeces Verhalten begriff. Vielleicht war ich nicht die geborene Optimistin, doch Hoffnung keimte in mir auf, dass endlich wieder alles besser wurde. Ganz vorsichtig wagte ich mir, meine Zukunft vorzustellen. Zusammen mit Reece. Eine Zukunft, die nicht schwarz-weiß war. Nein, ich sah eine bunte Zukunft vor mir, die ich herzlich willkommen hieß.

Seufzend löste er sich von mir und griff lächelnd in seine Hosentasche. Ich hielt den Atem an, als ich sah, was in seiner Hand lag. Er hatte doch jetzt nicht etwa vor … Oh nein, auf keinen Fall!

Ich folgte seinem Blick und dann seinen Händen, wie er mir langsam den Ring seiner Großmutter ansteckte. Meine Stirn legte sich in Falten und ich konnte nichts tun, außer diesen Ring an meinem Finger anzustarren. Ich wagte es nicht, zu sprechen, geschweige denn ihn zu fragen, was es zu bedeuten hatte.

»Ich möchte, dass du ihn trägst«, sagte er heiser. »Dass jeder weiß, zu wem du gehörst.« Statt ihm zu antworten, zog ich ihn an mich, blinzelte gegen die aufkommenden Tränen und nickte so heftig, dass mir schwindelig wurde. Endlich hatte ich meinen Platz gefunden. Denn ich wollte nichts sehnlicher, als an seiner Seite zu sein. Und jeder sollte es wissen.

»Ist das deine Art ›Ich liebe dich‹ zu sagen?«, zog ich ihn auf.

»Kann sein«, lachte er auf und drehte mich schwungvoll um, so dass ich unter ihm lag. Seine Hände begannen sofort, meinen Körper zu erkunden und Gott – ich wollte nichts sehnlicher als das. Doch vorher gab es noch etwas. Etwas, das nicht fehlen durfte, bevor irgendetwas Weiteres geschah.

»Ich liebe dich auch.«

KAPITEL 27

Zwei Monate später

Ich schüttelte den Regen von dem dunklen Schirm, reichte ihn dem Fahrer und stieg in die schwarze Limousine, die vor dem Friedhof auf uns gewartet hatte. Seufzend nahm ich auf der ausladenden Rückbank Platz, als sich Reece auch schon neben mich setzte. Die sanften Klänge des Klaviers hallten in mir nach und ich schluckte die angestauten Tränen herunter. Sobald der Fahrer die Tür hinter uns zugeschlagen hatte, griff ich nach Reeces nasser Hand, die sich erst steif in meine legte. Während der ganzen Zeremonie hatte er sich geweigert, sich unter einen Schirm zu stellen, und war von dem für Santa Barbara untypischen Nieselregen durchweicht worden.

Doch die Nässe schien ihn nicht zu stören, er sah aus, als würde er nichts um sich herum wahrnehmen. Wir hatten die Frau, die ihn großgezogen und ihm ihre gesamte Liebe geschenkt hatte, beerdigt.

Gedankenverloren strich er über meine Knöchel, während sich die Limousine in Bewegung setzte. »Ich kann es immer noch nicht richtig glauben«, sagte er schließlich. Seine Stimme war leise, aber gefasst.

Vorsichtig drückte ich seine Hand. Ich wusste genau, wie er sich fühlte, wie leer und hilflos. Natürlich hatte ich von Anfang an gewusst, dass Graces Leben bald zu Ende gehen würde. Schon als ich sie kennengelernt hatte, war sie sterbenskrank gewesen. Und dennoch … Als ich die Nachricht von ihrem Tod erhalten hatte, war es, als würde mir jemand den Boden unter den Füßen wegreißen. Wieder Mal. Irgendetwas in mir hatte wohl bis zuletzt auf ein Wunder gehofft. Ein Wunder, das leider nicht eingetreten war.

Reece erwiderte meinen Druck und ich lehnte meinen Kopf an seine Schulter. Er legte seinen Arm um mich und zog mich näher an sich heran. »Danke«, sagte er einfach, bevor er seinen Kopf in meinen Haaren vergrub.

Schweigend fuhren wir weiter. Das summende Geräusch der Räder auf dem nassen Asphalt machte mich schläfrig, doch ich zwang mich, wach zu bleiben. Ich wollte nicht einschlafen, auch wenn mein Körper sich nach einer kleinen Auszeit sehnte. Nicht jetzt, wo Reece mich stärker brauchte denn je. Also gab ich widerstrebend meine angelehnte Haltung auf und setzte mich wieder aufrecht hin, damit mir die Augen nicht zufielen.

Ich sah aus dem Fenster und ließ die Landschaft an mir vorüberziehen, während ich über meine letzten Treffen mit Grace nachdachte. Ich hatte ihr vorgelesen und sie hatte mir mit geschlossenen Augen zugehört. Immer wieder war es vorgekommen, dass ich gedacht hatte, sie sei eingeschlafen, doch wenn ich aufgehört hatte, vorzulesen, war sie sofort hellwach gewesen. »Nicht nachlassen«, hatte sie schmunzelnd gesagt. »Wer Sängerin werden will, den darf nach einer halben Stunde vorlesen nicht die Stimme verlassen!«

Bei dem Gedanken an ihre Worte musste ich lächeln. Es war letztendlich Grace gewesen, die mich davon überzeugt hatte, mein Studium zu schmeißen, um mich wieder meiner Musik zu widmen. Seitdem bereitete ich mich auf die Aufnahmeprüfung für das Gesangsstudium vor.

Erst als wir die Stadt schon weit hinter uns gelassen hatten, fiel mir auf, dass wir unsere Ausfahrt verpasst hatten. Verwundert richtete ich mich in meinem Sitz auf. »Fahren wir nicht nach Hause?«

Nachdem ich beschlossen hatte, nicht mehr in der Firma meines Vaters zu arbeiten, hatte ich das dringende

Bedürfnis verspürt, endlich aus meinem Elternhaus auszuziehen. Ich hatte keine Ahnung, ob es Zufall gewesen war, doch vor zwei Wochen, genau an dem Tag, an dem ich beschlossen hatte, mir eine eigene Wohnung zu suchen, war Reece mit seinem Angebot herausgeplatzt.

»Ich weiß, dass wir keines dieser kitschigen Liebesgeschichten-Paare sind, die am Ende ihr gemeinsames Haus beziehen«, hatte er gesagt und dabei verlegen gelächelt. »Aber ich hätte ein Zimmer für dich in meinem bescheidenen Heim, das ich dir abtreten könnte.«

Die Entscheidung war mir nicht schwergefallen. Natürlich, mit Reece zusammenzuziehen wäre zu diesem Zeitpunkt definitiv zu früh gewesen. Aber bei ihm als Untermieterin einzuziehen … Na ja, vielleicht machten wir uns auch nur etwas vor. Seit ich zwei Tage später bei ihm eingezogen war, hatte ich zumindest noch keine einzige Nacht allein in meinem Zimmer verbracht und hatte es auch ehrlich gesagt nicht vor.

Reece brummelte etwas vor sich hin und sah aus dem Fenster, antwortete mir jedoch nicht auf meine Frage. Argwöhnisch blickte ich ihn an. Was hatte er vor? Ich hatte fest damit gerechnet, nach der Beerdigung auf direktem Weg nach Hause zu fahren. Hoffentlich wollte er jetzt nicht mit mir essen gehen oder so etwas. Dazu war ich nicht in der richtigen Stimmung.

Als wir schließlich vom Highway abbogen, war ich erst recht verwirrt. Santa Barbara Municipal Airport? Was wollten wir denn am Flughafen? Holten wir jemanden ab?

»Reece? Was ist los? Wohin fahren wir?«

Jetzt drehte Reece sich wieder zu mir um. In seinem immer noch schmerzerfüllten Gesicht erschien ein Lächeln, das mich sofort meinen Argwohn vergessen ließ.

»Überraschung«, sagte er nur und in seinen Augen blitzte es auf.

Okay, jetzt hatte er mich. Was für eine Überraschung würde am Flughafen auf mich warten? Das konnte doch nur irgendeine Person sein, die wir abholten. Aber wer sollte das sein? Ich hatte keine Freunde oder Verwandte, die weit weg wohnten und die ich lange nicht gesehen hatte. Niemanden, mit dem er mir eine Überraschung bereiten konnte.

Ob er etwa mit mir wegfliegen wollte? Hatte er einen Urlaub mit mir geplant? Das wäre zwar total süß von ihm, aber direkt nach Graces Beerdigung etwas unpassend. Oder etwa nicht? Brauchte er vielleicht gerade jetzt eine Auszeit von allem hier?

Als der Fahrer uns vor dem Haupteingang aus dem Wagen ließ, musste ich mich beherrschen, nicht sofort loszurennen. Reece strich sich umständlich das Hemd glatt und ich verdrehte die Augen. Jetzt spannte er mich aber absichtlich auf die Folter.

Schließlich griff er grinsend nach meiner Hand und folgte mir in das Flughafengebäude.

Die Schiebetüren schlossen sich hinter mir und gleichzeitig öffnete sich mein Mund. Keine zehn Meter von mir entfernt, mitten in der Eingangshalle, standen meine Eltern, Melody und Alec. Und alle lachten und winkten mir zu. Wie konnte das sein? Sie waren doch eben noch bei der Beerdigung gewesen. Erwartungsvoll drehte ich mich zu Reece, damit er mir endlich eine Erklärung lieferte, doch da hatte sich Melody schon aus der kleinen Gruppe gelöst und war auf uns zugestürzt.

»Ist das nicht toll?«, jauchzte sie, als sie mir um den Hals fiel. »Hat er es dir schon erzählt? Ist das nicht aufregend?«

»Er hat mir noch nichts erzählt«, sagte ich und schob sie von mir. Meine Freundin hatte hektische rote Flecken im Gesicht und sah aus, als platzte sie gleich vor Aufregung.

»Wir fliegen alle zusammen nach Mumbai, um beim Aufbau des Waisenhauses zu helfen. Wir sind bei der Einweihungsfeier mit dabei und können alles hautnah miterleben!«

Ich trat einen Schritt zurück und blickte wieder zu Reece, doch der hatte sich schon vor Melody aufgebaut. »Das hatte ich ihr sagen wollen!«

»Na ja, du hattest deine Chance gehabt, würde ich mal sagen.«

»Aber ich …«

Ihre freundschaftliche Kabbelei verblasste zu einem Hintergrundgeräusch in meinen Ohren, während ich Melodys Worte verarbeitete. Reece kannte sie mittlerweile. Sie und ihr forsches Mundwerk. Er würde schon klarkommen. Wir würden zum Waisenhaus fliegen. Wir würden alle zusammen mithelfen, Cathryns Traum wahr werden zu lassen.

Ich schluckte die Tränen der Rührung herunter, die sich zu bilden drohten, und betrachtete die Menschen, die mich auf dieser Reise begleiten würden. Meine Eltern. Melody, Alec. Und Reece. Reece, der das alles letztendlich erst ermöglicht hatte.

Als würde er meinen Blick spüren, ließ Reece von Melody ab und drehte sich zu mir. Seine Stirn glättete sich, als er mein Gesicht in seine Hände nahm und mit dem Daumen über meine Wangen strich. Hatte sich etwa doch eine Träne gelöst?

»Bist du glücklich?«, fragte er leise und legte seine Stirn auf meine.

Ich umfasste seine Unterarme und zog ihn noch näher an mich heran, legte meine Hände an seinen frisch gestutzten Bart und streichelte sanft drüber. Unsere Nasenspitze berührten sich leicht, wie gerne wäre ich jetzt mit ihm alleine gewesen.

»Ja«, sagte ich schlicht. »Ich bin glücklich.«

Liebe Leserin,

Wir hoffen sehr, dass dir die Geschichte von Olivia und Reece gefallen hat. Vor den beiden liegt natürlich noch ein langer Weg. Aber wir sind uns sicher - und du bist es bestimmt auch - dass sie es schaffen werden, ihr ganz eigenes und persönliches Happy-End zu bekommen. Alles zu seiner Zeit. Vielleicht freut es dich aber, wenn wir dir verraten, dass die Story weitergeht. Wer aufmerksam war, hat sich bestimmt gefragt, was in der Nacht des Deals zwischen Melody und Alec geschah ... In unserem nächsten Buch werden wir genau dieses Geheimnis lüften. Wir wechseln Ort, Land und Zeit und werden Melody und Alec auf dem wohl abgefahrensten Trip ihres Lebens begleiten. Natürlich werden wir Olivia und Reece dabei auch nicht ganz aus den Augen verlieren. Also, Lust auf einen Abenteuertrip?

Bevor du das Buch zur Seite legst, wollten wir dir von herzen Danke sagen. Danke, dass du das Buch bis hierher gelesen hast. Danke für deine Zeit, die du mit Olivia und Reece verbracht hast. Für uns gibt es keine höhere Wertschätzung. Solltest du noch ein wenig Zeit übrig haben, freuen wir uns riesig über eine Rezension. Sie zeigt uns, dass wir auf dem richtigen Weg sind und weiterhin das tun, was wir lieben, nämlich Bücher schreiben. Für dich. Ebenso freuen wir uns, wenn du uns auf Instagram folgst oder uns sogar eine Nachricht hinterlässt. Es pusht uns, als Autorinnen, in allem, was wir tun, und es freut uns einfach riesig, eine Nachricht in unserem Postfach vorzufinden.

Bis bald

Angelina & Ina

Danksagung

Ihr könnt euch nicht vorstellen, wie viel Spaß es uns gemacht hat, All In for Love Spaß zu schreiben. Wir sind stolz auf unsere beiden Lieblinge, auf den Prozess, den sie durchlaufen haben und wie sie an ihren Schicksalsschlägen gewachsen sind. Trotzdem haben wir - gerade in den Wochen vor der Veröffentlichung - immer wieder kalte Füße bekommen. Zum Glück gab es viele Menschen, die uns in diesen Zeiten zur Seite gestanden und uns in unserem Vorhaben bestärkt und unterstützt haben. Wie zum Beispiel unsere abgefahrene Community. Wir hoffen, wir können mit unseren Geschichten ein wenig von der Liebe zurückgeben, die wir erfahren durften. Ihr glaubt gar nicht, wie viel uns eure Unterstützung bedeutet. Vielen, vielen Dank!

Dann gibt es da unsere unentbehrlichen Testleserinnen julie_reb99, meine_schreibreise, annatesmanautorin, cinnemon01, isabell_stich_autorin, maras.buecher, soundofmybooks und die liebe yve-kopfchaos. Ihr habt keine Zeit und Mühe gescheut, unser Manuskript auf Herz und Nieren zu prüfen. Ihr habt alles genau unter die Lupe genommen und dabei jedes Feedback so verpackt, dass wir nicht in Tränen ausgebrochen sind. Das muss euch erst mal jemand nachmachen! Tausend Dank. Ihr seid ein Teil von Olivia und Reece.

Ebenso wie unsere Poker-Queens: _unendliche_buecherliebe_, bookaddictedblog, leseratte099, maras.buecher, ninis.buecherzeilen, christyscandlesandbookscorner, connys_kleinebuecherwelt, i_love_books1990, lovelypagesx, julie_reb99, juli.books16320, juna_zwischendenzeilen, karmen_und_ihre_buecher, kate_summer_, kimberlylettau, buecher_miezwohnung, lenja1508, big.bookslove87, l_c_j_hubmann, m.readsfantasy, bookish.nathalie, iam_nina___, ourbooksoflife, schmoekerstoff, bookslove_x3, svenjab21, traumwortwelten, buchstaben-salat.by.yvonne, herzschlag.buecherwelt.

Ihr steht unermüdlich an unserer Seite, feiert mit uns jeden Erfolg und zeigt uns immer wieder, wie sehr ihr euch mit uns freut und ein Teil unserer Geschichte seid. Ihr zaubert wunderschöne Bilder, Beiträge und arbeitet mit uns an jeder kleinen Idee, bis alles passt. Das ist für uns keine Selbstverständlichkeit und wir können euch immer wieder nur Danke sagen.

Und zu guter Letzt wollen wir uns bei unseren Ehemännern Björn und Rabih bedanken, denn ohne euch wäre das alles nicht möglich. Ihr schaufelt uns Zeit frei, haltet uns den Rücken frei, versorgt die Kinder, wenn unsere Köpfe zwischen den Wolken hängen. Mit Rat und Tat steht ihr an unserer Seite, hört euch unsere Fantasien an, wenn wir wilde Storys planen, und quittiert es mit einem Lächeln. Vor allem aber glaubt ihr an uns und dafür sind wir unendlich dankbar.

Nora Brix – Hexenjagd

Jugendbuch-Fantasy von Ina Hörmeyer

Was macht eine Hexe, die nicht richtig zaubern kann?

Das fragt sich die 16-jährige Nora Brix, als sie von ihren angeblichen Zauberkräften erfährt. Anstatt aus dem Nichts tolle Sachen entstehen zu lassen, bringt sie mit ihren magischen Fähigkeiten ständig andere Leute in Gefahr und richtet überall Chaos an. Auch die anderen Magier, die sie kennenlernt, sind nicht unbedingt Vorzeige-Zauberer. Magische Unfälle, kaum vorhandene Zauberkräfte oder vergessene Beschwörungsformeln sind an der Tagesordnung und wecken nicht gerade Noras Vertrauen in die magische Welt.

Als dann auch noch ihr bester Freund Mark von einer Gruppe mörderischer Hexenjäger entführt und gefangen genommen wird, sieht Nora allerdings keinen anderen Weg, als selbst gegen die übermächtigen Feinde anzutreten. Wird sie den Kampf gegen die dunklen Jäger gewinnen können?